徳間文庫

14歳、夏。

鳴海　章

徳間書店

目次

プロローグ　最後の砦

夜間通用口前に横付けされた救急車の後部ドアが開かれ、素早く、しかし慎重に引きだされたストレッチャーの下部で銀色の脚が金属音とともに伸び、車輪が床につくや押されて病院内に入ってきた。救急隊員が握るように押していた手動式人工呼吸器（アンビューバッグ）を当直医の一人が交代し、若くて大柄な研修医が患者の胸に両手をあて、リズミカルに押しはじめた。

心肺停止（CPA）の患者に対しては、できるだけ速やかに人工呼吸と心臓マッサージを始め、患者の自発呼吸が戻るか、人工心肺につながれるまではつづけられる。傷病の程度によっては持っていかれることも少なくないが、心肺蘇生術（CPR）の基本であり、欠かせない施術だ。

目的は脳への血流の確保にある。細胞はすべて酸素を必要とするが、遮断されても多少の時間は機能を損なうことなく生存できる。だが、その時間は躰（からだ）の部位によって異なる。とりわけ脳は重要な器官であり、そのなかでも大脳皮質は酸素の遮断に弱い。

生命維持にとって、文字通り中枢である脳幹は十五分から三十分程度酸素が途切れてもふたたび供給が再開すれば、回復する可能性があるのだが、大脳皮質が耐えられるのはせいぜい一、二分でしかない。

大脳皮質は意識を担う。外界を認識し、統合している部位であり、ある人物がその人らしくいられるのは大脳皮質の働きによる。酸素が遮断され、大脳皮質が損傷すると機能が回復せず、いわゆる意識が戻らないという状態に陥ってしまう。

人の意識は、それほど繊細にして微妙な状態で保たれているのだ。

医師になって三年目の梶知弥子(かじちゃこ)——専門は心臓血管外科——はストレッチャーの右側に取りつき、押しながら患者を見た。初老男性、顔色は悪く、どす黒い。目を閉じ、白髪の多い頭髪は乱れていた。眉間は開き、苦悶の表情はない。すでに苦しむ時間を通りすぎたのかも知れない。薄緑色の縦縞が入ったパジャマの襟元からのぞくちょぼちょぼとした胸毛も白くなっていた。胸元までオレンジ色の毛布がかけてあった。

初療室の入口は夜間通用口のすぐ左にある。自動扉が大きく開き、ストレッチャーは一度も止まることなく入れられ、三基ある処置台のもっとも手前に並べられた。すでに台の上に設置された無影燈が点(つ)けられ、枕頭(ちんとう)に立った当直主任医師が声をかけた。

「移すぞ」

毛布を取りのけられた患者が医師、看護師、救急隊員の男性五人の手でストレッチャーから処置台に移された。空になったストレッチャーは救急隊員が初療室の外へ持っていき、女性看護師が鋏(はさみ)で患者のパジャマ、下着を切り裂いていく。全裸にされた患者の胸、上腕、指先に心電図、血圧計、酸素濃度計などのセンサーが手早く取りつけられていき、モニターが息を吹きかえした。規則正しい電子音は心臓の拍動を表しているが、研修医の心臓マッサージに呼応しているだけだ。

当直主任が顎をしゃくり、研修医の手が止まった。当直主任が患者の顔をのぞきこんだまま訊いた。

「心電図」

モニターの前にいた女性看護師が答える。

「フラットです」

電子音が途絶えている。当直主任が小さくうなずき、ふたたび研修医が患者の胸の中央を押しはじめると電子音も復活した。

ふたたび当直主任が訊く。

「血圧」

「百、七十」

「静脈出して。アドレナリンだ」

アドレナリンによって心臓に刺激を与え、自発的な鼓動をうながすのだ。命じた当直主任が救急隊長に顔を向けた。

「通報者は？」

「奥さんです。午前二時頃、寝室の前で大きな音がして目が覚めたら、となりのベッドが空で、ご主人がいなかったというんです。それで起きて、寝室を出たら廊下にご主人が倒れていた、と」

「ほかに家族は？」

「奥さんと二人暮らしです。奥さんが呼びかけたんですけど、ご主人は全然返事をしなくてすごいいびきをかいていて、それで通報したようです。三年前までご主人の母親と同居していたんですけど、何度か救急搬送された経験があって、それですぐに一一九番通報できたみたいです」

「ほかに家族は？」

「一人息子が同じ市に住んでいるといっていました。奥さんの話では、すでに連絡をしたそうです」

「なかなか手慣れている感じだね。それで到着時の患者の様子は？」

「通報から七分で現着しましたが、そのときにはいびきはなく……」

「呼吸が止まってた？」

「ええ。心臓も止まってました。それで本部に連絡して、気道確保してバッグを使いはじめると同時に心臓マッサージを開始しました」

　ふだん舌の根元は持ちあがっているが、意識を失うと舌根が垂れさがり、気道を塞ぐ。患者を仰向けに寝かせて、顎を持ちあげ、舌を引っぱり出して気道に管を挿入しなくてはならない。それでも自発呼吸が戻らなければ、アンビューバッグを使って強制的に空気を送りこむことになる。

「通報から七分ね。発見からは十分か、十五分といったところか。最初はいびきをかいてたからそのときはまだ呼吸があったわけだ。意識がなくなったのは？」

「我々が到着する直前だったようですが、正確なところは不明です」

「既往症は？」

「血圧は高めだったようですが、通院などはしていなかったそうです」

「ご主人、いくつだっけ？」

「六十三歳」

ふむと当直主任はうなずき、知弥子に目を向けた。

「カジコ、持田と交代しろ」

ふだんなら、わたしの名前は梶知弥子、呼ばれるとしたら梶か知弥子であってカジコではないし、いずれにしても呼び捨ては許さないとでも言い返すところだが、処置台のわきで軽口を利くわけにはいかない。

患者の胸を押しつづけている若い研修医——持田に代わって、重ねた両手を患者の胸骨にあて押しはじめた。

やだ、冷たくなりかけてるじゃない……。

それでもアドレナリンが効いたのか、患者の心臓には微細動が見られるようになり、除細動器が使用された。軽度の心室細動は、いわゆる不整脈のようなもので、きちんと連動して動くはずの心筋に乱れが生じている状態を指す。除細動器は電気ショックを与えることで心筋の動きを統一させるためのものだ。

一度の電気ショックによって、患者の心臓は規則正しい心拍を取りもどし、ただちにレントゲン室に運ばれ、頭部の検査を行うことになった。頭の状態によっては、そのまま手術室に流れこみ、緊急開頭手術ということになる。

今日の患者は幸運といえた。当直主任と当直医の一人が脳神経外科医なのだ。患者は処置台に寝かされたまま、レントゲン室に運ばれていった。

初療準備室、通称前室に戻った知弥子はフェースシールドを外し、入口のわきにあるリサイクル品のケースに放りこんだ。洗浄して、殺菌したあと、再利用できる唯一の用具なのだ。

つづいて医療廃棄物のステンシルが入った大きな袋(バッグ)の前に立ち、頭を覆っている透明なグリーンのキャップを取って袋に投げいれ、頭を振った。ショートカットにした髪が左右に広がる。心臓マッサージは重ねた両手に体重をかけ、一定のリズムで強く押さなくてはならない。全身をプラスチック製の防護服で包んでいるので、たとえ一分、二分でも汗が噴きだしてくる。

目にかかった前髪を払おうと顔の前に持ってきた手が止まる。

まだ、だ。

キャップと同じ素材で作られた上衣、ズボン、オーバーシューズを脱いで廃棄バッグに次々放りこんでいき、サージカルマスクも同様に捨ててから、手首から皮を剝ぐようにラテックスの手袋を外した。外側に触れないよう気をつけながら慎重に捨て、バッグの前を離れたところで備品棚から新しいマスクを取って鼻と口元を覆い、ようやく詰めていた息を吐いた。

人類にとって未知のウィルスによる感染症が広がりはじめてから、すでに一年半ほどになる。ウィルスの正体、罹患者の症状、治療法はわかってきたし、ワクチンも開発された。医療従事者である知弥子はすでに二度の接種を済ませているが、マスクなしでは息を止める習い性がすっかり躰に染みついている。感染力の強い変異株が次々発見され、ワクチンは有効とされているが、まだ未知の部分も多く、予断を許さない状況はつづいていた。

前室から廊下に出る自動扉が開いたとたん、甲高い女性の声が聞こえてきた。

「だから主人は治るのでしょうか」

目をやった知弥子はぎょっとした。初療室の前にはとっくに手術室に向かっているはずのキャスター付き処置台が置かれ、防護服姿の医者と看護師が周りに立っていた。

「いかがなんですか、先生」

重ねて訊く女性のわきには中年の男が立っていた。患者の妻と、駆けつけた長男だろう。

「いやぁ」

フェースガードとマスクをしていても当直主任の困惑している顔が見えるようだ。

「今ご説明したように、まずは検査をしてみなければなりません。それから即手術という段取りになりますが……」

「だから主人は治るんですかとお訊きしてるんです」

「手術には家族の同意が必要なんですよね」

長男が加勢するようにいった。

そのとき知弥子のわきを通りぬけていく人影があった。救命センターでは珍しくぞろりとした白衣を引っかけていた。

「寸秒を争うんです」

近づくなり白衣のひょろりとした男が患者の妻、長男の背後から声をかけた。低いが力がこもっていた。妻と長男がふり返る。妻の顔は引き攣っており、明らかに平常心を失っているのが表情からわかる。逆に長男は眠そうに見えた。腫れぼったいまぶたのせいかも知れない。

「局長」

当直主任が顔を上げ、声をかけた。局長は両手を白衣のポケットに突っ込んだまま、当直主任に向かって強い口調でいった。

「すぐ手術室に流れこめ。一分の猶予もないぞ」

「しかし……」

いいかけた当直主任を無視して、局長が患者の妻に顔を向ける。

「いいですか、奥さん。ここは救命センターで、我々は医者だ。まずはご主人の命を助けなくてはならない。一分、一秒の遅れでご主人が持っていかれちまうんですよ」

持っていかれるとは患者が死亡することを意味する。局長特有の言い回しかも知れなかったが、知弥子はほかの救命センターで勤務したことがないのでわからなかった。いずれにせよ死という言葉を口にするのは気が引けた。

患者の妻が食いさがる。

「でも、あちらの先生は主人の手術がうまく行ったとしても植物状態になるって。そんなことになったら、どうしたらいいのか」

植物状態——遷延性意識障害患者を一般的にはそう呼ぶ。酸素の遮断に弱い大脳皮質が損傷することで、重いケガや病気のため、生死の境である急性期を乗りこえたとしても大脳は元に戻らない。いわゆる昏睡状態がつづき、生きてはいるのだが、こちらからの呼びかけに一切反応しないところから植物状態と呼ばれる。

局長がふいに顔を上げ、当直主任を怒鳴りつけた。

「ぼやっとするな。さっさと行かんか」

「あ、はい」

処置台が廊下を運ばれていくと局長が患者の妻に顔を向けた。

「うまく行けば、の話です。状況からすると脳の中に血の塊ができていて、脳が圧迫されていることが予想されます。一刻も早くその血の塊を取りのぞかないとご主人は今ここで亡くなります。手術をしても助かるかどうか。たしかに意識が戻らない可能性はありますが、確実にいえるのは、手術をしなければ植物状態もクソもない。ご主人は死んでしまうんですよ」

局長の強い語調に打たれたように妻と息子の躰が硬直する。二人を交互に見た局長が穏やかな口調でつづけた。

「さあ、こちらです。手術室の前にベンチがありますから、そちらでお待ちください。ご案内しますよ」

局長に促され、歩きはじめた患者の家族に背を向け、知弥子は医局に向かった。胸の内には疑念が渦巻いていた。

家族の同意なく開頭って、横暴じゃないの?

いきなり躰が動き、知弥子ははっと目を開いた。

「ごめんごめん。いびきかいて気持ちよさそうに寝てたのを起こしちゃったな」

同じ言葉をくり返すのは、気持ちがこもっていないことをごまかすためだ。医局に戻った知弥子は奥にある応接セットのソファに座るなり眠りこんでいた。隣りに局長が腰を下ろし、ソファが沈んで知弥子の躰が動いた。

「いびきかいてっ……」

局長が知弥子の顔を見て、下唇の右端を指さす。はっとして袖で口元を拭った。

「いびきは単なる気道の狭窄、口を開けてりゃよだれも出る。カジコが生きてるって証拠だよ」

局長はまだ白衣を羽織っていたが、前ボタンは全部外してある。ソファに躰をあずけ、足を組んだ。細身の黒いレザーパンツを穿き、片耳に市販の不織布マスクがぶら下がっていた。目が赤い。

「お酒臭いですよ」

「近所に家なんて持つもんじゃないな。銀座のバーで一杯やって帰ってきたんだが、タクシーに乗るとどうしても目印は病院になる。ここまで来りゃ、ちょいとのぞいてみてもいいかと思う。どうせ家に帰ったところで誰が待ってるわけでもない」

局長が住んでいるのは、病院のすぐ裏手にある五十階建てタワーマンションの隣りにある古びた五階建てマンションだと聞いたことがあった。もちろん訪ねたことはない。

「さっきのあれ、ちょっとおかしくないですか」

局長は目の前のテーブルに目をやったまま、まるで表情を変えなかった。

「意識不明の患者の開頭手術をするために家族の同意を得るというのは通常の手順じゃないですか」

「おれのやったことは横暴だと？」

「いえ、そこまではいいませんけど、家族が来ているわけですから状態を説明して考える時間を与えてあげてもいいんじゃないかと思ったんですよね」

「時間って、どれくらいだ？　十分？　二十分？　三日くらいか。たぶんあの患者は五分ともたないだろう。ひょっとしたら今ごろは術中死してるかも知れん」

「それは……」

局長が知弥子をさえぎるように言葉を継いだ。

「目のぶっ飛んだ、あの母ちゃんに判断させようってのか」

「息子さんも来てましたし」

「へっ」局長は吐きすてて、眉間を寄せた。「ありゃ、ダメだ。お母さんっ子（マザーズボーイ）だよ。何でも母ちゃんのいう通りにやってりゃ間違いないと思ってるタイプだ。奴の頭じゃ、何も判断できない。頭というか、肚（はら）の問題かも知れないけど」

「でも……」

なおも言いつのろうとしたとき、医局の扉が開いて大柄な研修医——持田が入ってきた。すでに防護服は脱いでいる。

「お疲れさまです」

暗い表情でつぶやくようにいった持田は自分の机に行くと抽斗(ひきだし)を開けた。しかし、何を取りだすでもなく中を眺めている。

局長が声をかけた。

「台押し係はお役御免で解放か」

顔を上げた持田が局長を見て、苦笑する。

「そんなところです」

救命センターで扱うのは生命に関わる重篤な傷病が多く、疾病ではとくに脳と心臓にからむ場合が多い。それだけに脳神経外科、心臓外科の医者が重点的に配置されている。知弥子は心臓外科医だ。

もう一つのタイプがあった。特定の専門分野にとらわれることなく、病気にもケガにも対応する何でも屋であり、あえて専門といえば、救命救急ということになる。局長がその典型であり、持田が目指しているのもそれだ。背が高く、躰も大きいだけに力仕事を任されることが多く、また本人も頼まれれば断らなかった。

局長がいきなり訊(たず)ねた。

「それで経済動物についてのお前なりの結論は出たかい?」

「いえ」持田が顔をしかめ、首を振った。「まだです」

「まあ、考えつづけるんだな。一生かかっても答えは出ないかも知れないが」

「そうですね」

局長と持田を交互に見てから知弥子は局長に訊ねた。

「何ですか、経済動物って?」

「ちょうどよかった。この間おれに話してくれた馬の話、こちらのお嬢さんにもしてやってくれるかな」

経済動物?　馬?　訳がわからなかったが、知弥子は持田にいった。

「よかったらお願い」

「おれからも頼むよ、持田友親（ともちか）君」

「そんなたいそうな話じゃありませんよ」

そういいながらも抽斗を閉めた持田が応接セットまでやって来るとテーブルを挟んで向かい側に座った。

「ぼくが中学二年のときの話なんですが……」

友親の追憶
——その馬との出会いと別れ

馬は汗に濡れて（その1）

ＪＲ帯広駅の改札口を抜け、最初にその爺さんを見たとき、ハーマン・メルヴィルの小説『白鯨』のキャプテン・エイハブみたいだと思った。実物を見たことはないけど。たぶんよく陽に焼け、てかてか光っている顔の下半分がたっぷりとした白い髭に覆われていたからだろう。

でも、キャプテン・エイハブを連想させたのは髭と日焼けだけ。Ｕ字襟がすっかり伸びきった半袖シャツには黒いしみがいくつもついていて、上部を脱ぎ、両袖を腰で縛ったブルーのつなぎも汚れが目立った。ゴム長靴には乾いた泥がこびりついている。

爺さんと目が合った。

「トモ？」

うなずいた。

ぼくの名前は友親。トモと呼ばれるのには慣れていた。ひっくり返すと親友で、ぼくの人生に欠けている唯一のものになる。もっとも子供の名前でナイモノネダリするのは珍しくない。美、賢、優、明……、いくらでも挙げられる。

爺さんのすぐ後ろに男の子が立っていた。ぼくと同じ歳(とし)くらい。真っ黒に日焼けして、坊主頭、上目遣いにぼくを睨(にら)んでいる。

爺さんがいった。

「ヤス、ほら、挨拶しれ。東京の正彦(まさひこ)叔父さんとこのトモだ」

イトコで、ヤスという名前らしい。だが、ヤスは何もいわず、じっとぼくを見つづけている。

そして爺さんが宣言した。

「したら競馬場行くか」

いきなりの急展開。わけがわからない。

「競馬場、ですか」

「ああ」爺さんは汚れた歯を見せ、にやっとした。「うちは家族でばんばんだから」

「ばんばんは爺ちゃんだけだ」

ヤスがぼそりという。

ばんばんって、何？

とにかく過去十四年生きてきて、史上最悪の夏休みがこうして始まった。

詐欺だ。

わざわざ北海道までやって来たのだからいくら七月だといってもちっとは涼しいと期待していたのに。

Tシャツの袖をいっぱいまでめくり上げているのでむき出しになった肩がちりちりしていた。まるで太陽光線が小さな泡になってはじけているみたい。空気が澄んでいるせいか、湿気がなくて、直火（じかび）焼きという感じもする。

「三十度は軽く超えてるな」

隣りを歩いているヤスがいう。

「せっかく北海道に来たのになぁ」

「バーカ、ここら辺りは暑くて寒いんだ。夏は三十五度くらいになることもあるし、冬はマイナス二十度以下だ」

一年で六十度近くも違うって？　東京なら四十度にもならないだろう。

「本当に？」

「あったり前だべや。小学校んときのアシダ先生がいってたんだ。北海道は大陸性気候に似てるんだって」

アシダ先生って誰だよと思っていると、ヤスが大声でいった。

「あ、騎乗命令だ。急げ、パドック、行くぞ」

そういうなりヤスは白く乾いたコンクリートを蹴って走りだした。

キジョウメイレイ？　パドック？

わけもわからないまま、ぼくもヤスのあとを追った。

ヤスは速かった。全力疾走している。蹴りあげるスニーカーの底をくるくる回転させながら遠ざかっていく。体育の授業でも全力疾走なんかしたことない。だいたい東京の中学生には思いきり走る場所もない。ヤスみたいにいきなり走りだせば、誰かにぶつかって深刻なトラブルに発展するだろう。

それにしても、と考えてしまう。

競馬場なんかに来てもいいものだろうか、と。

いくら田舎とはいっても競馬場はギャンブルをする場所だし、一学期の終業式で校長がもったいぶって訓辞を垂れていた。

『夏休みというのは、実に、その、誘惑の多い時期ですから、繁華街、とくにパチンコ店やゲームセンターなどの遊技場に出入りしてはなりません』

競馬場も、「など」の中に入るんじゃないか。

走っている右側には金網を張った柵があって、その向こうに砂を敷きつめたまっすぐなコースがあった。左側は階段状のコンクリートの観客席になっている。

ヤスとぼくは観客席とコースの間の平らなところを走っていた。観客はまばらで、小さな子供を連れた家族がちらほらいるだけ。日傘を差しかけたベビーカーを押している母親もいた。

未成年は入場禁止じゃないのか。それとも小学生未満は対象外なのか。いや、ヤスもぼくも中学二年だから……、などと考えている内にヤスがようやく走るのをやめた。追いついて、足を止めると膝に手をついてあえぐ。肺がひりひりしていくら息を吸っても足りない。

少し落ちついたところで顔を上げ、ヤスを見た。

「ここが……」

「そう、パドックだ」

ヤスは汗こそかいていたが、苦しそうには見えなかった。

「レース前に馬の案配を見るところ」

大きな砂場が白い柵で囲まれている。その中を黄色いヘルメットを被った男に引かれ、馬がゆっくりとまわっていた。一頭、二頭、三頭……、全部で七頭の馬が歩いている。

「七頭でレースやるの？」

ちょっと少ない気がする。テレビで見た競馬は、もっとたくさんの馬がひしめき合っていたような記憶があった。

「いや。パドックの外でジョッキーが乗って、それから入場してくる馬もいるんだ。きつい調教をつけていたりすると、馬がジョッキーをいやがるのさ。乗せるもんかって暴れたり、乗った後もふり落とそうとしたり。そんなの客に見せられないべ。カッコ悪いからな。したけどジョッキーが乗って、入場してくる馬こそ要注意なんだ。調教が厳しければ、勝つかも知れないのさ」

パドックに目をやった。ゆっくりと歩いている馬はどれも同じにしか見えなかった。

「馬の、何を見ればいいの？」

「いろいろだ。体格とか、馬体の張りとか、脚の運びとかな。馬体重も減るよりは増えた方がいいけど、ほら、七番の馬を見てみれ」

ヤスが指さした先で、７のゼッケンをつけた黒い馬が立ちどまった。

「あれ、腹がだらんと出てるべ。体重が増えたって、デブになったら駄目よ」

そういっている間に七番の馬はふさふさした尻尾(しっぽ)をはね上げた。尻から丸い糞が次々に押しだされ、落ちていく。何個も、何個も。たちまち砂の上に小山ができた。

「うんこした」

「馬糞(ボロ)っていうんだ」

すぐ後ろにいた九番の馬が小便をはじめた。バケツをひっくり返したような勢いで、それがなかなか止まらない。砂地なのに吸いこめないほどの量で、水溜まりとなり、後ろ脚の蹄(ひづめ)が浸った。

「おしっこは何ていうの？」

「小便」

うんこはボロなのに、おしっこは小便か。当たり前すぎてつまらない。

「三番はいいな」

三番の馬を見たが、七番、九番とどこが違うのかわからなかった。首をかしげているとヤスが得意そうに説明する。

「送り脚だ。後ろ脚が前脚の近くまでいくべ。あれは送り脚っていって、前に行くほど調子がいい証拠なんだ。ほかの馬、見てみれ。三番ほど後ろ脚が前に行かないべ」

いわれてみれば、確かに三番の馬の後ろ脚は前脚にぶつかりそうなほど蹴りだされているような気もする。それでもほかの馬との違いがよくわからない。しかし、さっきヤスがデブと切り捨てた七番の馬は、ちょこちょこ脚を出している感じで、三番のようにのっしのっしという感じはなかった。

パドックは馬を見るところといいながら、ヤスは柵のまわりにいる観客ばかり見ていた。

「馬、見なくていいの？」

「未成年は馬券を買えない。法律で決まってるんだ。馬券も買えないのに馬見たってしょうないっしょ」

爪先立ちになって観客を見ていたヤスが笑顔をひらめかせる。

「あ、いたいた」

そして駆けだす。あとに従うよりない。ヤスはぼくのことなどお構いなしで、銀縁のメガネをかけた、かなり太めの男の人に近づいた。

「よぉ、競馬場名物、ダブちゃん」

「うるさいガキが来たなぁ。競馬場は大人の社交場なの。子供はおうちに帰って、もう寝なさい」

男は三十歳前後なのにヤスはまるで同級生にでも話しかけるようだ。男も毒づきながら顔は笑っている。

ヤスがぼくをふり返った。

「こいつ、ダブちゃんっていうんだ。元々は中央競馬でジョッキーを目指してたんだけど、食い過ぎでクビになった。知ってるか、サラブレッドに乗るジョッキーの体重は五十キロ以下なんだ。オーバーしたら減量しなきゃならないんだけど、ダブちゃんは全然ダメ。今じゃ、百キロを超えてる」

それでダブルのダブちゃんか。

「うるさいよ」

ダブちゃんは、白いジャージを着た白髪頭の男の人と並んでいた。白髪頭の人は手にしたノートを何度も見ている。

「ここやったら、やっぱりオレワッツヨイやで。どう見たって、ほかの馬に勝ち目はない」

「オレワッツヨイを軸にして、あとはビューティジャパンとキタノヨコヅナですかね」

白髪頭の人には明らかに関西訛(なま)りがあった。

「オレワッツヨイって、馬の名前？」

そっとヤスに訊いた。

「そう。十字以内なら、どんな名前を付けてもいいんだ。わかりやすくて、強そうな名前が多い」

確かにわかりやすくて、強そうだが、あまりにストレートだろう。

にやにやしながらヤスが耳打ちしてくる。

「パドックでもここらは端っこだろ。掃きだめっていわれてんだ。どんな仕事してるか知らないけど開催日には必ず来てる連中ばっかりなのさ」

それからヤスは一人ひとりのあだ名を教えてくれた。ダブちゃんの隣りにいる白髪頭の人は三重(みえ)のおいちゃん、さらにその隣りは自分たちがひいきにしている馬しか買わないのでいつも負けつづけているという。

「髪が短くてメガネをかけている方がドン、金髪を長く伸ばしているのがゾコ……、二人合わせてどん底コンビ」

ヤスは咽(のど)の奥でくっくっと笑う。

「その向こうがモジャと姫、獣医の三人組。モジャなんかどう見てもおっさん面だよな。でも、三人とも大学生なんだ」

モジャというのはすぐにわかった。坊主頭に銀縁のメガネをかけ、左右に広がった立派な髭を生やしている。見ているだけで暑苦しい。姫は色白で、まっすぐな髪、赤いセルフレームのメガネをかけていた。獣医はひょろりと痩せて、猫背。

「姫って人、きれいだね」

「あれで常連だからな。人は見かけによらないって本当だよ」

そのほかにも白髪を伸ばし、オールバックにした男や、龍の刺繍が入ったGジャンを羽織り、カウボーイハットを被った男がいて、ちょび髭で小柄な男はチワワを抱いている。

ダブちゃんが手を伸ばして、ヤスの頭をつついた。

「何が掃きだめだよ。ここはね、ばん馬のベテランたちが集まってるの。子供は近づいちゃだめよ」

ぼくはそっとヤスに訊いた。

「さっきから皆がいってるけど、ばんばんって何？」

一瞬、ヤスが目を見開き、ぼくをまじまじと見た。

「ばんばん……？　ああ」

にやっとする。

「ばん馬だよ。ばんえい競馬のこと。ばんばんでないって」

ヤスが笑いながらぼくの腕をぴしぴし叩く。痛い。むっとして腕を引いた。

チャイムが鳴り、パドックに隣接したプレハブ小屋から派手な服装の男たちが出てきた。いや、よく見ると女の人も一人いる。

「いよいよ、騎乗命令だ」

「あの人たちは？」

「ジョッキーだよ。馬をひいてるのが厩務員。まあ、馬の世話係だな。一頭一頭担当が決まってるんだ。これから馬にまたがってスターティングゲートまで行く。見てみな。鞍もつけない裸馬に乗るんだから」

馬に近づいたジョッキーたちは首輪から突きでている金属の短い棒を握り、走り高跳びみたいに足をはね上げて飛びのった。

そのとき、周囲でおおっと声があがった。ふり返ったぼくは目を瞠った。

四番の馬がジャンプしたのだ。厩務員が二人もついて、がっちり手綱を握っていたというのに。

近づこうとしていた紫と黄色の服のジョッキーも足を止め、顔をしかめている。

「馬がいやがってるみたいだね」

ぼくの言葉に、ヤスはむっとしたように黙りこんだまま返事をしなかった。

馬がもう一度、背中を丸め、跳んだ。四つの蹄は地面から一メートルほども浮いている。

ヤスがぼくの腕を引いた。

「金、持ってるか」

「三千円くらいかな。馬券買うの？」

「バーカ、おれらが馬券買ったらお巡りさんに拉致られるべや。コーラ、飲みに行くべ」

拉致は日本語の使い方として、明らかにおかしい。首を振り、ヤスのあとに従って歩きだす。

もう一度、パドックをふり返った。四番の馬にジョッキーがまたがっていた。首をさかんに振っている。

レースがいやなのか、と思った。

ぼくだって来たくて来たわけじゃないんだ、と馬に向かって胸のうちでつぶやく。

昨日の朝、唐突に母から言い渡された。

「明日から十日間、北海道のお爺ちゃんのところへ行ってきなさい」

十日間も？

しかし、声には出さなかった。

母の言葉は命令を超えて、判決になっている。だから一方的に言い渡されるだけだし、反論どころかささいな疑問も差しはさむ余地はない。物心ついてからずっと同じ調子だから今さら驚かないけど。

命令ではなく判決といったのは父だ。父は絶対母に逆らわない。いさかいは人を傷つけると父はいう。そして父が一番傷つけたくないのは、おそらく自分自身だ。

ぼくは、せめてもの抵抗を試みた。

自分の言葉に力がないことを充分に認識できないのは愚かな子供の証し。少しでも知恵があれば、権威者の言い回しにすり寄るくらいはする。だからぼくは可愛くないといわれるのかも知れない。

「北海道が伝染しちゃってもいいの？」

母のこめかみがぴくんと動く。北海道が伝染するというのは、母の口癖。しかし、こめかみぴくんは危険な兆候だ。あわてて付けくわえる。

「夏休み中は塾の集中講座もあるし」

「そっちはキャンセルした」

「二十三万円もしたのに？　お金、戻ってこないんだよ」

また、こめかみがぴくん。

一度の会話に二度は危険すぎる。

「まあ、いいや。空気のきれいな田舎で二、三日のんびりするのも悪くない」

二、三日の部分に力をこめる。ほんの少しだけ。だが、母が十日といえば、揺るぎない決定事項であることはわかっていた。
こめかみは動かなかった。そのかわり母はすごい目をしてつぶやいた。

「正彦、そっくり」

母は父を名前で呼ぶ。父も母を、亜樹と呼ぶ。

友達の家に遊びにいったとき、夫婦が互いをお父さん、お母さんと呼ぶのを聞いて吹きだしそうになったことがある。テレビドラマみたいで気味が悪い。

正彦、そっくり。

父は優しい人だ。誰も傷つけない。自分が一番傷つきたくない。確かにぼくは父に似ているかも知れない。

そうしてぼくは夏休みの十日間を北海道で過ごすことになった。


ヤスにいわれて、買ったのはコーラだけではなかった。

コースに面した競馬場の建物を通りぬけると、広場になっていて、そこに縁日みたいな屋台が並んでいた。肉や醤油だれの焦げる匂いが立ちこめている。コーラのほかにフランクフルトに焼き鳥、かき氷まで買わされ、おかげで財布が空になった。

ぼくの肩に腕をまわしたヤスが明るい口調でいう。

「金は持ってる方が出す。次はおれがおごっちゃるから、な、兄弟」

何が、兄弟か。ぼくらはイトコ同士だし、会ってからまだ一時間も経っていない。スタンドに全部腹におさめてからコース脇に戻ると、いつの間にか人が集まっていた。スタンドにも何百人と観客が出て、二階のところには祖父の姿もあった。遠く離れているとシャツやつなぎの汚れが目につかないので、ちゃんとしたキャプテン・エイハブに見える。

「ほれ、始まるぞ」

ヤスがあごをしゃくった。

青いスターティングゲートの脇に立つ、三メートルほどの鉄骨の台に背広姿の男が登っていく。ひさしがぐるりと周囲を巻いた白い帽子を被っていた。

「スターターだ」

いちいちヤスが解説する。ちょっとうっとうしい。

台に登ったスターターが赤い旗をゆっくりと左右に振る。場内にのんびりしたファンファーレが鳴りわたり、ゲートの中から厩務員たちが出てくる。

直後、十個並んだゲートがいっせいに開いた。砂を蹴散らして飛びだしてくる馬にぼくは驚いてしまった。

「ソリだ。ソリ、ひいてる」

「あん？」ヤスがぼくの顔をのぞきこむ。「ばん馬だも、当たり前だべや」

ソリなんてサンタクロースが乗って雪の上を走るものだろう。砂の上だし、七月だし、北海道だっていうのに詐欺みたいに暑いし。

「やっぱり二歳は速えなぁ」

「若いから？」

「いや、荷物が軽いんだ」

「けっこう重そうに見えるけど」

「何(ナーン)も。ソリは空(から)で四百五十キロあるけど、あいつらは今年の春にデビューした新馬ばっかりよ。したからおもりは五十キロしか積んでない」

合計五百キロじゃないか。

ちらりとヤスを見た。真剣な顔つき。冗談をいっているようには見えない。

ゲートを出た馬はわずかの間走ると、コースに設けられたカマボコ型の坂を登り、下った。先頭を切っているのは四番、パドックで飛び跳ねていた馬だ。レースに出るのをいやがっているように見えたけど、いざ本番になると一生懸命に走っている。拍子抜けしたが、自分の注目した馬が一番だとやはり嬉しい。

「オレワツヨイだっけ？　ヤスがいいっていってた馬。四番？」

「いや、三番だ。四番はキングボマー」

爆撃王(キングボマー)っていうのは少し大げさな気がした。

「ねえ、どうしてあんな坂があるの？　何だか馬に意地悪してるみたいだね」

「コースが全部平らだったら面白くないべ。上手にヤマを登らせるのがジョッキーの腕の見せ所よ」

「カマボコ型の、あの小さいのが山？　ちょっとオーバーだね」

ヤスはコースの先の方を指さした。そこにもカマボコ型をした坂があったが、たった今馬たちがあっさり乗りこえたのに比べると倍ほども高さがあった。

「先の小さいのが第一障害、あの大きいのが第二障害といって……」

「ああっ」

声を上げてしまった。

せっかく先頭を走ってきたキングボマーがいきなり立ちどまったからだ。ほかの馬がどんどん追いついてくる。オレワツヨイなどあっさりと追い抜いていった。

「どうして止まるんだよ」

「いくら軽いっても五百キロだぞ。新馬だし。道中で息入れなかったらゴールまで走れるわけないっしょ」

確かに人間だって息が切れたら歩くか、止まるかして休む。

止まったのはキングボマーだけでない。ほかの馬たちも何度か足を止めた。オレワツヨイも同じで、今度はキングボマーが少しだけ前に出る。それでも十頭はほとんど横並びだ。

二歳という言葉が脳裏を過ぎっていく。生まれてからまだ二年しか経っていない。少し可哀想な気もした。

「荷物が軽いと、ちょっとなぁ」

ヤスがつぶやき、表情を曇らせる。

「軽いと、ダメなのかい？」

「今日は暑いべ。馬だって、暑いのは同じだから。まあ、ばん馬のレースで馬が死ぬようなことは滅多ないから」

「死ぬって？」

咽がいがいがして、きな臭くなった。

「ないない」ヤスは手を振った。「サラブレッドだったら、心臓が破裂したあともゴールまで走りつづけたとか、骨折とかあるけど、ばん馬は丈夫いいから」

心配ない、とヤスは笑った。

昨日の夜中、いや、もう今日になっていた。ぼくは父と話をしていた。

夕方、塾から帰宅して、食事を挟んで数学の予習をした。すでに午前〇時をまわっていたが、すんなり寝つけないことはベッドに入る前から何となく予感がしていた。

灯りを消して、目をつぶったとたん、目蓋の裏にはたった今詰めこんだばかりの数式がぐるぐるしはじめた。意味もなく、順番はでたらめ、とにかく物凄いスピードだから目につくのはxやy、√といった記号でしかない。

そのうち心臓がどきどきしてきて、もうダメだ。

あきらめて枕元の時計を見れば、午前一時十七分。部屋を暗くしてから三十分と経っていない。

ため息を嚥(の)みこみ、ベッドを抜けてトイレに行く。ほんの少し小便を出したあと、水を流し、部屋に戻ろうとしたとき、台所に灯りが点(つ)いているのに気がついた。

天井の照明でなく、流し台の上にある小さな蛍光灯だけなので、誰がいるのかわかった。

台所に入ると、ちょうど冷蔵庫の扉を閉めた父が目を剝いた。手にチョコエクレアを二つ載せている。

父は酒を飲まず、タバコも喫(す)わない。唯一の楽しみが甘味(スイーツ)だが、深夜に二つは多すぎる。

「まだ、起きてたんだ？」

「うん。さっきまで勉強してたんだけど。それに、ほら、明日はアレだから」

「そうだったな」

開きなおった父は食卓の椅子を引き、腰を下ろした。すでに牛乳とコップが用意してある。

「それじゃ、明日、塾はないんだな」

「うん」

「座るか」

「うん」

「エクレアは？」

「要らない」

首を振って、父の向かい側に座った。一応勧めるが、父はあっさりうなずく。就寝前の二時間以内にカロリーを摂取しないのは、母の習慣にしてわが家のルールなのだ。

ひと口でエクレアを半分ほど食いちぎった父は、口を動かしながら牛乳をコップに注いだ。エクレアを嚥みこみ、言い訳するようにいう。

「晩飯がカップ麺だったから」

大学病院にある研究室で、実験やパソコンを打っている合間に食べたのだろう。

「毎日カップ麺でよく飽きないね」

「馴れだ、馴れ。今日はマウスの実験だったんだ。ずっと観察してて、実験が終わったときには腹減って倒れそうだった。空腹は最高の薬味って、本当だな」

「死んだの？」

「ああ」

「よかった」

マウスが、だ。

いつのころからだろう。父がマウスを使った実験をしたというと、死んだか死なななかったか訊くようになった。死んだといわれるとほっとする。もう注射されたり、癌細胞を植えつけられたりすることがないからだ。

実験用のマウスは針で刺され、メスで切り裂かれ、病原菌や薬で苦しむために生まれてきた。多くのヒトの命とマウスの命は等号で結ばれる。その公式は、さっきまで見ていた参考書には載っていない。

あっという間に二個のエクレアを平らげ、父は牛乳を飲んだ。コップを置き、ちょっと考えたあと、牛乳を注ぎ足した。

父と目が合った。ぼくは自分の唇の端をさわった。父は唇の端についていたチョコを拭った。

「爺ちゃんのこと、憶えてるか」

「無理だよ。一歳半だもの」

「記憶の始まりか。お母さんがいいそうなことだ」

母が何度も教えてくれた。初めて教わったのは、ぼくが小学校二年生のときか。

『独立した単語をくり返すだけでなく、単語をつなぎ合わせて多少なりとも会話らしくなるころ、つまり言語の獲得時期と記憶の始まりはだいたい一致する。平均すると三歳くらいね』

子供を子供扱いせず対等の目線で話をするのが母の流儀だ。おかげで一歳半のときにしか会っていない祖父は初対面に等しいと理解できる。

父がふっと笑う。

母の一人称はつねに私だが、父は相手によって変える。ぼくに相対したときは父さん、母に対してはぼく、たまに電話でおれといっているときがあるけど、相手はわからない。唯一の例外は、ぼくの前でも母が一緒にいるときだけは亜樹と呼ぶ。

自分を父さんという癖に、母をお母さんという。おを載せて呼ぶのは、母に対する敬意か、恐怖のあらわれなのだろう。

「どうしても行かなくちゃいけないのかな」

「いや……、なのか」

「そんなことないけど……」

父の髪が濡れているのにパジャマの襟元からのぞく肌は生白い。シャワーを浴びただけなのだろう。湯船に浸かることは滅多にない。面倒くさいから、という。

小学校の一、二年生までは父とも一緒に風呂に入っていた。そのころもシャワーだけだった気がする。シャワーをしばらく浴びていただけで、躰を洗おうとさえしなかったこともある。

お母さんには内緒だぞ、といわれた。

母とは今でもたまに一緒に風呂に入る。背中の中心のくぼんだところをこすってもらうためだ。

最後の抵抗を試みた。母と違って、父には思ったことがいいやすい。

「全然知らないところだからさ。十日はきついよ。お父さんだって、ずっと行ってないでしょ」

「三年前かな。札幌で学会があって、帰りに寄った」

初耳だ。

父は牛乳をひと口飲んだ。

「父さんがうちを出たのは十五のときだ」

「知ってるよ。高校の寮に入ったんだろ」

函館(はこだて)にある私立高校を選んだのは、父の出身地本池町(もといけちょう)の高校はお世辞にも進学校とはいえなかったからだ。最寄りで一番優秀といわれた進学校に通うとしても片道二時間、往復四時間かかった。毎日のことなら、その分を勉強にあてた方がいいと十五歳の父は判断した。

その甲斐あって、一浪したものの、国立大学の医学部に進むことができた。

「兄貴は……、辰彦(たつひこ)伯父さんは面白くなかったかも知れない」

「何が？」

「父さんが函館の高校へ行ったことが、さ」

「やめてよ。明日から伯父さんのうちへ行くのに」

「すまん、すまん。でも、大丈夫だ。爺ちゃんも伯父さんもお前には優しくしてくれる。口の利き方は少し乱暴なところがあるけど、二人とも根は優しい。会えば、お前もわかる」

「どうしても十日いなくちゃならないの」

「悪いけど、父さんもお母さんも取り込みごとがあってな」

「お父さんは医局に泊まり込み？」

「まあ、たぶん」

父が大欠伸（おおあくび）をした。話を打ち切りたいというメッセージでもある。目尻の涙を指先で拭って立ちあがった。つづいて立とうとしたとき、父がいった。

「友親はさぁ、お母さん似でよかったよな」

父の体型はずんぐりむっくり、腹が丸く突きでている。最近はその突きでた腹が重力に逆らいきれず、全体的に垂れさがってきた。母はすらりとしていた。身長も母の方が二センチ高い。

蹴りだされた蹄が砂にすっぽり埋まるほど突きささる。ヤスは軽いといっていたが、それでもソリは五百キロあるのだ。前脚を踏んばる。胸の筋肉が盛りあがる。

それでも決して速いとはいえないだろう。ぼくとヤスは時々小走りになりながらも馬と並んでコース脇を移動することができた。

深々と突きささった蹄が蹴りあげられ、大量の砂がぱっと舞った。それが十頭。砂埃が凄まじかった。スタート地点からゴールに向けて弱い風が吹いているので、砂埃は雲となって、十頭をすっぽり吞みこんでしまった。

埃は観客にも容赦なく襲いかかった。悲鳴をあげて逃げる人もいる。

口の中に砂が入ってきた。何度唾を吐いても、ざらざらした感じがなくならない。コーラの甘みも残っていたので、口の中はざらざら、ねばねばだ。

またしても驚かされた。第二障害の手前で次々と馬が止まったからだ。キングボマーなど真っ先にたどり着いたというのに、まるで最後尾の馬を待っているかのように動かなかった。

「こんなのあり?」

「第二障害はきつい。たっぷり息入れないと登れるもんでない」

ヤスがぼくに目を向けた。少し大人びた顔に見えた。

「馬券買うなら一着、二着さえ気にしてればいいけど、馬主や生産者にしてみれば、せめて入賞してくれって思う」

「何着までに入ればいいの？」

「五着だ。このレースは十頭だから半分より上ってことだな。したら次のレースもある」

「入賞できなかったら？」

「馬主次第さ。今は景気がよくないから、勝てない馬を遊ばせておく余裕なんかない」

レースに出られなくなった馬がどうなるか訊こうとしたとき、観客の間から大きな喚声があがった。

目を上げると、第二障害の天辺(てっぺん)に一頭の馬が姿をあらわしていた。もうもうとした埃を突きぬけてきたので、まるで雲の上に立っているみたいだ。

「行け、行けぇ」

「ほれほれ」

「そのまま、そのまま」

声援というより怒鳴りつけているような声が飛ぶ。男だけでなく、女の声も多い。

「やっぱりオレワツヨイか」

ヤスががっかりしたようにいう。

ゼッケン番号三番、焦げ茶色の躰で前髪にはピンクのリボンをつけている。

「メスなのに、オレはないんじゃない」

「何？」ヤスはすぐにうなずいた。「ああ、リボンか。オレワッツヨイはオスだけど、リボンは厩舎の趣味なんだ」

オレワッツヨイは前脚をそろえて出し、砂を手前にかくようにしながら腰をしゃくり上げた。一度、二度。三度目で第二障害を乗りこえ、斜面を滑りおりる。ほかの馬は、まだ砂の雲に隠れて見えない。

坂を下りてからもオレワッツヨイは頭を下げ、前進をつづけた。

コース脇の観客が声を発しながらオレワッツヨイと並んで小走りになっている。ヤスとぼくも横走りをした。

ゴールまであと十メートルで、オレワッツヨイは完全に独走態勢に入っていた。橇の上に立つ騎手は鞭を肩にかついだまま、振りおろそうともしない。

最後までたくましい足取りで砂を蹴散らし、オレワッツヨイは一着となった。つづいて十番の馬がゴールに飛びこむ。

一、二着が決まると観客の大半がスタンドへ引きあげていったが、ぼくたちは立ちつくしたまま、ゴール前を見ていた。

キングボマーが第二障害を下りたのは四番目だが、平らなところを歩きはじめてすぐに九番に抜かれた。さらに一番の馬が追いすがってくる。

五着以内なら入賞、次のレースがある。

だけどキングボマーは疲れきっていた。呼吸のたびに大きく膨らみ、しぼむ腹が濡れて光っている。汗まみれなのだ。

苦しげな息づかいさえ聞こえてきそうだ。

脚が止まりそうになるたび、ソリに乗ったジョッキーが鞭を使い、キングボマーの尻を打った。それでも四番の馬は前へ逃げ、一番が追いすがってくる。

六着じゃ、ダメだ。

スターティングゲートを飛びだしたときの勢いはキングボマーにも一番の馬にもなかった。よろよろと前脚を出し、じりじりと進んでいく。

四番がゴールに入った。

ヤスがキングボマーと一番の馬を指さす。

「ソリの尻に入ってる白い線、わかるか」

「うん」

「あれが入らないとゴールにならないからな。鼻が入ってもダメなんだ」

ぼくの目はキングボマーと一番の馬のソリにある白線に釘付けになる。

自然と走りだしていた。

ゴールまであと数メートルというところで二本の白線が重なり、さらに一番の方が少し前に出たように見えた。

咽はひりひり、舌が口いっぱいに膨れあがって、声が出せなかった。

もうダメだと思った瞬間、一番の馬が止まった。ジョッキーがソリの上で躰をのけぞらせ、手綱をいっぱいに引く。その間もキングボマーは止まらない。鞭が鳴りつづけていた。

キングボマーが前へ、前へ進み、ようやくゴール。

勝った。

汗がどっと噴きだし、顔を流れおちていく。目がちかちかして、まばたきした。

担当の厩務員がキングボマーに駆けより、手を伸ばした。

その指先をすり抜けるようにキングボマーの鼻が下がった。次いでゆっくりと膝を折り、やれやれ疲れたとでもいうようにその場に座りこむ。

何？

ほかの馬はレースが終わってもちゃんと立ってるぞ。

やけに自分の心臓の音が耳につく。

それからキングボマーはぼくに背中を向け、寝そべった。盛りあがった腰の辺りも濡れ、茶色の毛がぺたりと張りついている。

「ヤバいぞ、あれ」ヤスが圧し殺した声でいった。「腹、動いてないもの」

「動いてないって……」

息をしてないってことか、と訊きかえせなかった。

厩務員が立ちあがり、キングボマーの足元にまわると、腹の辺りを蹴りはじめた。

「何してるの、あれ？」

むかっ腹をたてて、声を上げる。

「心臓マッサージだよ。図体がでかいから蹴飛ばさないと効かないんだ」

ヤスが怒鳴り返した。

キングボマーは動かなかった。ほかの馬がすべて連れていかれ、たった一頭だけ寝そべり、取りのこされていた。ソリも外されたというのにまだ動かない。

腹を蹴飛ばしていた厩務員はキングボマーの鼻先を太腿で挟むように座りこむと、黄色のジャンパーを脱いだ。

ジャンパーで大きな顔を包む。うつむいているのでヘルメットのひさしに隠れ、顔は見えなかった。

ぼくとヤス、常連の誰もが立ちつくし、キングボマーを見ていた。

胸の中がぽっかり空洞になったような気がする。

祖父のところに戻ると、帰るぞといわれた。

家に着くなり、祖母さんに挨拶せにゃ、といわれたので、どんな人だろうと思っていると大型冷蔵庫ほどもある仏壇の前に連れてこられた。あぐらをかいた祖父が鉦を鳴らし、合掌して、くぐもった声でお経を唱えはじめる。その後ろに正座したぼくも手を合わせた。

競馬場からの帰り道、祖父が運転する大きな四輪駆動車の後部座席でぼくはずっと窓の外を流れる景色を眺めていた。祖父もヤスもほとんど話をしなかった。話しかけられもしなかった。

ずっとキングボマーのことを考えていたのでぼくにも都合がよかった。ひょっとしたら祖父もヤスも同じだったのかも知れない。

二人の厩務員に引かれながら一メートルほども跳びあがったキングボマー。第一障害を真っ先に駆けおり、第二障害にもトップでたどり着いたキングボマー。ゴール前、汗まみれになりながらよろよろ歩きつづけ、ついに入賞を果たしたキングボマー。

車の中で、助手席にいるヤスの背中を睨みつけもした。

ばん馬は丈夫だから死ぬようなことはないといったじゃないか、と。

でも、暑すぎることを心配していたのもヤスだ。馬が死ぬようなことはないというのは、ぼくにではなく、自分にいい聞かせていたのかも知れない。

手を合わせたまま、ぎゅっと目をつぶった。キングボマーがゆっくりと倒れこんでいくところが浮かんできたからだ。あのとき、もうキングボマーの心臓は止まっていたのだろうか。ぼくの心臓はまだどきどきしている。動いている。少し申し訳ない気がした。

倒れたキングボマーの躰は工事現場で使うブルーのシートに覆われた。厩務員は座りこんだまま、黄色のジャンパーでくるんだ大きな顔を撫でていた。

その後、十人ほどの人が集まり、キングボマーを穴の空いた鉄板の上へと移動させた。トラクターがやって来て、鉄板ごとキングボマーを運んでいくまで、ぼくはずっと見つめていた。

ぼくのすぐ後ろで何人かが話をしていた。ダブちゃんや三重のおいちゃん、ほかの常連だったかも知れない。ずっとキングボマーを見ていたので、ふり返れなかった。

『そういえば、あの馬、この前の重賞を回避してたな。調子悪かったのか』

『あのメンバーじゃ、ボマーに勝ち目はなかった。だからじゃないですか』

『今日は入賞しとかんと、次はもっと厳しくなったからな』

『あの馬、期待してたのになぁ』

『パドックで暴れてたっしょ。嫌がってたのかな』

『いやぁ、あの馬、いつもうるさかったから。今日が特別ってわけでないと思うけど』

『心臓が悪かったとか』

『ジョッキーも無理させたんじゃないか』

『無理させんかったら次ないもの、どうしようもないって』

パドックで暴れていたと聞いたときには、思わずふり返りそうになった。ちょうどトラクターが動きだしたところで、目を離せなかった。

生まれてきて、二年とちょっと。

胸の空洞はちっとも埋まらない。

思いをふり払って、目を開けた。手を下ろすと鴨居に並んでいる額入りの写真を見上げた。右端の男は胸の半分くらいまである立派な髭を生やし、隣りの女の人は目が細い。どちらの写真もセピア色になっている上、色が抜けていて古い写真だ。左隣りの男は鼻の下に髭をたくわえ、隣りの女の人は着物姿だ。ここまでがモノクロ、次の写真がカラーで、髭のない男の人で並んでいる写真の中では一番目元が優しそうだ。隣りに並ぶ女性の写真を見てはっとする。

丸顔で、穏やかな表情をしていた。メタルフレームのメガネをかければ、父そっくりになる。写真の下には、八重、行年五十二とあった。五十二歳ということかと思った。年齢のわりには老けているような気がする。

祖父の大きな背中に目をやる。背が高くて、がっちりした体型の祖父に父はあまり似ていない。

ぼそぼそとつづいた祖父のお経が終わり、仏壇に向かって一礼する。ぼくはあわてて合掌し、頭を下げた。

あぐらをかいたまま、くるりと反転した祖父が写真を見上げた。

「あれがトモの祖母ちゃんだ。もう死んで二十年以上になる」

「病気？」

「くも膜下出血だった。風呂に入るのに、脱衣場で裸になったところで倒れた。いつも長風呂だったんだ。したから俺も辰彦も大して気にしてなかった。おかしいなと思って、のぞいたときには、もう冷たくなっとった。もう少し早く気づいてやれば、助かったかも知れんのに。可哀想なことをした」

祖父は写真に手を合わせると、短くお経を唱えた。

「その隣りがトモの曾祖父さんと曾祖母さん、さらに隣りが……、何ていうのかな、曾々祖父さん、曾祖母さんの親、ま、御先祖様だ」

「立派な髭ですよね」

「北海道に渡ってきたのは明治だが、生まれは江戸時代だ。髭を伸ばすのも根性が要る。俺も真似してみたけんど、さまにはならん。汚いだけよ」

「いや、恰好いいですよ」

祖父はじっとぼくの顔を見返した。座り直す。

「もっと楽にすれ。うちに来て、何も気ぃ遣うことない。ここは俺の家、お前の爺ちゃんの家なんだから」

「はい」

祖父の家は大きかった。

二階建てで、何部屋あるのかわからない。今まで見てきた、どの友達の家より大きい。畑の中の一軒家だ。

玄関を入ってすぐ左が居間で、居間の奥につづく和室に仏壇が置いてある。

あたりを見まわした。

「何か珍しいものでもあるか」

「広いなぁと思って」

「十二畳、ある。座敷にしたらそんなに広い方でないさ。今じゃ物置だ」

「物置ぃ」

思わず声が大きくなってしまった。2LDKのマンションに住んでいる身には信じられなかったが、いわれてみれば、なるほど古い段ボール箱や埃をかぶった足裏マッサージ器が雑然と放りだしてある。

立ちあがった祖父は居間に移った。

「こっち来て、休め」

「はい」

居間には電器店でしか見たことがないような大きな薄型液晶テレビがあった。部屋が広くないととても置けないサイズだ。

テーブルを前にして座る。祖父は座らず台所に入った。

しばらくして戻ってきた祖父は右手に氷の入ったグラスと缶コーヒー、左手に一升瓶を提げていた。缶コーヒーをぼくの前に置き、グラスを自分の前に置くとあぐらをかいた。一升瓶を持ちあげた。ラベルに焼酎の文字が見える。

「いつもなら馬にカイツケしてから一杯やるんだけど、今日はヤスが代わりにやってくれるっていうから」

照れ笑いを浮かべ、祖父は言い訳するようにいった。焼酎をグラスに注ぐ。

「馬、飼ってるんですか」

グラスを持ちあげた祖父が顔をしかめた。

「楽にすれっていったべ。何も遠慮することないんだから」

「すみません」

「いいって」祖父はにっこりした。「初めて会ったようなもんだもの、仕方ないさ。ほれ、乾杯」

グラスを差しだしてくる。缶コーヒーのプルトップを引いて開け、急いで差しだした。グラスと缶を合わせる。

グラスに口をつけると、祖父は顔を仰向かせて飲んだ。喉仏が上下している。本当に美味しそうな飲みっぷりだ。コーヒーをひと口飲んでみる。甘さに顔をしかめそうになった。ふだんあまり清涼飲料を飲まないし、コーヒーを飲むにしても無糖ばかりだ。ほんの少しなのに口の中がべたべたになった気がする。

半分ほど飲むと、祖父はグラスを置いた。大きなげっぷをする。目を上げた。祖父の顔が赤い。鼻の天辺はひときわ赤かった。まだ酒がまわったわけでもないだろうし、日焼けにも見えない。

「ばん馬、面白かったか」

「びっくりした。だって……」

「キングボマーか。初めて見たレースで馬が死んじまったら、そりゃ、びっくりだな」

目を伏せた祖父は焼酎をひと口すすった。

「うちも馬を飼ってる。ばん馬だ。辰彦は忙しいから馬の面倒なんかみれないけど、ヤスがよくやってくれる。あいつは、馬好きだ」

「競馬場でいろいろ教わった」

「小さいころからおれのあとについて競馬場に行ってたからな。なかなかイッチョマエのこというべ」

「さっき爺ちゃんがいってた、カイツケって何？」

「餌だ。トモだって毎日ご飯食べるしょ。馬だって同じだよ。いつもは夕方カイツケして、それから焼酎にするんだけど、学校が休みのときはヤスが時々代わりにやってくれる。おれはズルして飲みはじめるんだ」

「あの馬、どうして死んじゃったのかな」

祖父は目を伏せたまま、答えようとしなかった。まるでぼくの声が聞こえなかったように。

やがてぼそりといった。

「生きてるからな。生きてれば、いつかは死ぬ」

「具合が悪かったの」

「そんなことはないべ。案配悪かったら調教師も馬主もレースになんか出さない」

「誰かが無理させたっていってたけど」

「無理なぁ」

祖父は首をかしげ、小さな声で仕方ないべなと付けくわえた。

「ただいま」

開けっ放しになったドアのところに大柄な男が現れた。黒のスポーツウェア上下を着て、手には白いポリ袋を提げている。

ぼくを見るなりいった。

「おう。トモか。よく来たな」

あわてて正座をして、頭を下げる。

「お邪魔してます」

「楽にすれって。伯父さんのところへ来ただけなんだから。それに、ほれ、今日はお客さんだからご馳走も買ってきたし」

伯父は手にした袋を差しあげてみせた。

成吉思汗（ジンギスカン）の逆襲（その2）

「ほれ、遠慮しないで、食べれって」

食卓の向こう側に座っている辰彦伯父の、ぎょろりとした目が少し怖い。

日焼けした顔は白目まで真っ赤。大きなグラスにたっぷり氷を入れ、一升瓶から焼酎を注いで飲んでいるからだろう。グラスには輪切りレモンを四、五枚突っこんで、ぐちゃぐちゃにしてある。唇の端にタバコをくわえたまま話すので、時おり灰が落ちたが、気にする様子はまるでない。風呂上がりで、上下青のトレーニングウェアを着ていた。白髪交じりの髪は逆立っている。

食卓にはホットプレートが置かれ、肉とタマネギ、モヤシ、キャベツが山盛りになって湯気をあげていた。肉から滲（にじ）みだした脂が熱い鉄板に触れ、小さな泡となって、ぶちぶち弾（はじ）けている。ほかにも大きく平べったい丼に盛った野菜の煮物や漬物が並んでいた。

食事が始まる前から焼酎を飲んでいた祖父は食卓を離れ、手枕をして寝ている。往復するいびきは凄まじく、テレビの音量を上回っている。

「お代わり」

ヤスが幸代伯母に丼を突きだしたので心底びっくりした。食事が始まって、まだ三分と経っていないし、いただきますといったときには、丼には飯が山盛りになっていた。

「トモもぼやっとしてないで」

伯父の赤く染まったぎょろ目に睨まれ、身が縮む。

「はい」

箸を伸ばし、火が通ってへなへなになったタマネギをつまみ、目の前の小皿に置いた。皿には醤油ダレが注いである。

伯父ががっかりしたような顔をする。

「肉、嫌いか」

「いや、好きです」

山盛りに飯をよそった丼をヤスに渡した伯母もいう。

「ほんと何もごちそうなんかないけどね、ヤスが大食いだから量だけはいくらでもあるのさ。だから遠慮しないで。肉はね、父さんが有楽町まで行って買ってきたから、美味しいよ。冷蔵庫にまだまだあるから」

有楽町？　伯母の顔をまじまじと見てしまった。伯母が目を丸くし、次いで吹きだす。

「ごめん、ごめん。有楽町ってジンギスカン屋の名前さ。トモちゃんは内地の人だも、東京の有楽町だって思っちゃうよね」

伯母は小柄で、少々太め、目が細くていつも笑っているように見える。

それにしても、やっぱりジンギスカンだったか。食卓にホットプレートが置かれたときから、いやな予感がしていた。

ちょうど去年の夏、父と母と三人でジンギスカンを食べにいった。羊肉はコレステロールが少なく、食べても太らないということでちょっとしたブームになっていたころだ。ふだんはあまり北海道出身を主張しない父が珍しく張りきり、本場の味を売り物にする専門店を見つけてきた。

店内に入るなり、母がつぶやいた。

『いやだ、脂臭い。気持ち悪くなりそう』

こってりスープが自慢のラーメン店に行くと、一日中豚骨を煮ているため、顔や腕がべたべたしそうなほど脂の匂いが立ちこめている。母はそいつが嫌いだ。ジンギスカン専門店も同じ匂いがした。

「ほら」伯母に声をかけられた。「遠慮しないでね。有楽町の肉はおいしいんだから」

伯母はにこにこ、伯父はタバコを横ぐわえにして赤い目で見ている。ヤスだけが肉と飯を交互に口に運んでいた。

勇気を振りしぼり、よく焼けた肉片をつまみあげた。目を上げたヤスがぼそっという。

「半生くらいがうまいのに」

「一丁前の口利いて」

伯父がヤスの坊主頭を小突く。

父、母と三人でジンギスカンを食べた夜は最悪の結末をむかえた。

肉を一切れ食べただけで、店内の匂いなど問題にならないくらい強烈な臭気が口いっぱいに広がったのだ。ミルク臭いというか、ちょっと変わったチーズっぽいというか、とにかく変な匂いで咽がぐっとすぼまった。

『何、これ』

眉間に深々としわを刻んだ母はろくに噛みもしないで嚥みこみ、まるで咽の内側にべっとりへばりついた脂を流すように大量の水を飲んだ。その後、野菜サラダをちょっとつまんだだけである。

北海道といえばジンギスカンと大はしゃぎしていた父もひと口食べては右に、もうひと口食べては左に首をかしげ、だんだん無口になっていった。

タレに肉を浸したものの、どうしても視線はホットプレートに引きよせられる。半分は赤いジンギスカン、残り半分には白くぬめぬめした内臓肉が並べられていた。オレンジがかったタレに漬けこまれたホルモンに違いない。

絶望的。

実はジンギスカン専門店に行ったとき、父はホルモン焼きも注文した。銀色の皿に載せられたホルモンが運ばれてきたときの、母の凄まじい目つきは忘れられるものじゃない。

『今日は、一日中だったのよ』

そのあと、何か専門用語を口にした。意味がわからなかったが、あとで父が大腸の内視鏡検査のことだと教えてくれた。母が検査を受けたわけではなく、患者の大腸をずっとのぞいていたのだ。父はホルモンは小腸なんだがなぁといったが、そういう問題じゃないだろう。消化器専門医の母に平気で小腸を食べさせようとした父の専門は病理学。

ホルモン焼きはジンギスカンより変な匂いがして、ひと口食べただけであとは断念した。母はまったく手を出そうとせず、父一人ががんばったが、それでも半分と食べられなかった。

ジンギスカンとホルモンがホットプレートを仲良く半分ずつ占領している。

絶体絶命。

伯父、伯母、ヤスの視線に押されるように何とか口に入れた。熱い。我慢して噛む。顎の力が情けなく抜け、歯に力が伝わらない。それでも口の中にはじわりと広がる、あの脂の変な匂いが……、ない。

すでに苦い唾を出そうと待ちかまえていた咽が拍子抜けする。

それどころか、今まで食べたどの焼き肉より美味しかった。噛むほどに湧きだす肉の甘みは生まれて初めての経験で、醤油ダレとからまると腹の底から食欲をかきたてる。どういうことだ？　自然と二切れ目に箸が伸びた。

「ほれ、これも試してみれ」

伯父は赤い唐辛子を振ったホルモン焼きをあごで指した。ジンギスカンよりさらに勇気が要ったが、口にしてみると焼けた味噌の香ばしさとこりこりしたホルモンの食感がマッチして、白いご飯に合う。

ぼくが猛然と食べはじめると、伯父も伯母もすごく嬉しそうな顔になった。

「お代わりお願いします」

ついに飯を食べきり、空になった丼を伯母に差しだしたとき、寝転がっている祖父が放屁一発。

「爺ぃ、臭えぞ」

ヤスは箸を持ったままの右手で祖父の尻を叩いた。伯父と伯母が申し訳なさそうに笑みを見せる。

すべて母は嫌うだろう。食卓でのタバコ、焼酎、ジンギスカン、ホルモン、おなら……。どれにも眉間に深いしわを刻むはずだ。

今朝、ぼくが目を覚ましたときには、すでに父も母も出勤したあとで、携帯電話に母からメールが入っていた。

朝、出かける前にシリアル、リンゴ、野菜サラダを食べること。

冷蔵庫を開けると、ラップをかけたガラスの器があった。レタス、トマト、キュウリ、セロリがきれいに盛りつけてある。器を取りだしてラップを剝がし、中身を流し台の排水口に捨てた。足元のスイッチを踏む。

排水管に内蔵されている電動カッターがうなりをあげ、野菜を粉砕する。あとは水で流した。シリアルに牛乳をかけて食べたが、リンゴのことはすっかり忘れていた。

同じ食卓なのに今朝と今夜ではまるで違う。

それにしても食べすぎだ。丼飯二杯に、ジンギスカンとホルモンは何人前食べたかわからない。胃袋がぱんぱんに張りつめ、苦しい。

後ろに手をついて腹をさすっていると、祖父がむっくりと起きあがった。ズボンのポケットから携帯電話を取りだす。マナーモードにしてあるらしく、鈍い振動音が聞こえた。

携帯電話を開いた祖父が耳にあてる。

「もしもし」

大きな声だ。目をつぶったまま、相手のいうことに何度かうなずいている。

「そったらこと、お前、何も心配要らんて。俺は商売でやってるわけでないんだから……、何もだ、お前が気にすることないべさ……、いいんだって、お前、どうせうちは家族ばん馬だから……」

ここで寝なさいといって、伯母が布団を敷いてくれたのはがらんとした八畳間で、ヤスの部屋の向かいにあった。掛け布団のしわを伸ばすと、枕元に折りたたんだパジャマを置く。

「これ、使ってね。お客さん用で、トモちゃんには少し大きいかも知れないけど」

「ありがとうございます」

「それとトイレは二階にもあるから。階段の向かい側ね。今日は疲れたしょ」

「はい、少し」

そういいながら伯母は押入から古い電気スタンドを出して、枕元に置いてくれた。

「したら、もう寝るかい」

「そうします」

「ヤスももう寝たわ」

「おやすみなさい」

伯母が出ていくと、取りあえず部屋の隅にナイキのデイパックを置いた。

祖父の早寝にはびっくりした。むっくり起きあがって電話を終えたあと、お茶漬けをかきこみ、仏壇の置いてある和室の隣りに引っこんでしまった。午後八時にもなっていなかった。

カーゴパンツのポケットから携帯電話を取りだす。まだ、午後十時。とても眠れそうになかったが、起きていてもしようがない。ヤスの部屋はすでにひっそりしている。いつもなら塾が終わって、帰りの電車に乗っている最中だろう。布団の上に携帯電話を放りだし、パジャマに着替えた。

携帯電話が震動する。開いてみると、母からメールが来ていた。

今日一日、どうだった?

たった一行だが、母のメールはいつも用件だけでしかない。皆、いい人、おやすみ、と返信する。電気スタンドを点け、わきに携帯電話を置く。天井の蛍光灯を消し、掛け布団をめくって横になった。枕に頭をのせ、天井を見上げる。

ため息が漏れる。

カーテンは引いてあったが、窓は開け放たれているようだ。七月だというのに滑りこんでくる空気はひんやりしている。

静かだ。

また、ため息を吐いた。まだ胃袋は張りつめている。大量の肉に二杯の丼飯は食い過ぎだ。枕元の携帯電話を取って開く。それからメールを打ちはじめた。

一行目に親愛なる君へ、と打ち、改行する。仰向けになったまま、左手だけでボタンを押す。両手でも打てるけど、早く打つ理由がなかった。

親愛なる君へ。

今朝はシリアルに牛乳をかけて食べたけど、お母さんが買ってくるのはノンシュガーだ。小学生のころに食べていた砂糖をまぶしたコーンフレークが懐かしい。甘くなった残りのミルクをスプーンですくって飲むのが好きだった。サラダはディスポーザーで始末した。野菜は苦いし、噛むだけで疲れる。だからレタスやトマトやキュウリがぐちゃぐちゃに切り刻まれるのを見るとすっきりするのかも知れない。

飛行機の座席は通路側で窓の外は見られなかった。キャビンアテンダントは年寄りで、オレンジジュースは薬臭かった。どんどんサービスが低下しているけど、原油高で燃料が高騰すれば、もっと悪くなるだろう。

特急の窓から車が走るのを見ていた。追い越されたり、追い越したり、案外飽きなかった。珍しくもない白いライトバンなのに夢中になった。まだまだぼくは子供だ。

駅に迎えに来たじいちゃんと、イトコのヤスと帯広競馬場に行った。バンバを見た。馬がそりを引いているとびっくりしたらヤスに笑われた。

最初のレースで馬が死ぬところを見た。キングボマーという名前だった。暑かったからだとヤスはいった。十頭のうち五番以内に入らないといけないので無理をさせたからだと誰かがいった。じいちゃんにどうして死んじゃったのかときいたら、生きていれば、死ぬといった。当たり前じゃないか。

おじさんは赤い目が怖い。おばさんは優しそうだ。二人とも自分を父さん、母さんと呼ぶ。ホームドラマの登場人物になりたいのか。

ジンギスカンとホルモン焼きがメチャクチャおいしかったのにはびっくりした。田舎にあるのに有楽町なんて名前の店から買ってきたといっていた。

東京ならレトロっぽい名前を付けて、店をわざとらしく古く見せるところだが、田舎だから逆なんだろう。きっと白と黒のインテリアで、ジンギスカンの店っぽくしてないのだろう。わざとらしいのは同じことだ。おいしかったから、まあ、許してやるけど。そんな店、行っても気に入らないだろうけど、絶対に行くこともないから、どうでもいいけど。

夜、寝るのが早い。早すぎる。じいちゃんは八時前に寝た。ヤスも九時には寝た。

今、十時を過ぎた。考えてみれば、君にメールを打つ時間はいつもと変わりない。偶然の一致だけど。

まだ眠くならないけど、取りあえず眠る努力を始めよう。おやすみ。また、明日。

メールのタイトルに今日の日付を入れ、宛先に木村友親を選んだ。自分のパソコン用メールのアドレスだ。

送信ボタンを押す。

小学四年生のときから携帯電話を持っていた。両親とも仕事をしていて、帰りが遅くなることも珍しくなく、ぼくはぼくで学校が終われば、塾に行かなくてはならない。ちょっとした連絡、伝言に携帯電話は欠かせなかった。たとえほとんどが留守番電話のメッセージを聞くだけだとしても。

中学生になって、メール機能のついた機種にしてもらった。初めてメールを打った相手は母、二番目が父、三番目が自分だ。小学校六年生のとき、お年玉でノートパソコンを買い、インターネットを始めていた。

学校や塾の友達ともメールをやり取りしていたが、テレビにもゲームにも服にも興味がなかったのですぐに話題が尽きてしまった。学校が終われば、塾、塾、塾の毎日でテレビを見たり、パソコンをいじる余裕はなく、皆がどうやって時間を作っているのだろうと時々不思議になる。

塾から帰ってくる途中、電車の中で自分にメールを打った。いつの間にか習慣になった。日記ではなく、メール。

その日一日見たこと、聞いたこと、感じたこと、食べたものを書く。送付先に自分を選んだのは、思ったことを思った通りに書き送って、唯一問題にならない相手が自分しかいなかったからだ。友達にメールを打てば、友達のメールも読まなくてはならない。まして父や母は忙しいから何もいえないし、たとえ親であっても自分の考えていることとかに踏みこんでこられるのは、ひたすら面倒くさい。

デイパックに目をやった。今日一日、教科書、参考書、ノートを一切開いていない。それでも不思議と焦りはなかった。

千歳から帯広へ来る間、特急の窓から起伏があまりない畑の広がりを見ていて、刺激がなさすぎて頭が悪くなりそうだと思った。ひょっとしたら、もうのっぺりした土地がぼくの脳をぼんやりさせ始めているのか。それがいやで、怖くて、父は函館に出て行ったのかも知れない。

「寝よう寝よう」

わざと声に出して、枕元のスタンドを消し、目をつぶった。

真っ暗になったとたん、浮かんできた。

爪が汚れ、ごつごつした手が差しだされる。その指先をすり抜けて墜ちていくキングボマーの鼻先。崩れるように寝そべったキングボマーの腹は動いていなかった。ゴールしたときには、まだ心臓は動いていたのか。前脚を折りまげたときには？　厩務員がキングボマーの腹を思いきりキックした。心臓マッサージだとヤスはいった。そのあと厩務員は自分のジャンパーを脱いで、キングボマーの大きな顔を包んだ。

心臓がどきどきしてきた。

わざとジンギスカンやホルモン焼きのことまでメールに書いて、今日一日を終わりにしたつもりだったのに。目を開き、暗い天井を見上げる。

「もう」

スタンドを点けて、起きあがった。

寝つけない夜にできることといえば、勉強か、携帯電話でメールを打つか、トイレに行くくらいでしかない。

部屋を出て、足音をしのばせ、廊下を歩く。小便がしたかったわけではないが、ほかにすることがないんだからしようがない。

階段の降り口まで来たとき、下から伯母の声が聞こえた。

階段を降りると玄関に出て、玄関のすぐわきが居間になっている。ドアが開けっ放しになっていた。テレビのコマーシャルらしい声が聞こえる。

「正彦さんは、本当に夫婦別れするつもりなのかしらねぇ」

足が止まった。代わりに心臓が全力疾走に入った。

テレビの音量に負けないよう伯母は大声を出したのだろう。伯父が何かいったが、聞きとれなかった。

後ろをふり返る。ヤスの部屋は静まりかえっていた。階段を一段下りた。軋(きし)んで、どきっとする。もう一段、下りる。

また、伯母の声がした。

「トモちゃん、何にも知らないんでしょ。あのくらいの年ごろが一番難しいのにねぇ。二人ともお医者さんで頭いいんだから、それくらいのことわかりそうなもんだけど」

夫婦別れ？

父と母が離婚するってこと？

何も知らない。聞いてない。前の晩、父はいった。

『悪いけど、父さんもお母さんも取り込みごとがあってな』

それでぼくは北海道に追いやられたのだろうか。

いきなり足を蹴飛ばされた。布団をはぐり、目を開けるとヤスが立っていた。

「いつまで寝とるのよ。内地の奴は寝ぼすけだな。ほら、これ、着れ」

ヤスは手にしたブルーのつなぎを布団の上に放りだした。

「何？」

「調教だ」

「チョウキョウ?」

ヤスが笑った。

「ばん馬だ、ば、ん、ば。うちの馬に橇曳(ソリひ)かせるんだ。さっさと起きれって」

いつの間にか朝になっていた。

史上最悪の夏休みは、二日目に入った。

すっと鼻面を沈めた馬が上目づかいにぼくを見た。目が合った直後、馬はいきなり顔をはね上げ、かがめていた前脚を伸ばす。

蹄が地面を蹴り、土埃が舞った。

馬の腰に太い筋肉の束が浮かびあがり、前脚を持ちあげると、天に向かっていなないた。

息を嚥んだ。

空気を裂く前脚は祖父の頭の上にあった。蹄鉄が朝日を反射して、きらりと光る。直撃すれば、祖父の頭は粉々になるだろう。膝から力が抜けた。

隣りでヤスが欠伸をした。

祖父が馬を怒鳴りつける。

「こら、タイコ。何、おだってるのよ」

怒鳴りながらも祖父は素早く手綱を持ちかえ、馬と距離をとる。馬の前脚が着地し、地響きが足の裏に伝わってきた。

「トモが見てるからタイコの奴、おだってるんだ」

声がくぐもっていると思ったら、ヤスは鼻の穴に指を突っこみ、ほじりながら話している。

「おだってるって？」

ぐじゃっとした黄緑色の鼻くそを指先で丸めはじめたヤスから五センチ離れる。ヤスは不思議そうな顔をしてぼくを見たが、納得したようにうなずいた。

「お前だって、誰かに見られてたらカッコつけたくなるべ。タイコはいい振りこきって馬でないけど、お客さんが見てるから張りきってるのさ。わかるか」

「何となく」

また馬が竿立ちになる。前脚で地を蹴り、二度、三度と伸びあがった。そのたび祖父は馬を叱り、手綱を右に左にさばいて立っている位置を変えた。

「ま、トモは東京から来たお客さんだからタイコがおだつのもしようがないけど」

「ぼくが東京から来たなんて、馬にわかるはずないだろ」

「わかるさ。おしゃれな、都会者の匂いがするから」

「嘘」

思わずつぶやいたぼくの顔をまじまじと見たあと、ヤスはにやりとした。

大きな馬だ。立っているだけでも長い顔は祖父の頭の上に突きでていた。背中も高かった。

昨日、帯広競馬場で見たときにもあまりの巨体に動物園で見た象なんか思いだして較べていたが、祖父と並んでいるとあらためて大きさがわかる。怖いほど、だ。

「あの馬、タイコって名前なんだ」

「本当はトキノタイコー。面倒だから皆タイコって呼ぶ。うちでたった一頭の種牡馬だ」

「シュボバって、何？」

ヤスがわざとらしくため息を吐き、首を小さく振った。やれやれこれだから素人は困るぜというポーズ。はっきりいって似合ってない。

「タネ馬のことさ。牡の馬と書いて牡馬、上に種がつくから種牡馬。わかった？」

「うん。じゃあ、メスの馬もいるの？」

「牝の馬と書いて牝馬。うちにいるのは皆繁殖用だから肌馬っていう。繁殖っていうのは……」

「それはわかる。子供を産ませることだろ」

「さすが都会の子。そういうことだけはよく知ってる」

むっとして黙りこむと、ヤスが言葉を継いだ。

「最近は人工授精が多くてね。発情した肌馬に、どんなでもいいから牡馬をまたがらせる。

これが本当の当て馬よ。して、肌馬が準備オーケーよ、入れて入れてとなったところで、でっかい注射器で精液をずーん、だ」

ヤスは尻をくねくねさせた。気持ち悪い。にやにやしながらつづけた。

「したけど、爺ちゃんはホンコウにこだわる。ホンコウ、わかる？」

人工授精の話が前振りになっていれば、誰にでも察しがつくだろう。

「本当に、するってことだろ」

ヤスが顔をぐっと近づけ、ぼくの目をのぞきこんでくる。唇を結び、生真面目な顔をしていた。後ずさりして訊きかえした。

「何だよ？」

「正解」

無意味な間の取り方に腹が立つ。

「で、ホンコウって、どう書くの」

「知らん。そんなものわからんでも繁殖はできる」

本当の性交と書いて、本交か。あるいは本物の？　そんなことを考えている自分が恥ずかしくなった。

「爺ちゃんがホンコウにこだわるには理由がある」

「その方がいい馬ができるとか？」

またしても無意味な間。苛立（いらだ）ちがつのってくる。

「残念（ズゥアンネエン）。爺ちゃんがいうには、馬だって少しは気持ちいいことしたいべって。爺ちゃんは馬の言葉がわかるんだ」

「本当に？」

「嘘。そんな奴いるわけないって。だけど、馬は人の言葉がわかるぞ。頭、いいからな。お前だって、少し馬といっしょにいれば、あいつらのくっちゃべってることもわかるようになる」

馬が人の言葉を理解する？　そんな馬鹿な。お伽噺（とぎばなし）でもあるまいし。

ようやくタイコが落ちつき、手綱を短く持った祖父が顔を撫でてやる。

「すごいよなぁ」

「何が？」

「あんな大きな馬なのに手綱一本でいうこと聞かせちゃうんだから。さっきまで暴れてたのに」

ふいにヤスが手を伸ばしてきた。避ける間もなくぼくの口に人差し指を突っこみ、口の端にひっかけて思いきり引っぱる。

激痛が突きぬけ、首筋が軋んだ。涙で目の前がゆがむ。

ヤスの手を払った。

「何するんだよ。痛いじゃないか」

口の端を手で押さえ、大声でいった。ヤスは薄笑いを浮かべ、丸めた人差し指を見せる。

「馬銜（はみ）だよ。タイコにはもう馬銜が噛ませてある。どんなに躰がでっかくたって、口は弱いからな。ちょっと痛い目見せてやれば、ナンボでもいうこと聞く」

ヤスが曲げたり伸ばしたりしている人差し指を見て、思いだした。ゲッ、さっき鼻くそをほじっていた指だ。手を下ろしたヤスがぼくを見て、しみじみといった。

「いいよなぁ」

「今度は何だよ？」

まだ唇の端がズキズキしている。馬も災難だ。

ヤスが顎をしゃくった。

「お前の髪だよ。つんつんってとんがらして。やっぱり都会の子はカッコいいよな」

誤解だ。ぼくの髪は硬く、寝癖がなかなかおらない。

「ヤス君は……」

いいかけたとたん、ヤスが怖い目をしてにらみつけてきた。

「お前、何年だよ」

「中学二年生（ちゅうに）だけど」

「おれも同じだ。ヤスでいいよ。ヤス君なんて、尻（ケツ）がこちょばくなる」

「わかった。ヤス……、は野球でもやってるのか」

「いや、何もしてない。学校終わったらまっすぐうちに帰ってきて、遊んだり、テレビ見たり、爺ちゃんの手伝いしたりしてる。冬は遊びでアイスホッケーやるけどな」

ヤスは坊主頭をつるりと撫でた。

「この間、タカシのうちでネッコいたずらしたのよ。それがばれてな。タカシの母ちゃんからうちの母ちゃんにメールが来て、おれもメチャクチャ怒られた。その結果が丸坊主（マルボンズ）よ。この間まで後ろ髪伸ばしてな、脱色して、金髪にしてた」

「中学生なのに？」

「何（ナ）してよ？　脱色なんて自分でもできるぞ。そんなに難しくない。色、抜いてやるか」

「いや、要らない」あわてて首を振った。「それで、ネッコって何？」

「お前、都会人のくせして何にも知らないな。ネッコ、モク、ヤニ、タンベ……、タバコだよ」

「タバコ吸ったの？」

「バカ、でかい声だすな」

「ごめん」

そのとき祖父がふり返って、怒鳴った。

「いつまでそったらとこで女みたいにべちゃべちゃ喋（しゃべ）ってるつもりだ？　ヤス、ワラビ持ってこい」

「ほーい」

間抜けな返事をしたヤスに、そっと訊いた。

「爺ちゃん、怒っちゃったな」

「何も怒ってないって。うちのジサマは声と躰が無駄にでかいんだって。父ちゃんがいつもいってる」

声をあげて笑い、ヤスは馬を囲っている柵に近づいていった。

それにしても、女みたいにはまずい。母が聞けば、眉間のしわは確実だ。

父と母、それにぼくの三人家族のうち、実はもっとも口数が多いのは父だったりする。

珍しく家族がそろって食卓を囲んでいると、沈黙が怖いといって、父は一人で喋りつづける。場を盛りあげようとするのだが、口をついて出るのは、聞いたとたんに力が抜けていくようなダジャレか、母もぼくもぽかんとしてしまう意味不明のギャグでしかない。

母の眉間にしわができても父は一人で喋り、一人で笑いつづける。やがて母は売れない芸人みたいとか皮肉をいうが、そうなると父は意固地になってまくしたてる。ついに母が爆発し、うるさい、黙れと叫んで、ようやく静かになる。

ひょっとすると父の狙いは一家団欒（だんらん）ではなく、母への嫌がらせにあるのかも知れない。

ふいに欠伸が湧きあがってきた。空を見上げ、大口を開けて母音を漏らす。ついでに両腕を上げ、早朝のひんやりした空気をたっぷりと吸いこんだ。

無理もない。昨日の夜はなかなか寝つけず、布団の中で悶々としていた。最後に携帯電話を見たときには午前二時を過ぎていた。それでいて、今朝はヤスに足を蹴飛ばされて起きた。午前五時に、だ。これも携帯電話で確認しているので間違いない。

三時間の睡眠では眠くて当たり前だろう。

顔も洗わず、歯も磨かないで、ブルーのつなぎに着替え、泥だらけのゴム長靴を履いて家を出た。

もう一度、欠伸をした。さっきより時間をかけ、大きく……。

それにしても庭で馬を飼うなんて、なかなかスケールがでかい。自分の祖父の家だと思うと少し誇らしい気がした。

手綱を柵に縛りつけた祖父が手招きする。

しかし、タイコは珍しい客であるぼくを見て亢奮した。竿立ちになった巨大なタイコがくっきり目に焼きついている。

祖父の表情がきつくなった。

「何してる、早くこっち来い」

「ぼくが近づいても大丈夫？」

「何も。心配なんか要らん」

つなぎの胸ポケットからタバコを取りだした祖父は、口の端に押しこみ、火を点けた。煙が流れる。

恐る恐る柵のそばまで行き、祖父の横に立った。

「でかいべ」

「うん」

間近で見ると、さらに大きい。タイコは鼻の穴をふくらませ、音を立てて息を吐いた。半歩、下がる。

祖父が顎をしゃくった。

「目ぇ、見てみれ」

目だけでもぼくの握り拳より大きそうだ。

「あの目、おっかないか」

タイコはぼくを見ていた。ぼくはタイコの茶色で真ん丸な瞳を見返した。馬と見つめあうなど、生まれて初めての経験だ。

「めんこい目してるべ」

「そうだね」

めんこいは可愛いという意味だろう。でも、可愛いとはちょっと違う気がした。優しそうな眼差し(まなざ)しに包みこまれる感じがする。ひょっとしたらタイコの方がぼくを見て、めんこいと思っているんじゃないか。

ヤスは馬の首に逆さU字の馬具を載せた。首の左右に太い革の道具が下がり、先端から紐が伸びている。馬具は白い革製で、相当使いこんであった。表面がひび割れ、乾いた茶色の地革がところどころのぞいている。

紐を結び終えたヤスは、馬具と同じ白い革袋で結び目を覆った。

「これ、ワラビ？」

「そう、ワラビ型だ。まあ、馬の首輪だな。胸じめを結んだら紐がゆるまないようにキャップをかぶせておく」

ヤスがワラビ型を着けてやっている間、タイコは身動き一つせず、たまにまばたきをして、ぼくを見ていた。意外と睫毛が長い。

「すごいね、ヤス。同い歳なんて思えない」

「馴れてるからだ。生まれたときからうちに馬がおったし、タイコが来たときもまだ小学校の五年か六年だった」

ワラビ型をひっぱり、緩みがないか確かめていたヤスが口をはさむ。

「四年だ。タイコが来て、すぐ五年になった」

タイコがヤスの腕に鼻をすりつける。ヤスはうるさそうに払ったのではっとしたが、タイコは気にもしなかった。

祖父が低く笑った。

「ヤスはタイコを大した気に入ってな。こいつがうちに来てから厩に来てはタイコ、タイコって騒いどった」

ヤスは足元に置いてあった幅十センチもありそうな太い革ベルトを担ぎあげ、祖父を睨んだ。

「反対だべや、爺ちゃん。タイコの方がおれを好きになったんさ」

「何、この、一丁前に」

祖父がいいかえす。だが、嬉しそうだ。

ヤスは幅広のベルトをタイコの首筋あたりにかけると、前脚のすぐ後ろに潜りこんだ。またしても息を嚥んでしまう。ついさっき空を切った前脚の蹄はヤスの鼻先にある。

「平気なの？」

「何も心配ない。タイコは下におるのがヤスだってわかってるからな。したけど、やっぱり馬だから気をつけなきゃならん。いいか、トモ、馬に近づくときは前からだぞ。馬から見えるように近づくこと。うちの馬でもそうだけど、よその馬はとくに気をつけれ」

「わかった」

「馬によっては癖の悪いのもおるから。意地の悪いのもいれば、ひどい怖がりもいる。人が嫌いだってのもいるからな」

「人間嫌いの馬？　信じられないな」

「おるおる。真面目な馬、怠け者の馬、性格のいいの、悪いの、いろいろだ。さっきいったけどな、馬に近づくときは前からだぞ。後ろからは絶対だめだ。図体はでかいけど、本当に怖がりでな。後ろから近づかれて、びっくりしたはずみで蹴飛ばす」

「蹴飛ばされたら、死んじゃうね」

「ああ、一発だ」

あっさり答えて、祖父は短くなったタバコを地面に押しつけた。丁寧に火を消すと、灰がついて黒くなった地面を何度も踏みつけた。ズボンのポケットから携帯灰皿を出して吸い殻を入れ、またポケットに戻す。

「昔、ぼやを出したことがあってな。乾燥させてあった藁を積んでたときにタバコをくわえてたのさ。いつ火が落ちたものかわからんかった。煙が出たなと思ったらあっという間に火が広がった。消防車が三台も来て、大騒ぎよ。消防車三台ったら、うちの町にあるだけ全部だぞ」

どこか自慢げに聞こえる。消防車が三台も来たならぼやじゃなくて立派な火事だ。

タイコには、首と前脚のすぐ後ろ辺りに二本の革の輪が巻かれた。二つの輪は、胴体の左右で太いベルトでつながっている。複雑な構造をしているが、ヤスは手際よく取りつけていった。

柵に縛りつけてあった手綱をほどいたヤスがタイコの前に立って歩きだした。タイコが大人しく従う。

タイコの後ろに回らないように少し離れた。そのとき、尻の真ん中がもぞもぞして、思わず声を上げた。

ふり返る。

黒い犬がぼくの尻に鼻先を突っこんでいた。くるくる巻いた毛にゴミがいっぱい付いている。大きな躰をしていた。

跳びのくと、犬はその場でお座りをし、太い尻尾を振った。首輪はしていたが、鎖につながれているわけではない。

馬といい、犬といい、ぼくには大きすぎる。

祖父とヤスがふり返って笑う。タイコまでが首をねじ曲げて、ぼくを見ていた。うるせえなぁという目だ。

「そいつはゴロだ」祖父がいった。「トモに挨拶したんだ。東京から来た珍しいお客さんだからな」

「つないでおかなくていいの？」

「ゴロは意気地なしだから、遠くへはいかない。飯の時間にはちゃんと戻ってくるし」

いや、そういうことじゃなくて、と言いかえそうとした。

ゴロの舌がだらりと下がっていた。口の中には鋭い牙が並んでいる。

「何でも怖いんだな、トモは」

ヤスがまた笑った。

ゴロは、まっすぐにぼくの目を見ていた。

「今日も暑くなりそうだ」

空を仰ぐ祖父をまじまじと見た。

午前五時に起こされ、家を出ると、地面を這(は)うように靄(もや)がかかっていて、つなぎを着ていてさえ肌寒かった。エアコンのフル回転で熱帯夜をやり過ごし、夜明けとともに三十度を超える東京から来た身にはとても暑いとはいえない。それとも北海道の人間は二十度以上なら暑いと感じるのか。

「寒いくらいだよ」

「嘘でないって。暑けりゃ水不足が心配、寒けりゃ冷害って、心配ばかりしてた百姓がいうんだ。靄(ガス)も晴れてきたしな。こんな日は暑くなる」

いつの間にか空気は澄みきり、太陽が少し高くなっていたが、まだ大気はひんやりしている。

祖父の真似をして、空を見上げてみた。

雲は東の方に少しある。

空が広い。

圧倒されそうになった。

おそらく周りが畑で、視界をさえぎるものがないせいだろう。ふだん見るより何倍も空が大きい。

見渡すかぎりの畑の上に空がかぶさっている。躰をゆっくり回転させると、空の周縁はゆがみ、まるで大きな水色のドームに覆われているような錯覚が起きてくる。

「何やってんだ？」

「空って、広いんだねぇ」

「当たり前だべや。バカ真似すんな。目ぇ、回すぞ」

「うん」

返事はしたもののぐるぐる、ぐるぐるがやめられない。

空は広い。

平らで、広い。

何度回転しても周囲の視界をさえぎる建物のない光景は不思議だ。面白い。ますますやめられなくなった。

くらくらしてきた。それでもやめられなかった。やめたくなかった。

昔々、青空と大地の間で生活していた人がある日突然、地球は丸いといわれて信じなかったことも今なら理解できる。

今、目の前にあるのは二枚の、巨大な円盤だ。

地面は文字通りぼくを中心に回っていた。回転する光景の中にいると、そうとしか思えなかった。

何だか愉快になってきて、さらに速くまわった。

こらえきれなくなって笑いだす。

「トモ、いい加減にすれって」

祖父の声も右から左へ流れていく。

ぼくの笑い声は垂直に上昇していって、天の円盤の中心に突き刺さる。

突然、ぐらりと円盤が傾いた。足がもつれ、尻餅をつく。

まだ、地面はぐらぐらしていた。

「気持ち悪い」

「だからいったべや。目回ってるんだ。しばらく座ってれ」

「うん」

世界は、ぼくを中心に回転するのをやめてしまった。いや、最初からぼくは世界の中心などではなかった。

『正彦さんは、本当に夫婦別れするつもりなのかしらねえ』

昨夜、階段の途中で盗み聞きしたときの、伯母の声が蘇(よみがえ)ってくる。

目眩(めまい)がおさまるにつれ、大地も空も元の姿に戻っていく。

ただの畑、ただの雲、ただの太陽、ただの人間……。

いきなり目の前に真っ黒なものがぬっと現れ、ぼくは悲鳴を漏らしてのけぞった。

ゴロの濡れた鼻先が迫っていた。

「トモがおかしなことするからゴロが心配してるんだ。ゴロはな、今どきの言葉でいえば、空気が読めるのさ」

「嘘(ウソ)」

「何して、嘘よ。いいか、気配を感じる力は人間より犬や馬の方が勝ってるんだ。昔は人間も同じだった。いつ虎だとか狼だとか、隣り村の連中やらに襲われるかわからんかったんだぞ。世の中が便利になって、目は見えなく、耳は聞こえなくなった。お前が悲しそうにすれば、ゴロは十倍悲しい。お前が嬉しそうにしてれば、ゴロは十倍嬉しい。そういう奴なんだよ」

いわれてみると、首をかしげたゴロの目が悲しげに見えてくる。

まさか。

立ちあがって、尻についた泥を払い落とした。

「ねえ、爺ちゃん、どうしてうちのお父さんとお母さんは、急に爺ちゃんのところへ行くようにいいだしたのかな」

昨夜、伯父と伯母の会話を盗み聞きしたことはいえない。

祖父は目を細め、タイコとヤスを見ていた。

小麦の収穫を終えたばかりの畑がタイコの練習場だといわれた。畑には根元から四、五センチのところで刈り取られた麦の穂が縦横に並んでいたが、ところどころ轍がついていて、ぐちゃぐちゃになっていた。

畑まで来ると、ヤスはタイコと橇をつないだ。鉄製の橇は全体に赤茶色に錆びていて、コンクリートの塊が三つ載せてあった。

つなぎおえると、ヤスは橇の上に立ち、手綱を動かすこともなく、タイコに声をかけた。それだけでタイコは歩きだした。

今、タイコは畑の向こう端でゆっくりと橇を引っぱっている。太い脚を交互に繰りだし、地面をとらえ、身を乗りだすような恰好で前進していた。

「ねえ」

焦れて、もう一度声をかけた。祖父がぼくを見た。

「知らん。お前の父さんから電話が来て、夏休みに友親をやるといわれただけだ」

「理由をいってなかった？」

「何（ナン）も。行かせるっていったから、寄こせといった。それだけだ」

「変だと思わなかった？　ぼくが前に来たのは一歳半のときだよ。それからずっと来てないのに急に来るって聞いて」

「変だと思った」

「ほら」

「お前がずっと来なかったことが、な。孫が爺さんのところへ遊びに来るのは当たり前だ。来ないのは変だ。お前が来るのは当たり前だから、わけなんか訊かんかった。お前、何か知ってるのか」

「あ……、いや」

祖父から目を逸（そ）らし、タイコを見た。畑の角をまわり、こちらに近づいてきている。歩きはじめたときより、少しスピードが落ちているようだ。

「大変だね、タイコも。橇が重すぎるんじゃないの？　くたびれてるみたい」

「少し暑くなってきたからな。夜明け前に歩かせた方が楽なんだが、レースは昼間だから少しは馴れさせておかんと」

「タイコって引退してるんじゃないの？」

「草レースだ。あと一週間でウリュウの草ばん馬大会だからな」

　ウリュウは地名だろう。だが、それより気になることがあった。

「だいたいあの橇、何キロぐらいあるの？　すごく重そうだけど」

「四百二十キロだ。橇が百二十キロ、コンクリートが一個百キロで、今は三本積んであるからな。それにヤスも今じゃ六十キロくらいあるべ」

「五百キロ近いじゃない。無茶だよ」

「何も、だ。少し歳とったが、タイコが現役のころは七百キロ、八百キロの橇を曳いてたんだ」

七百、八百と聞いて、胸がかすかに痛んだ。

「無茶だよ。どうしてそんな可哀想なことができるかなぁ」

祖父は黙ってぼくを見た。しばらく睨みあっていたが、訊かずにはいられなくなった。

「ぼく、変なことといった？」

「馬は働く動物だ。この畑、見れ」

祖父は手を伸ばし、めぐらせた。

「ここに移ってきたのは、爺ちゃんがまだ小学生のころだ。前はもっと山の方にいたんだけど、ここら辺りは水がいいっていわれてな。それで爺ちゃんの父さんは移ってきたんだ。畑があったわけでない。林よ。人間の手が入ったこともない林。親父は木を一本ずつ切り倒して、根っこを掘りおこしていった。爺ちゃんは躰がでかかったから手伝わされたけど、それでもまだ八つか、九つくらいだから大したことはできんかった。親父は馬を持っててな。あのころの百姓は皆馬持ってた。その馬と一緒に働いたんだ。切った木を運んだり、根っこに縄かけて引っぱらせて抜いたり。根っこといっても何百年か、ひょっとしたら千年以上も生えてた奴だからな。大きかったぞ。ちょっとした小屋くらいあった。それを少しずつ掘って、馬に引かせて、掘りだした。馬がいなかったら畑なんかできなかった」

「だから重い橇を曳くのも仕事だっていうの？　おかしいよ。だってレースは遊びでしょ。仕事っていえないんじゃないかな」

「肉用なら、おれは馬なんか作らん。馬は働くもんだからな」

おかしな理屈だと思ったが、ヤスとタイコが戻ってきて話は立ち消えになった。

目の前にきたタイコの躰は濡れて、黒光りしていた。大きな鼻の穴が開いて、息を吐く音が聞こえる。息を吸うと、腹がふくらんだ。

「ヤス、もう一周してこい」

祖父にいわれ、ヤスが目を丸くする。

「したって爺ちゃん、もう暑くなってきたよ。タイコもばててきてるって」

確かに陽射しは強くなっているが、まだ暑いというほどではない。

祖父はしばらくタイコを見ていたが、やがていった。

「障害の練習は明日にしよう。したけど、畑を一周したくらいじゃ屁の足しにもならん。もう一周して、終わりにする。その代わりこっちに頭向けたら追え」

「わかった」

祖父がぼくを見る。

「トモも一緒に行ってこい」

「いや、ぼくはいいよ。タイコは疲れてるみたいだし、ぼくだって五十三キロはあるから」

「つべこべいってないで、さっさと行ってこい。ぐずぐずしてたらもっと暑くなる」

祖父の怒鳴り声に蹴飛ばされ、橇に近づいた。

馬の後ろには近づくなという祖父の言葉を思いだし、ヤスの後ろに乗ろうとした。

「前だ。前に乗れ」

「いいよ、ここで」

「いいから、前に乗って、コンクリートブロックの上に座ってれ」

偉そうに命令するヤスに反発を感じたが、祖父がじっと見ているので従うよりなかった。

恐る恐るヤスの前にまわり、コンクリートをまたいで腰を下ろす。ごつごつしたコンクリートの角が尻に刺さる。

痛いといいかけたとき、ヤスが声をかけた。

「チョイ」

橇が蹴飛ばされたように出て、後ろによろける。外から見ているとのんびり曳いているようにしか見えなかったが、意外にスタートダッシュがきつい。

背中にヤスの膝が当たった。その衝撃でふいに思いだした。ゆうべの夢。ゴールに入った直後、倒れていくキングボマーの姿を何度も見ていた。そのうちにキングボマーがてのひらにのるくらいのハツカネズミになった。

苦しかった。


その夜、ちょっとした事件があった。風呂から出て、脱衣所の電気を消して引き戸を開けたとき、頭に衝撃を受けた。

目をやると、女の人が倒れている。随分若い。バスタオルを巻いただけで、仰向けになり、大きく足を開いていた。

何もかも、はっきり見えてしまった。

十四年生きてきて、初めての経験。

まさしく事件だ。

ドリームボックス（その3）

そりゃ、びっくりした。

バスタオル一枚巻いただけ、真っ裸の女の人が尻餅をつき、勢いあまって仰向けにひっくりかえっただけでなく、両足をぱっと広げたんだから何もかも丸見えになった。

小学校四年生のときに人間の有性生殖の仕組みについて授業で学び、具体的にどのようにするべきかは五年生になって知った。中学生になると、事情通のクラスメートが携帯電話に保存した写真を教室で見せびらかした。

女性の股間には三つの穴があり、そのうちの真ん中に……と、クラスメートは携帯電話の写真を拡大したり、スクロールしながら懇切丁寧に説明してくれた。理科の解剖実験をしているときと同じ気持ちになった。

携帯電話の小さな液晶画面に裸の女性が映しだされると、五、六人の男子は互いをからかい、牽制しつつも、少しでも前へ出ようと押し合いへし合いしていたが、肝心な部分のクローズアップになったとたん、静まりかえってしまった。事情通のクラスメートがいう三つの穴を見極めようと真剣にのぞきこんだからだ。誰もが息さえ止めていた。

しかし、何が何だかよくわからなかった。ひょっとしたらちゃんと見ていなかったのかも知れない。だから昨日の夜も……。

あの瞬間からくり返し浮かんでくる光景をふり払い、ため息を吐いた。

「ため息は七十五日寿命を縮めるって、爺ちゃんがいつもいってるぞ」

ヤスがいう。かっとして言いかえした。

「そんなの迷信だよ。それなら十回ため息を吐いただけで七百五十日寿命が縮まることになる。千回なら七万五千日、二百年以上じゃないか。人間はそんなに生きられない」

「なんでそんなにムキになってるんだ？」

ヤスは不思議そうな顔をした。

写真では見たことがあっても、実物をじかに目にしたのは昨夜が初めてだ。ちょうど風呂から上がって、脱衣所を出ようと引き戸を開けた瞬間、事件は起こった。頭にどんと衝撃を受け、思わず目をつぶった。そして目を開いたときには女の人がひっくり返っていた。驚いたし、あわてていたし、頭も痛かったし、何より恥ずかしくて、相手が顔をしかめて起きあがると駆けだし、二階に上がってしまった。

「姉ちゃん、いってたぞ。トモにマンチョ見られたって」

「馬鹿なこというな。それにヤスはとっくに寝てたじゃないか」

「夜中に目が覚めたのよ。姉ちゃんは寝るのが遅いんだ。いつもテレビを点けっぱなしにしてるしな。うるさくて、目、覚めた。父ちゃんも母ちゃんも早く寝れっていうんだけど何もいうこと聞かん」

今朝も午前五時からトキノタイコーの調教をして、終わってから爺ちゃん、伯父、伯母、ヤスと朝ご飯を食べたが、ヤスの姉、ミユキは起きてこなかった。夜更かししている分、朝は起きられないのだろう。

ミユキはぼくより七つ歳上、今年の春まで農協で働いていたが、今はフリーターで美容師を目指している、と朝の食卓で伯母から聞いた。昨日の夜、風呂場の前で何があったのかという話は出なかった。

「姉さんがいるなら最初からいってくれよ。びっくりするじゃないか」

「訊かれんかったからな。それに姉ちゃんは帯広のアパートに住んでるっても、いつ帰ってくるかわからんし」

北海道に来る前、父も母も爺ちゃんや伯父、伯母のことはいったが、ミユキどころかヤスについても何もいわなかった。

また、ため息を吐きそうになってあわてて嚥みこむ。

隣りでヤスが空を見上げた。早朝には靄がかかっていたが、今はすっきり澄みわたっている。今日も暑くなりそうだ。大きな欠伸が出た。昨夜(ゆうべ)もうまく寝つけなかった。風呂場前の事件の影響だ。つられて欠伸をしたヤスが目尻の涙を拭い、ぼくを見た。

「さて、今日は何するかな。勉強はいいのか。トモはおれと違って頭いいから毎日勉強してるって母ちゃんがいってたぞ。お前も見習えって、いやぁ、うるさいうるさい」

東京から背負ってきたデイパックには教科書、参考書、ノートを入れてきた。ストラップが肩に食いこんで、背骨が曲がってしまうんじゃないかと心配したのに、北海道へ来て三日目、いまだデイパックを開いてさえいない。

東京にいるときには、朝学校へ行って、授業が終わるとその足で塾に寄り、ほぼ毎晩午後十時ごろうちに帰ってきて、それから予習をやった。寝るのは午前一時ごろ。小学生のころから曜日によって、英会話、水泳、ピアノと放課後のスケジュールが決まっている生活をしてきた。今日何をするか、なんて考えたこともなかった。終末や祝祭日、夏休み、冬休み、春休みにしても塾の特別講習か家族旅行などでびっしり埋まっているのが当たり前で、疑問などなかった。

首を右に左に傾けながらヤスがつぶやく。

「したら、タケのところにでも行ってみるか。あいつはいつも暇してるから」

「タケって、同級生？」

「いや、行けばわかる。ちょっと変わってるけど、あいつのところには面白い物がいろいろあってな。きっとトモも退屈しない」歩きだしたヤスがふり返って訊いた。「自転車、乗れるべ？」

「うん」

答えたものの自信はあまりない。最後に乗ったのは小学校四年のときか。

したら、大丈夫だなとヤスはいい、母屋から少し離れたところにある倉庫に向かった。シャッターを一メートルほど持ちあげると、あとはガラガラ音を立てて全開になる。ヤスにつづいて、中に入った。

見上げるほど巨大なトラクターが二台、列んでいる。わきには農機具がいくつも置いてあった。

「すごいね。これ、全部ヤスん家の？」

「うちは畑だけでも四十ヘクタールやってるからな。それに肉牛の肥育もやってる。したけど仕事は父ちゃん、母ちゃんだけで全部やらんきゃならんもの、機械がなかったらどうもならん」

「牛？　牛なんていたっけ？　馬だけだろ」

「牛舎はうちから離れたところにあるんだ。畑も、な。うちの前にあるのは十ヘクタールだけで、ほかの畑はあっちこっちに散らばってる。離農したところの畑を買ったり、借りたりして増やしていったんだ。牛も、同じよ。もともとうちは畑だけやってたんだけど、近所で肉牛やってたところがやめることになったんで、引きうけた。十年くらい前かな」

「牛って、どれくらいいるの？」

「二百」

「二百頭も？」

四十ヘクタールの畑がどれほどの広さなのか想像もつかなかったが、牛が二百頭というのはすごいと思った。しかし、ヤスの表情はちっとも誇らしげに見えない。

「大したことない。肉牛やるんなら三百か、四百はないとな。肉牛専門なら千頭って家もある。したけど、うちは畑もやらんきゃならんし、働けるのは父ちゃんと母ちゃんだけだから。畑と牛、合わせてもかつかつさ。酪農業(うしや)は休みがないし。相手が動物だから盆も正月もない。毎日餌(カイッケ)やりせんならんし、糞の始末もある」

畑仕事をしたうえに毎日牛の世話をする。年中無休で働き手は二人だけ。どれほどの重労働になるのだろうか。

背よりも高いトラクターのタイヤを、ヤスは掌でぽんぽんと叩いた。

「うちのトラクターは全部アメリカ製よ。っても自慢にはならんけどな。この辺りじゃ、皆アメリカ製のトラクターを使ってる。広い畑をやるには、でっかいトラクターが必要なんだ。日本で一番外車持ってるのは十勝(とかち)の百姓なんだって、父ちゃんがいつも自慢してる」

「へえ」

感心して返事をすると、ヤスは眉間をぎゅっと寄せた。

「何も自慢にならんて。トラクターやコンバインばっかりだし、どれもこれも一千万円くらいする。全部ローンだから大変なんだ。離農もだいたいは借金のせいよ。冷夏で不作を食らったら、あっという間に首が回らんくなって、夜逃げだ」

その年の天候次第で農家の収入は変わる。爺ちゃんがいっていた。

暑けりゃ水不足が心配、寒けりゃ冷害って、心配ばかりしてた……。

「それで牛を飼ったりしてリスクヘッジしてるんだね」

「何だ、それ？」

「危険を分散しておくってことだよ。たとえば、冷害で畑がダメでも牛で何とかしのげるとかさ」

「そのりすく何たらとか難しいことはわからんけど」

トラクターから離れてヤスがいう。

「トモがいうみたいにうまくはいかんぞ。うちは畑だけで七、八種類の作物を植えてるけど、父ちゃんがいうにはどれか一つでもヤバくなったらうちはアウトだって。ローンには金利がついてるし、今年は燃料代も上がってるからな。それに豊作になったら今度は値崩れが心配になるし、中国やオーストラリアから安い作物がばんばん入ってきているからな。しんどいことばっかで何もいいことない」

ヤスは一台の自転車のそばに行くと、サドルに積もっていた埃を掌で拭った。主婦が買い物によく使うところから通称、ママチャリといわれる自転車だ。フレームは鮮やかな黄色で、ハンドルの前に黒いかごが付いている。なかなかスマートなデザインだ。

「乗ってみれや」

「うん」

ヤスが引きだした自転車のスタンドを外し、またがってみる。サドルに尻をつけたままでも両足の爪先が地面に届くので不安はなかった。

「大丈夫そうだ。でも、ヤスはどうするの？」

「奥にもう一台ある。心配ない」

またがったまま、自転車を前後に動かしたり、ハンドルを右に左に切ってみたりしていると、ヤスが奥からもう一台を押してきた。

「ズルいな」

思わずつぶやいてしまった。ヤスがにやりとする。奥から出してきたのは、黒いフレームも精悍なマウンテンバイクだ。ママチャリよりはるかに恰好いい。

「したら、行くべ」

ひらりとＭＴＢにまたがったヤスが走りだし、あわててママチャリに乗り、ペダルを踏んだ。一足先に道路へ出たヤスが左に曲がる。あとを追おうと道路に出て、ヤスに目を向けたとたん、思わず声が漏れた。

「げげっ」

北海道の道路は直線だ。はるか先まで見通せるので、少し行ったところから上り坂が始まり、それが段々とまるで天まで届きそうに……。

そんなはずはない。だけど、きれいに舗装された坂道が延々とつづいていく景色は、マンガならドーンとかバーンと文字が入っていそうな感じだ。おかげで知り合いの結婚披露宴から帰ってきた父が引き出物のカステラをぱくぱく食べながら教えてくれた人生の法則って奴を思いだした。

「結婚披露宴には人生の法則があってね。まずは、人生には三つの坂があるとスピーチするところから始まる」

「何、それ？」

「人生には登り坂、下り坂、まさかの三つのサカがある」

ダジャレだ。あまりに馬鹿馬鹿しくてぽかんとしてしまった。ふんぞり返った父の唇の横にはカステラのクズがついていた。

「披露宴での来賓挨拶と来て、それが三人ともなれば、そのうち一人は必ず人生には三つの坂がとやり始める」

「それが法則？」

父は満足そうに大きくうなずいた。

「ところが、今日、とんでもないことが起こった。結婚したのはうちの病院に勤めている医者と看護師なんだけが……」

「ありがちな組み合わせだね」

にやにやしながら父が首を振った。

「多分、お前が考えているのとは逆だ。新郎は二十三歳のイケメン看護師、新婦が三十八歳の医者だ。時代は変わってるんだよ。そんなことより来賓挨拶だ。トップバッターは我らが院長だった」

「その人でいきなり来たわけ？」

「それも初っぱなだよ。マイクの前に立って、放った第一声が人生には三つの坂が……、だった」

「それがとんでもないことなの？」

「まあ、人の話は最後まで聞け。二番手は地元の医師会の副会長だ。御歳八十二歳だけど、いまだ現役の開業医って御仁だ。本人はいたって真面目なんだよ。新婦の父でもないのにモーニングなんか一着におよんで。ふところから巻紙に筆で書いた原稿を取りだした」

「その人もいったわけ？」

「ああ。三十分以上つづいた挨拶のなかで三回だぞ、三回。どうも途中でどこを読んでいるかわからなくなったみたいで、どうどう巡りになっちゃったんだ」

「現役の開業医でしょ。大丈夫なのかな」

他人事(ひとごと)とはいえ、医療事故まで心配になった。

「しかし、極めつけは医療品商社の会長氏だな。三人目、最後の来賓挨拶……、いわばトリだな。出だしはね、スピーチとスカートは短い方が喜ばれるって、これまた決まり文句なんだけど」

「それってセクハラじゃん」

「一介の営業マンから叩きあげて、一代で年商数百億円の商社にしたって人物で、超ワンマン。怖いもんなしだよ」

「まさか」

「そう、そのまさかなんだ。出席者の顔を見渡しながら調子に乗って喋っていて、最後に若いお二人に教訓を、といいはじめた。それで三つの坂だろ。会場のあちこちでくすくす笑いが起こってさ。それを本人、受けてるって勘違いしちゃって、ノリノリ。スピーチが終わったあと、歌っちゃった。曲、わかるか」

「マイ・ウェイ」

「大正解」

大きくうなずいたあと、父がげらげら笑ったのでカステラの破片が飛びちった。それから真顔に戻り、言葉を継いだ。

「おかげで人生には三つの坂、第二法則まで発見したよ。その挨拶をする奴の話はだらだら長いだけで中身がない。だけど新郎新婦にはいい教訓になったんじゃないかな」

「三人とも同じ話をしただけなのに？」

「誰も君たちのことなんか気にしてないよってことだ。スピーチを頼まれた方にしてみれば、誰が結婚しようと、会場の皆が退屈してようと関係ない。肝心なのは、自分が結婚式の挨拶を頼まれたという事実だけだからね。ひょっとしたら誰が結婚したのかも知らないんじゃないか」

「それこそまさかでしょ」

「わからんぞ。何しろ父さんがこの三、四年に出席した結婚式は三十数回になるけど、半分以上が離婚してるもの。いつ別れるかわからない二人に心底おめでとうなんていえるもんじゃないよ」

そういっていた父が離婚しようとしているのだから世話はない。おかげでぼくは中学二年生の夏休みという、将来を左右する大切な時期に塾の夏期講習を放りだし、北海道くんだりまで来ることになった。

父が発見した法則なんか、もうどうでもよかった。坂道に負け、とっくにママチャリから降りて、押しながら歩いていた。勾配がさらにきつくなり、ハンドルが持ちあがる。自然とうつむく形になり、こめかみから頬へ伝った汗が顎からしたたった。埃にまみれて白っぽくなった歩道のアスファルトに落ちた汗が黒いシミになる。シミをスニーカーで踏みつけ、後ろに目をやった。

今まで登ってきた坂が眼下につづいている。一キロ、ひょっとしたら二キロはあるかも知れない。

北海道の道路は何十キロもまっすぐだ。きっと明治時代の役人は現場視察などしないで、大きな机に地図を広げ、定規をあてて一気に線を引き、ここ道路と決めたに違いない。本人は気分がよかっただろう。でも、そのおかげでぼくは坂のはるか手前から道路が空に向かって延々のびているのを目の当たりにすることになった。

近づくにつれ、ぼくの心と足は萎えていった。登り坂は四、五キロはありそうに見えた。とてもじゃないが、一気には登れないだろう、せいぜい半分までで、あとは自転車を押しながら歩くことになると思ったが、予想はあっさり裏切られ、三分の一も登らないうちに自転車から降りなくてはならなくなった。

前方に目をやる。とっくに登りきったヤスがマウンテンバイクにまたがり、ぼくを見おろしていた。

「ズルいよなぁ」

ぼやきが漏れる。ヤスのマウンテンバイクには変速機が付き、ママチャリには買い物かごがあるだけだ。

ようやく坂を登り切ったときには左右のふくらはぎはじんじんして、息が切れ、目眩まてした。

「遅えよ、トモ」

「仕方ないだろ、自転車が違うんだから。ヤスは自分のMTBかも知れないけど、ぼくは伯母さんの自転車借りてるんだから」

「違う」

「何が？」

「オレが乗ってるのは姉ちゃんのチャリだ。一年くらい前まで付きあってた男にいわれて買ったんだ。十万以上するってよ。アホみたいだべ。姉ちゃんなんかちゃんと車も持ってるのに」

ヤスが姉ちゃん、姉ちゃんというたび、昨夜の風呂場の前での出来事が蘇りそうになる。炎天下、だらだらつづく坂を登ってきて、全身汗みずくになっているというのに、さらに頬が熱くなる。

ぼくは何もいわず自転車にまたがると走りだした。立ち漕ぎをして、一気にスピードをつける。風に全身を包まれ、ちょっと涼しい。

すぐに追いかけてきたヤスが並走する。こちらがいくらスピードをあげてもヤスは楽々とついて来る。

ひたすらまっすぐ何十キロもつづく道路といい、人も車もほとんど通らず片側が一車線しかない道路に幅が二メートルもありそうな立派な歩道がついていることといい、まったく北海道ってのは……。

滅茶苦茶メダルを踏みつづけた。どんどんスピードが上がっていく。ヤスと並んでいるうちに自然と競争のようになった。

そのときにはっきり聞こえた。ギアを切り替える音。ヤスが加速し、あっという間に遠ざかっていく。

やっぱり変速機付きはズルい。

ようやくヤスがマウンテンバイクを止め、歩道に立つのを見て心底ほっとした。すぐ後ろにママチャリを止めて降りる。咽はからから、膝はがくがく、ふくらはぎはじんじんして、尻の穴あたりがひりひりしていた。自転車が倒れないように支えているというより、ハンドルにつかまって何とか立っているようなものだ。

ふと思いだした。帯広競馬場に行ったときのこと、いきなりヤスはパドックに向かって走りだした。速かった。スニーカーの底がくるくる回転して見えた。

自慢じゃないが、ぼくはもっぱら頭脳(あたま)で勝負するタイプで、運動は今ひとつ……、いや、二つか三つか。マウンテンバイクとママチャリという差はあったが、搭載されているエンジンの性能も違っていた。自転車を交換しても勝てなかったろうし、ママチャリにぶっちぎられたら精神的ダメージは今よりはるかに大きかっただろう。

眉間にしわを寄せて、ヤスがぼくを見る。

「顔、青いぞ。大丈夫か」

「平気、平気。でも、しんどかった。すごい坂だったね。ヤスはよく一気に登ったね」

「こっちはMTBだし、慣れてるからな。あの坂の途中で右に分かれる道があるんだ。それをちょっと行くと山に入れる。適当にアップダウンがあって、MTB(こいつ)なら結構遊べるんだ。面白いぞ」

誘いかけるような言葉だが、遠慮しておくと答える代わりに苦笑して見せた。わかるよというようにヤスが頰笑み返してくる。

ヤスが道路脇に目をやった。視線の先に割と大きな建物があった。壁にBOWLの文字が浮きでているので、ボウリング場だとわかる。文字はネオンを外した跡が白っぽくなっているのだ。とっくに廃業しているみたいだが、建物正面の駐車場には二十台ほどの車が停められていた。

「ここ、何？　ボウリング場？」

「元、な。おれらが生まれるずっと前に潰れてる。父ちゃんや母ちゃんが小学生だったころに流行ったらしい」

　ヤスがぼくの顔をのぞきこむ。

「さわやか、律子さんって歌、知らないか」

　サワヤカ、リツコサンのところだけ節をつけて口ずさんだ。首を振った。唇を尖らせ、ヤスがうなずく。

「うちの母ちゃんはテレビにボウリング場が出るたびに歌ってる。憶えちゃったよ」ヤスは建物に向かって顎をしゃくった。「今は中古車屋兼自動車やトラクターの修理工場兼農機具の販売をしている会社だ」

「いろいろやってるんだね」

「田舎だからな。幅広くやらないと食ってけないって。あとは自前でレーシングチーム作ってる」

「自動車レースに出てるの？　すごいな」

「何もだ。タケ……、タケは自分では社長っていってるけど社員なんかいないし、とにかくそいつの趣味なんだ。元暴走族で、趣味がそのまま仕事になった」

　元暴走族と聞いて思わず顔をしかめてしまった。ヤスが手を振って笑う。

「心配要らん。タケは気のいい兄ちゃんだから」

タケ、タケと気安く呼び捨てにしているからてっきり同級生か、歳下なのかと思っていた。そういえば、競馬場でもダブちゃんに対等な口の利き方をしていた。ヤスがつづける。

「それに大したことないって。チーム・タケが出場している最大のレースが年一回やってるママチャリの十二時間耐久レースだから」

「ママチャリで？　十二時間も走るの？」

「レーサー……」そういってヤスはくっくっくと笑い、言葉を継いだ。「アホだべ、ママチャリ乗ってレーサーもないもんだな。とにかく何人かで交代しながら走る。十二時間もチャリに乗りっぱなしだったら痔は決定的だべな」

確かに、とうなずく。尻の穴がまだひりひりしている。

「したら、行くぞ」

ヤスが先に立って駐車場に入っていく。

並んでいる車はどれもの売り物で、フロントグラスの内側にＳＡＬＥと印刷された値札が置いてあった。どの車にも超特価、お買い得、掘り出し物といった紙も貼ってあったが、何台かは値段が書き直してあった。あまり売れていないようだ。

中でも白い軽自動車には〝今月の超目玉〟とあったが、値段は時価となっていた。車に時価はないだろう。それに今月の超目玉というフェルトペンの文字がすっかり日に焼けている。

いったい何年前の今月なんだ？

駐車場を抜けたところで、ヤスは二台の自転車の前輪に鎖を通し、ごつい錠前を取りつけた。

「田舎だと思って油断してると、自転車なんかすぐに盗まれるからな」

元ボウリング場は町の中心部から数キロ離れたところにある。誰が自転車を盗むにしろ、歩いて来るのはしんどそうだ。

玄関も窓もすべてベニヤ板でふさがれていた。何年も風と雨に叩かれてきたベニヤ板はすっかり色が抜け、白っぽくなっていた。

玄関の横にもう一つ、ガラスのはまった木製のドアがあり、その上でピンクのネオンが点滅していた。陽が照っているので、くすんでいる。ネオン管はDREEMBOXとなっていた。夢の箱のつもりなのか。

「ボウリング場はつぶれても喫茶店だけ残したのか」

「いや、あれがタケの会社……、ドリームボックスっていうんだけど、その事務所さ。工場はボウリングのレーンがあったところを改造して作ってある。ネオンが点いてるからタケはいるだろう」

ヤスがドアを開け、声をかけた。

「まいどぉ」

「おう。ヤスか、よう来たのぉ。わしゃ今、ちょっと手が離せんでのぉ、コーラでも勝手に出して飲んどけや」

「はいよ」

ヤスは慣れた様子で事務所の中へと入っていき、そばにあった冷蔵庫を開けて、コーラの真っ赤な缶を取りだし、一本を渡してくれた。ダイエットタイプじゃないコーラを飲むのは、何年かぶりだと思う。プルトップを開け、口をつけた。自転車を漕ぎ、半分は押して延々とつづく坂を上ってきたあとだけに冷たいコーラは美味しかった。咽に突き刺さる泡の痛みさえ気持ちいい。

事務所は煤(すす)けた外観からは想像もつかなかった。ここは夢の箱なんかじゃなく、ごちゃごちゃしていて……、そう、オモチャ箱だ。見まわすと壁に掲げられた一枚の写真パネルに目が吸い寄せられた。新聞紙を広げたくらいの大きさがある。野球のバッターとキャッチャー、審判が写っていた。

ボールは高めに入っていた。バッターの肩口あたり。見逃してもストライクにはならないだろう。

キャッチャーは腰を浮かしかけ、ミットを差しだしている。ボールはミット目がけ、ほんのわずか手前に浮かんでいた。しかし、その間に金属バットが割りこんでいる。

バットはボールを完璧にとらえようとしていた。バッターもキャッチャーもボールをしっかり見ているが、二人の表情は正反対だ。歯を食いしばり、頬に筋の浮きでたバッターの顔はちょっと怒っているようだ。ミットの上に目のあたりしかのぞいていないキャッチャーは明らかに泣きだしそう。キャッチャーの斜め上に顔を出している主審は、前の二人と同じようにボールを睨みつけていて、いったいなという顔をしている。

ユニフォームや選手の体格からすると高校野球のようだ。逆転サヨナラツーベースというタイトルを見ながらぼくは缶コーラを飲みほした。

隣りに立っているヤスが大きなげっぷをしたあと、いった。

「タケは元新聞社のカメラマンなんだ。岡山の出身なんだけどタケを採用してくれたのは北海道の新聞社しかなかった。何年か前に十勝に赴任してきて、そのまま居ついた」

「十勝が気に入ったんだね」

「いや、土地が安いからさ」ヤスがちらっと苦笑いして、ふり返った。「車好きでね。ここらなら何台でも並べておける。このボウリング場だって何十年もほったらかしになってたのをただみたいな値段で借りてる」

ついたてを回りこむとタケがいた。太腿に大きなポケットのついた作業ズボンを穿き、黒いTシャツの上に青のアロハシャツを羽織っている。特徴的なのは髪型。頭の両サイドは短く刈りこみ、天辺の部分をヘアワックスでかため、突っ立てている。ハリネズミを頭にのっけているみたいだ。ビーチサンダルを突っかけ、床にあぐらをかいてテーブルに向かいあう姿は社長というイメージにはほど遠い。

それでも顔つきは真剣そのもの。目玉と眉が真ん中にぎゅっと寄り、突きだした唇はひん曲げられている。手にはピンセット。マスクを着ければ、手術中の心臓外科医だ。だが、ピンセットが挟んでいるのは、二センチほどのバックミラーで、テーブルの上には全長七、八十センチはありそうなトレーラーのプラモデルが置かれている。ドアにバックミラーを取りつけると、タケは大きく息を吐いた。

運転席や四角い荷台には赤や青の細かな飾りがついている。荷台の側面には、大きな波と歌舞伎にでも出てきそうな武者が描かれ、天井では真っ黄色のマイクロビキニを着た女の人が寝そべっていた。片手にサングラスを持ち、目を閉じている姿は日光浴そのもの。運転席の天井には行燈（あんどん）が載せられ、なぜか『注意一秒、ケガ一生』とあった。テーブルすれすれまで垂れさがったバンパーはぴかぴかに磨きあげられている。

タケがプラモデルを組みたてているのは事務所の奥にある応接セットだ。セットとはいってもソファはちぐはぐ、廃品の寄せ集めみたいに見える。入口の右手に事務机が二つ並んでいて、ノートパソコンやファックス付きの電話機がある。ソファのわきを突きぬけると厨房になっていて大型冷蔵庫があったが、コンロはカセット式がぽつんと置いてあるだけだった。

入口の左側には喫茶店の名残があった。窓際に三つ並んだボックス席は、木の椅子と上面がガラス張りになったテーブルゲーム機だ。レバーやボタンのついたテーブルゲーム機なんて今までテレビでしか見たことがなかった。奥の壁に逆転ツーベースのパネルが飾ってある。ボックス席の向かい側の壁には天井まで棚が作りつけになっていて、プラモデルがずらりと並べてあった。派手な装飾のトラック、古そうな自動車、オートバイ等々。

「飾りのついたトラックが好きなんだね」

「デコトラっていうんだ。デコレーショントラックの略。昔、『トラック野郎』って映画が流行った。今、タケが作ってるのは何台目かの桃次郎号だ」

「モモジロウ？　桃太郎じゃなく？」

「そう。映画の主人公の名前が桃次郎で、相棒がやもめのジョナサン」

「変なことにくわしいな」

ヤスは黙って事務机のところを指さした。テレビとＤＶＤプレーヤー、スピーカーが置いてある。

「ここで何回も見せられた。夏場はタケもわりと暇なんだ。農機具のメンテナンスは冬場にするし、暴走族(ゾク)仕様の自動車はあまり人気がないんだって」

直後、タケが雄叫(おたけ)びをあげた。

「よっしゃあ、できたどぉ」

「わしゃのう、好きなことをやって、あとは何とか食いつなげれば、それでええ思うちょるんだ。ほいでも世の中には競争好きがようけおるけの。何でも人に勝たにゃ気が済まん連中がの。今の子供は……、まあ、わしらのころも今とあんまり変わらんけど、皆勉強して一番になろうとする。勉強でけん奴は落ちこぼれじゃって、人間失格みたいにいわれる。だから成績がちょっと落ちたとか、女に振られたいうて、すぐに、おれは生きててもしょうがないって始まるんじゃ。ほんでヤケクソになって人を刺したりな。単純なことに気づいとらんのよ。一番ってのは一人しかいない。それなのに皆で一番になろうとする。わしゃ、ガキのころからそれはちょっとおかしい思うちょった。それであえて落ちこぼれの道を選んだんじゃ。好きなことして生きてく。逆に嫌いなことばっかりさせられとる奴ぁ、顔が歪んどるよ」

「なるほどねぇ」ヤスがわざとらしくうなずく。「それでタケ社長はイケメンなんだ」

「じゃかましい」タケが笑いながらいう。「わしゃ、人それぞれでええ思うちょる。ほいじゃが、今は学校の成績がようないとまともな人間として扱われん。じゃがのう、成績なんか学校の中でしか通用せんじゃろ。渡世の知恵なんか、学校じゃ、よう教えん。何でか、わかるか」

ふいに訊かれ、ヤスとぼくは顔を見合わせた。タケが幾分鼻の穴を膨らませて答える。

「学校っちゅうとこは世間とかけ離れとる。生徒はええよ。小学校なら六年、中学、高校なら三年でおさらばできる。じゃが、教師は何十年も学校の中におるじゃろ。教師にしてみたら学校が世界のすべてよ。そんな奴らに渡世の知恵があると思うか」

ないないといって顔の前で手を振るタケを見ながら、ぼくはまだ小学生だったころの出来事を思いだしていた。

「ごめん、ごめん。わざとじゃないんだ。偶然だよ、偶然」

心がこもっていないときの言葉は、頭に本当にとか、嘘じゃないとか付けるし、同じことをくり返したりする。

クラスで一番背の高い森本(もりもと)が二度詫(わ)びた。にやにやしながら。

床にうずくまり、手をついた田村(たむら)が首をねじ曲げ、森本を見上げている。田村は森本と逆で、クラス一のチビ。小学校高学年は残酷なほど成長に差が出る。

机から落ちた消しゴムを拾おうと田村が床にしゃがみこんだところへ、森本が通りかかった。そして膝が背中に当たってしまったようだ。どんと突かれたはずみで田村は前のめりに倒れ、拾いかけた消しゴムが床を転がっていた。

三時間目の休み時間。ほかの生徒は机の間を走りまわったり、学校へ持ってくることが禁止されているはずのゲーム機や携帯電話をいじっている。

田村はまだ森本を睨んでいた。森本が見おろしていった。

「ごめんって、あやまってるだろ。お前がそんなところでしゃがんでるなんてわかんなかったんだからさ」

田村はテレビのお笑い番組を欠かさずチェックしていて、誰よりも早く芸人のギャグを仕入れ、教室で披露している。休み時間には何人かの生徒が田村を囲み、新作ギャグに笑い転げる。

でも、人気者ではない。どちらかといえば、浮いた存在だ。だから新作ギャグの物まねをやめられないのかも知れない。目立つことで低い身長を取りもどそうとしているようにも見えた。

森本は成績がよかった。国語、算数、理科、社会と、どのテストでも大半が百点だ。つまらなそうな顔をしながら、すべての解答に○印がつけられた答案用紙を机に置き、見せびらかす。

一方の田村も成績は悪くなかった。森本ほどではないが、九十点台が多い。点数がよければ、誰も答案用紙を隠したりしない。

二人の間に決定的な差ができるのが体育の授業。森本は足が速かった。毎年運動会のリレーでは最終走者（アンカー）をつとめる。コーナーを曲がるとき、しなやかで長い足が高速回転して、前を行く生徒たちを追い越していく。

田村は鉄棒の逆上がりができない。

「謝ってるんだから、いいじゃないかよ」

森本は表情を消した。

田村はすぐムキになった。ちょっとからかわれただけでも顔が真っ赤になる。今も見る見るうちに……。

「だだだ、だって」

亢奮すると言葉がつかえがちになった。

ぼくは教室の隅、廊下側の最後尾にある机を見た。誰も座っていない。授業がはじまっても空いたままだ。

春から机の主――土屋(つちや)は学校に来なくなった。

正義感が強く、教室でちょっとしたトラブルが起こると、すぐに割って入り、親や先生のような口を利いた。致命的なのは勉強ができなかったことだ。偉そうなことをいっても答案用紙に15とか20とか点数が書かれているようでは、何をいっても説得力皆無だ。

去年までならとっくに土屋が森本と田村の間に立っているだろう。まず田村に手を貸して立ちあがらせようとするはずだ。

『森本君はたまたま通りかかっただけだっていってるじゃないか。ね、いつまでもそんな顔をしてちゃいけないよ』

そして田村に手をふり払われる。しかし、気にもしないで森本に顔を向ける。

『口先だけで謝っても気持ちは伝わらないよ。たとえば、田村君を起こしてあげなきゃ』

森本は鼻に皺を寄せ、にやにやしているだけだろう。

土屋のあだ名は借金虫。クラスだけではなく、学年中の同級生から百円、二百円と借りている。ぼくも五百円貸したままだ。

でたらめな奴は嫌われても仕方ない。いくら正義漢ぶっても、成績が悪く、借金虫では友達はできない。

今、クラスの大半が土屋の自殺を期待している。首吊りか、飛び降りか、飛び込みか。同じクラスから自殺者が出れば、世間の注目を集める。しかし、またしても土屋は皆の期待を裏切りつづけている。

「ききき、気をつけろ」

田村は何とか言葉を圧しだしつつ、消しゴムに手を伸ばした。ぬっと出てきた上靴が田村の手を踏んづける。田村が悲鳴を上げると、怒った声が響いた。

「いきなり手なんか出すな、バカ。気をつけろ」

本間（ほんま）が田村の手を踏んづけたまま、仁王立ちになっている。森本ほどではないにしろ背は高い方で、おまけに太っている。

そもそも消しゴムを落としたのは田村なのか。田村の隣りは小島（こじま）で、森本と仲がいい。

本間と森本は親友だ。だが、小島、森本、本間の連携プレーだという証拠はない。

田村の顔がますます赤くなり、目に涙が溜まっていく。唇は震えるばかりで、言葉は出ず、唾が糸を引いた。

あと少しで泣きだす。クラスの誰もが無関心を装いながらも期待していた。

チャイムが鳴り、すぐに担任のノッコ先生が戸を開いた。

五年生のときから担任になったが、最初の自己紹介でノッコというニックネームを披露し、生徒にはノッコ先生と呼ぶように強制した。苗字で呼んでもろくに返事をしないという手を使って。

全員が一応席に戻る。何もなかったような顔をして……、いや、実際に何もなかった。ちょっとふざけただけだ。

教壇に向かうノッコ先生のスニーカーは白地にピンクのラインが入っていて、紐は鮮やかなレモンイエローだ。大学生のころまでバレーボールの選手をやっていたとかで、背が高く、スタイルがいい。とくに足が長かった。

ぴちぴちのジーパンはウェストラインが低く、その上に短いTシャツを着てくることが多い。しゃがむと尻の割れ目の上端がのぞきそうになる。

紺と深緑色の横縞が入ったTシャツを盛りあげる胸はコンビニエンスストアの肉まんサイズで、すけすけのカーディガンを羽織っている。

真っ黒な髪を頭の後ろで一つにまとめ、しばっていた。うなじは白く、血の色が透けて見えるようだ。

ニックネームで呼ばせることを強制するノッコ先生は、自分以外に関心がない。教室で自分以外の誰かに注目が集まるとたんに不機嫌になる。

「起立」

日直が声をかける。立ちあがる生徒たちをノッコ先生が見渡す。

広いひたい、分厚い目蓋の下の細い目、鼻は丸くて低い上、横に広がっている。歯並びが悪かった。

礼をして、着席する。田村は机の下で踏まれた手を握っている。

国語の授業が始まった。


ええもん見したるといって、勢いよく立ちあがったタケが厨房の奥にある防火扉を開け、廊下に出た。

「わしゃのぉ、ガキのころから自動車や単車に憧れとった。ほんでミニカー買うてもろたり、もうちっと大きくなってからは小遣いためて自分でプラモデル買うたりするようになった。うちはあんまり金持ちじゃなかったから思い通りっちゅうわけにはいかんかったけどの。ほいでも何とか金をやりくりして、プラモもミニカーも段々と大きいのを買うようになっていったんよ。二百分の一、百分の一、三十二分の一、八分の一ってな具合にな。お前たちはプラモデルとかで遊ばんかったんか」

「おれは不器用(ブキッチョ)だったから、プラモデルとかあまり作らんかった。爺ちゃんのあとくっついて馬ちょ、い、い、してる方がナンボか面白かったな」

「ヤスらしい」タケがぼくに目を向ける。「お前は?」

「ゲームボーイとか、プレステかな」

「わしもレーシングゲームとかはようやったけど、ゲーム機の性能がようなるほど何だかつまらんと思うようになった」

「ぼくも同じことを思った。どうしてかな」

「遊びなのにリアルって、ただの矛盾やがな」

「タケ社長は、飛行機とか戦車とか作らなかったの?」

陰では呼び捨て、面と向かうと社長と付けるヤスの横顔をうかがってしまう。

「手の届かんもん作ってもストレス溜まるだけよ。女にしたって、アイドルなんか追いかけてる連中の気がしれん」

足を止めたタケが壁に取りつけられた金属の箱を開き、中に並んでいるスイッチを次々に入れていった。元ボウリング場の天井に照明が灯りはじめる。

「最近は電気代も高(たこ)うなったから全部点けるんは久しぶりじゃ」

水銀灯が少しずつ明るさを増す。照らしだされる光景に息を嚥んだ。ボウリング場はかつてレーンのあった部分がすべて壊され、コンクリートが剝き出しになっていた。一方、ボールを投げるために助走をする部分は板張りのまま残っている。さすがに何十年も放置されていたせいで艶はなく、傷だらけだが。

コンクリートの部分にはトラクターやトラック、乗用車が並べられ、そのうち何台かはボンネットを開いて、エンジンをのぞかせていた。

目を引いたのは板張りの床の方だ。すぐ近くにオートバイが五台並べられている。そのうち二台はスタンドに載せられ、前後のタイヤが外されていた。タケは真ん中の、ほかの四台よりはるかに古そうな一台に近づいた。タイヤはついていたが、左右に張りだしたガソリンタンクの下にエンジンはなかった。

「昭和三十四年製、陸王RT二型の最終形態じゃ」タケは古いオートバイのシートをぽんぽんと叩いた。「柴田(しばた)の爺さんとこの物置に放りだしてあったんをもらってきて、自分で再生(リストア)しとる。こいつがなかったら、わしもここに残らんかったかも知れん」

古いオートバイは機械の塊に過ぎないのに、どこか生き物じみていた。大きなライトが目玉だ。

「リストアを始めて、二年近くになるけど、なかなか部品が集まらなくてな」

「これだけ古かったら仕方ないべ」

しゃがみこんだヤスが前輪をぺたぺた叩いていう。

「いやぁ、オールドバイク好きは結構おるから部品は何とか調達できる。部品がなきゃ、作ってくれる工場もあるし、わしもネジくらいなら自分で切れる。じゃが、オリジナルの部品はめちゃめちゃ高くてのぉ。インターネットで探してるけど簡単には集められん」

オートバイの背後にはぴかぴかに飾りたてられたデコトラがあった。ただし、荷台の部分はなく、運転席のみ。それでもフロントガラスの上には〈注意一秒、ケガ一生〉の看板がついていた。

「桃次郎号だ」

ぼくがいうと、タケが顔を輝かせた。

「おっ、わかっとるねぇ。正確にはわしのオリジナルじゃが。お前もあの映画が好きか」

「おれが教えたに決まってる」ヤスが口を挟んだ。「それより見せたいものって何だよ」

「忘れるとこやった。こっちや、こっち」

二人に従って歩きながらバイクやデコトラをしげしげと眺める。二百分の一から始まって、今や一分の一、それも何台も並べているのだからタケにとっては、やはり夢の箱に他ならないだろう。

修理用の工具や部品を並べた棚を越したところで、タケは足を止めた。

「ジャン、ジャ、ジャーン」

鼻の穴をふくらませ、手で示した先にはボウリングのレーンがあった。レーンのつきあたりには赤いラインが二本入ったピンが三角形に並んでいる。

「何だよ」ヤスが心底がっかりしたようにいう。「ボウリング場なんだから当たり前だろ」

「アホなこというたらあかんがな。ここを工場に改装するときにな、いつか復活させたろ思って一レーンだけ残しておいたんじゃ。お前たち、ボウリングゲームってやらなかったか。パチンコの玉でちっちゃいピンを倒す奴。こっちは原寸大やで。さあ、やるぞ。まず靴履き替えてな」

「靴ぅ？」

「当たり前じゃろ。ちゃんとボウリングシューズ履かにゃ」

タケが指さした先にはボウリングシューズとボールを置いた棚があった。

「ボールは八ポンド、十二ポンド、十六ポンドの三つしかないけど、中学生だから十二ポンドでええやろ」

早速ベンチに腰を下ろし、靴を替える。タケがサワヤカ、リツコサンと鼻歌を始めるとヤスがぼくを見てにやりとした。

最初は、タケが十六ポンドのボールを持ち、ピンに向かいあう。いざ、助走……、と思ったらいきなりふり返った。

「そや、ヤスんとこのトキノタイコー、ウリュウの草ばん馬に出すんか」

「出すよ。今、爺ちゃんと調教つけてる」

「メインじゃろな」

「当たり前だべや。タイコは一番大きなレースで一着を獲るんだ」

「今年は馬インフルエンザが下火になったんで、函館のヤマキンが来るぞ。ビッグジョーを連れてな。この間、高山の父さんのところへコンバインの調整に行ったら、ヤマキンが来るいうとった」

「ビッグジョーか」ヤスの表情が曇る。「汚ねえな」

「汚ないことあるかい。あの馬だって今年の春に引退したんだ。お前んとこの馬と同格じゃ」

ヤスが唸る。ふたたびピンに向きなおったタケが助走を開始した。一歩、二歩、三歩、四歩目に出した左足をすべらせ、ボールを投げだした。

レーンの半ばを過ぎるあたりからボールのスピンがきつくなり、左にカーブする。先頭のピンに命中、そのまま派手な音とともにほかのピンもなぎ倒した。しかし、左後方隅の一本だけが残った。

「惜しい」

ヤスとぼくは同時に声を発した。ふり返ったタケがぼくたちを見てにんまりする。

「さて、問題はこれからじゃ」

「うちのボウリング場は全手動での。じゃが、民主的に運営しとるから投げた奴が自分でピンを片付け、ボールを持ってくることになっとる」

「アホらし」

ヤスがつぶやく。タケはニコニコしながらつづけた。

「エコや、エコ。うちは地球に優しい」

高らかに宣言すると、身をひるがえし、タケはレーンのわきを走っていった。

「まあ、これがオチだべな。タケのやることはどっか間が抜けてる」

「さっき話してたビッグジョーって？」

「今年の春まで本場（ホンジョウ）のレースに出てた、ばりばりのオープン馬よ。かなり強い。函館の方もばん馬が盛んでな、馬主やうちみたいな生産者も多いんだ。ヤマキンてのは、山田金太郎（やまだきんたろう）商店の社長なんだけど、今八頭か九頭持ってる。草ばん馬も好きで、ウリュウの大会にも来てるんだけど、去年は馬インフルエンザが流行って中止になったんだ」

「それじゃ、今年は張りきってるね」

ぼくの言葉にヤスが厳しい顔でうなずく。

やがてボールを片手にぶら下げたタケが戻ってくる。携帯電話を耳にあて、大声で話していた。

「問題って？」

「開拓者魂一号にかぎって、そんなことはない思うけどな。わかった。取りあえず明日、お前んとこ、行くわ。何いうてまんの、アフターサービスはドリームボックス社のモットーやがな。ほな、明日」

電話を切ったタケがヤスの顔を見た。

「夏見農場はダイチを出してくるみたいだぞ。今年は調子が悪くて牧場に下げてるみたいだけど、様子を見るのに草ばん馬に出してみるって」

ヤスが狼狽えているのがはっきり伝わってきた。日焼けした顔が真っ赤になっている。

タケがつづけた。

「今の電話、楓子からでな。あいつに売った車の調子が悪いっていうから明日見に行くことにした」

タケはにやりとして訊いた。

「敵情視察ができるぞ。行くんなら連れてってやるけど、どうする?」

ヤスはなぜか顔を真っ赤にしてうなずいた。

帰途、来るときに半分も登れなかった長い坂まで来たとき、ヤスが自転車を交換してやるといいだした。いざというときにはマウンテンバイクの方がブレーキの性能がいいから、と付けくわえる。

ママチャリにまたがったヤスがいった。

「したけど、急ブレーキは絶対にかけるなよ」

「何、するの？」

ぼくの問いに答えようとせず、ヤスは後ろを見た。次いで前方を見る。道路はあくまでもまっすぐで前にも後ろにも車の姿はなかった。

「よし、行くぞ」

そういうなりヤスは車道に飛びだした。あわててマウンテンバイクで追いかける。

下り坂にかかった。

マウンテンバイクがどんどん加速していく。

風を切るのが心地よかったが、激しく揺れて怖くなってきた。目をやると、ヤスはママチャリのペダルの上で立ちあがっている。

真似をして、尻を浮かせた。さらに下り坂に向かってのめり込むような恰好となり、スピードが増した。

ヤスが叫んだ。

ぼくも叫んだ。

二人で奇声を発したまま、一直線に坂を駆けおりる。

まっすぐな道路を作った明治の役人を少し褒めてやりたい。

北海道って、最高だ。

帰宅したとき、ミユキはすでに帯広のアパートに帰っていた。ほっとしたような、ちょっと残念なような……。

楓子とダイチ（その4）

『……三丁目周辺では、最大で一時間あたりの降雨量が百二十ミリを超え、付近を流れる川があふれて道路が冠水しました。三丁目商店街では一部に浸水の被害も出ていますが、お隣りの四丁目では終日雨が降っていたものの、さほど強くはならず、今回はまさに局地的で、ゲリラ豪雨と呼ぶにふさわしい現象でしょう……』

やや亢奮気味の天気予報士の声を背景に、薄型の五十二インチ液晶テレビには、石の階段を凄まじい勢いで流れる水が映しだされていた。川というより滝だ。

東京はどうなってしまったんだろう。今や雨は区単位どころか、何々町何丁目という狭い範囲に集中するようになった。どこもかしこもアスファルトに覆われているので、一気に降りそそいだ雨は排水口に流れこむしかなく、下水も川もあっという間にあふれだし、道路は川に、階段は滝になる。

雷も変だ。鳴りはじめると一時間も二時間もつづく。ぼくは雷が嫌いだ。あのゴロゴロという重い音は腹の底をぐっと持ちあげるようで、正直怖い。

それでもほんの数年前まで、今ほどしょっちゅう雷が落ちることはなかったし、ピカッ、ゴロゴロッと来ても、数分、長くて三十分もすれば遠ざかっていったのではないか。二時間もつづいたのでは、怖がるのに疲れ果て、音は聞こえても何も感じなくなってしまう。あと三十年で北極は溶け、消滅してしまうそうだ。さらに海面が上昇して、東京も海の底に沈むという。冗談じゃない。三十年後といえば、ぼくはまだ四十四歳で、たぶん奥さんと子供がいるだろう。

水浸しになった東京を、家族を連れて右往左往するのか。もし、結婚もせず、子供も作らず一人なら逃げられるかも知れないが。

片一方で地球温暖化だの、東京水没だのと恐怖をあおっておいて、もう一方で少子化を食いとめなくてはいけないといわれている。

どっちにすればいいのか。

はたして、人類に未来はあるのか。

「すげえな、東京って」

朝ご飯を食べ終え、湯呑みで茶をすすっていたヤスがのんびりという。手にある大きな湯呑みは、中学二年生のわりにちょっとジジむさい。

「地球温暖化の影響なんだべな。コマーシャルで見たことあるぞ。三十年後には北極がなくなっちゃうんだべ」

「どうなのかなぁ。温暖化防止っていっている連中のスポンサーは原子力発電所のメーカーだって話もあるから」

さっきまで頭の中いっぱいに詰まっていた不安を棚に上げ、言いかえした。両親からよくお前はアマノジャクだといわれる。ぼくとしては相手のいうことを真剣に聞いて、答えているだけだ。相手が何を喋ろうと、そうですね、おっしゃる通りなどと答える奴は、人の話を真面目に聞いていない。

ぼくは屁理屈が多いともいわれる。

ヤスが横目でぼくを見た。

「何だって？」

「地球温暖化の原因は二酸化炭素っていわれてるけど、本当のところ、因果関係がはっきり証明されたわけじゃない。原子力発電は二酸化炭素を出さないから温暖化防止に役立つっていうんだけど、でも、核廃棄物の問題とか、やっぱり事故なんか起こると大変じゃない？　だから原発推進派っていわれてる連中が金を出して温暖化、温暖化ってお経みたいに唱えて、皆を洗脳してるって説もあるんだ」

「お前、共産党か」

「はあ？」

「うちの母ちゃんがよくいってるんだ。人と違ったことという奴を共産党みたいだって」

「あのね」

言いかけたとき、玄関で声がした。

「おはようございます」

「おっ、タケだ」

テーブルに湯呑みを置いたヤスがさっと立ちあがる。テレビ画面の隅に表示されている時刻は午前七時五十二分。北海道に来て、四度目の朝ともなれば、多少は慣れてくるが、それでも早い。

ヤスにつづいて、玄関に出た。タケが立っていた。

「おお、起きとったか」

「当たり前だべや。もうタイコの調教やって、朝飯も食った。百姓は朝が早いんだ」

「そやったな」

「おはようございます」

ぼくが挨拶すると、タケはにっこり頬笑んだ。

「おはようさん」

タケは中古車販売と農機具の製作、メンテナンスをする会社の社長にして、レーシングチームのオーナー、元暴走族、元新聞社のカメラマン。大きなポケットのついた作業ズボンにアロハシャツ、髪の毛をハリネズミみたいに立てた姿は社長には見えない。

「わしゃ、これから楓子ンとこ行くけど。お前ら、もう出かけられるか」

　昨日、タケの会社兼工場に遊びに行き、どこか牧場に行くと約束した。ヤスが楓子という名前を聞くたび変にもじもじしていたのを思いだす。

「オーケー、オーケー」ヤスは居間の出入口に顔を突っこみ、台所で洗い物をしている伯母の背に声をかける。「夏見牧場、行ってくる」

　伯母が何かいったが、ヤスは返事もせずに玄関に降りるとゴム長靴に足を突っこんだ。ぼくも乾いた泥のこびりついた長靴を履き、ヤスにつづく。

　家の前には、ぴかぴかに磨きあげられた黒いライトバンが斜めに停めてあった。

「どや」アロハシャツのポケットから抜いたサングラスをかけ、タケが胸を張る。「シックスナインで兄さん、イクや」

　ヤスが訊きかえす。

「何だって?」

「この車……、わが愛車のことやがな。こいつは69年型トヨペットクラウンのステーションワゴン。で、ナンバー見たって。2、3、1、9やろ。ほんで兄さん、イクやがな。ようできとるじゃろ」

　ヤスとぼくが同時に首をかしげる。タケががっくりうなだれた。

「まあ、ええわ。中学生(ちゅうぼう)を大人扱いしたわしがアホじゃった。とにかく乗れ。ベンチシートやから前に三人並んで座れる」

タケが運転席に乗り、助手席からヤス、ぼくが乗りこんだ。確かにベンチみたいなシートで三人が横並びに座れる。ビニール臭かったけど、ボディ同様すみずみまで掃除が行き届いていて埃一つない。

エンジンをかけたタケが車をバックさせて方向を変えた後、ハンドルにてのひらをあてくるくる回した。

道路に出たところでヤスが訊いた。

「さっきいってたロクジュウキュウネンガタって何？」

「アホな子やのぉ」ちらっとヤスを見たタケが鼻に皺を寄せた。「一九六九年に生産されたちゅうことに決まっとるやないけ」

西暦一九六九年、昭和四十四年といえば、アメリカのアポロ11号が月面着陸に成功し、日本では東大安田講堂が落城した。塾のテストに出たことがある。城でもないのに落城と書かれていたのがおかしくて、憶えている。ぼくが生まれる二十五年前、教科書の一ページに過ぎないという点では七九四年に平安京ができたのと同じレベルでしかない。

あらためて車内を見まわす。歴史が走っていて、その中にいる。ある意味、すごくないか。

「こらこら、何を見とんねん」

ぼくの様子に気づいたタケが訊いた。

「いや……、その……」はっと気がついた。「シートベルトはどこかなと思って」

いきなりタケが笑いだした。

「そんなもん、ない。69年型やぞ。あるわけないじゃろが」

「でも、シートベルト締めないと違反なんでしょ」

「元から付いてない車は締めんでもええって道路交通法で認められとるんや」

「へえ」

ヤスが口を挟む。

「それでシックスナインの車に乗って、兄さんがどっか行くってことか」

「シックスナインゆうたら、アレやがな。アイナメっちゅうか……、男と女が互いの股ぐら嘗めとるときの恰好がの、数字の6と9を並べたんに似とるやろ」

「股ぐらって、チンポやマンチョを嘗めるってか。汚ねぇ」

「じゃかあし。チンポだのマンチョだの、ガキは露骨やの。大人になったら、そりゃええもんじゃいうことがわかるわ」

「大人になったらマンチョ嘗めるのかぁ」

真顔でいいながらヤスはぼくの脇腹をひじでつついた。また、脱衣所前の光景を思いださせようとしている。窓の外を眺めているふりをして無視した。

ヤスはしつこくて、子供（ガキ）だ。

アスファルトがでこぼこ波打った道路の両側には畑が広がっていて、所々、地平線まで見通せる。作物の名前まではわからなかったが、等間隔にまっすぐ植えられていて、さすが農家もプロだなぁと感心した。畑は防風林に囲まれていて、いかにも北海道という感じ。でも、二十分も三十分も景色が変わらず、飽きてくる。

さっきからずっとヤスが喋っていないことに気がついて目をやった。シートの真ん中に座ったヤスは握り拳を膝に置いて前を見ていた。

「どうしたの？」

ヤスがぼくを見る。

「何が？」

「緊張してる感じだけど」

タケがにやにやしながらいった。

「そりゃ、楓子に会えるんだもんな。ヤスにしたら緊張するさ」

さっとタケに顔を向け、うるせえよと毒づいたが、その声は小さく、かすかに震えていた。

Tシャツの袖から剝き出しになっている腕が触れ合っているので、緊張はぼくにまで伝わってくる。

道ばたに立つ〈夏見牧場〉と書かれた看板のところで左折したとき、ヤスの緊張は頂点に達した。

乗りいれた車を、タケは母屋の前にあるプレハブ小屋の前に停め、エンジンを切ってさっさと降りていった。

車を降りて、辺りを見まわした。母屋があって、庭を挟んで、厩舎が三棟建っている。爺ちゃんの家とあまり変わらなかったが、母屋の前にプレハブ小屋があるのと、庭に大きな木が立っているところが違った。

木を見上げていると、車を降りてきたヤスがぼそっといった。

「楓だ」

「何？」

「楓の木。夏見の小父さんが楓子が生まれたときに植えたんだ。楓の子って書いて楓子。だから木を植えた」

プレハブ小屋からタケが出てきて、ぼくたちを怪訝そうに見た。

「何しとんねん。楓子なら中におるで」

それだけいうとタケはプレハブ小屋の裏に停められている四輪駆動の軽自動車に近づき、ドアを開けた。

「あの車……」ヤスがあごをしゃくる。「タケが楓子に売ったボロだ。開拓者魂一号なんて、アホな名前つけて」

桃次郎号といい、開拓者魂一号といい、タケは車に名前を付けるおかしな趣味がある。

そのとき、プレハブ小屋の入口に、青いつなぎを着たショートカットの女の人が現れた。背が高く、丸顔で、日焼けしている。楓子という人なのだろう。

あみだにかぶったキャップから前髪がはみ出ている。青いつなぎは所々油のしみみたいな汚れがあり、干し草の切れ端がいくつもついていた。

「よう、ヤス」にっこり笑うと白い歯がきれいだ。「敵情視察に来たんだって？　ならそんなところに突っ立ってないで入りなよ」

ヤスがうつむいたまま、唇を尖らせる。

「ダイチを出すなんて、卑怯だべや」

ぼそぼそと聞きとりにくい。

「何だって？」楓子が耳に手を当てて、首をかしげる。「風呂ん中で屁ぇこいたみたいな声出しても何も聞こえんぞ」

いつものヤスなら何か言いかえしただろう。だが、さらにうつむいて耳まで真っ赤になった。

「さあ、おいで」

手招きする楓子に導かれ、プレハブ小屋に入った。

小屋の一角にはパソコン、ノートパソコン、コピーとプリンタの複合機、電話と兼用のファックスが置いてあった。天井から大きな薄型テレビが吊りさげられている。画面は四分割されていて、それぞれ厩舎内部の様子が映しだされていた。壁の一面には大きなホワイトボードが二枚貼りつけられ、一枚は月間スケジュール表、もう一枚は名前、体重、搾乳量などといった表になっているから牛ごとの様子を書きこんであるのだろう。

「へえ」

思わずつぶやくと、楓子がふり返った。

「百姓だって、馬鹿にしたもんじゃないでしょ。ハイテクの時代だからね」楓子はそういうと薄型テレビを指した。「これは厩舎に取りつけたCCDカメラのモニター」

「防犯用ですか」

「牛の様子をいつも見られるようにしてるだけ。こんなところに入る泥棒はいないよ。出産のときは二十四時間見てなきゃならないから」

「出産って、牛の？」

ぼくの問いに楓子がおかしそうに笑った。

「ごめんごめん。牛乳って、牛のお母さんのお乳だよ。子供を産まなきゃ、お乳は出ないでしょう」

「なるほど。パソコンはインターネット用ですか」

「ノーパソの方はね。ラップトップは主に牛の体調管理データを入れてある」楓子があらためてぼくを見た。「ところで、初めまして、よね？」

「はい。初めまして」一礼した。「トモ……、木村友親といいます。ヤスのイトコです」

おや、とでもいうように楓子が片方の眉を上げた。

「ヤスのイトコでまともに挨拶できるのがいるんだ」

「こいつ、東京から来たから」

相変わらずヤスはぼそぼそという。楓子にひと睨みされると、ヤスはまたうつむき、顔を赤らめた。

ノートパソコンのキーをいくつか叩いたあと、楓子がいった。

「それじゃ、ダイチの調教といきますか」

ついておいで、といってプレハブ小屋を出た楓子が歩きだす。背が高く、大股ですたすた行くので、ぼくとタケは小走りで引きずられるようについていった。

「まじでダイチに調教つける気か」

タケが訊いた。楓子はふり返りもせず、つなぎの尻ポケットから軍手を抜いた。仕種の一つひとつがきびきびしている。

「ああ。せっかくトキノタイコーのオーナーが見に来てくれたんだ。ダイチも張りきるさ」

「嘘だべ。もう暑いぞ」

すでに陽は高く、朝の冷気は消えている。陽射しが腕にじりじりしていた。爺ちゃんがトキノタイコーに調教をつけるのは夜が明けて間もないころで、雲が広がっていれば、肌寒いほどだ。

足を止めた楓子がふり返った。目をすぼめ、ヤスを見る。

「ダイチは現役馬だからね。そろそろ昼間の暑さにも馴らしとかないと」

「したって……」

いいよどむヤスの声を聞いて、脳裏にありありと浮かんだ。

差しだされた厩務員の手をすり抜けて、キングボマーの鼻先が沈んでいく。猛暑は馬に負担をかけるとヤスはいった。

東京から帯広に着いた日は、陽光が腕の表面で小さな泡みたいにはじけていた。気温も三十度を超え、せっかく北海道に来たのに詐欺だと思った。

深い砂に脚をとられながら、大小二つの障害を乗りこえ、二百メートルを歩ききった直後、キングボマーは倒れ、そのまま死んでしまった。

ばんえい馬で馬が死ぬようなことは滅多にないともヤスはいった。だけど、目の前でひとつの命は消えた。

砂の上に正座した厩務員は、自分のジャンパーでキングボマーの大きな顔をくるみ、太腿の間に挟んでいた。うつむいたまま、動かなかった。泣いていたのかも知れない。黄色いヘルメットのひさしに隠れて、顔は見えなかった。

「どうしてダイチを牧場に下げた？」

「今年の春ごろ、脚を引きずってたんだ。左の後ろなんだけど」

「ゴク抜きさせてみればいいっしょ」

「ダイチを預かってくれてるのは青島先生ンとこだよ」

「そっか。青島厩舎ならゴク抜きもへったくれもないな」

楓子がちょっと考えこむような顔をする。黒目がきらっと光った気がした。きれいな人だとは思うが、どうみても三十歳は超えている。オ、バ、サ、ン、だ。

昨日からヤスは楓子という名前が出るたびにぎこちなくなる。好きなのかも知れない。身長はいずれ追いつくだろう。爺ちゃんも伯父さんも躰が大きい。でも、年の差だけは何年経っても縮まらないじゃないか。

楓子がいった。

「ダイチは成長痛じゃないかと思うんだ」

「成長痛だって？　馬が、か」

「私もね、中学三年から高校二年のときに背が伸びたんだけど、膝がだるくて、時々すっごく痛くなった。眠れないくらい。そのとき、父さんにいわれたんだ、成長痛だって。馬でも急に躰が大きくなると、成長痛があるんだって」

「小父さんが？」

ふいにヤスの顔つきが変わった。真剣な目でまっすぐ楓子を見ている。楓子は口元をゆがめ、うなずいた。

「そう。でかくなる馬ほど痛がるんだって。だからお前もでっかくなるぞっていわれたんだけど、嬉しくなかった。当たり前でしょ。でかいってのは褒め言葉じゃないよ。私は女なんだから」

「そりゃ、まあ……」

ヤスは口ごもり、耳まで真っ赤になった。にやりとした楓子がふたたび歩きだし、ぼくたちは後にしたがった。

「さっきいってたゴク抜きって何？」

「馬の餌から燕麦（えんばく）やフスマを抜くことだ。燕麦ってのは、馬に食わせる麦みたいな奴」

「穀物の穀でゴクか」

ぼくがうなずくと、ヤスがつづけた。

「馬を早く大きくしたかったら、ゴクをたくさん食わせるんだけど、いいことばかりじゃない」

「どうして?」

「痛風って病気、知ってるか。うちの父ちゃん、痛風持ちでさ。ビール飲みすぎたりすると、出るんだ。尿酸値が高いとなりやすいらしいけど、その辺はよくわからん。とにかくすげえ痛いみたい。痛風が出ると顔真っ赤にしてうなってるもの。母ちゃんは贅沢病っていってる。旨いもの食って、ビールたらふく飲んでるからばちが当たるんだって」

「へえ、そうなんだ」

「青島厩舎は馬なりに育てて、無理にでかくしようとはしない。したけど、考えの違う調教師もいる。とにかく馬を太らせて、少しでも早く勝てるにしようとしたり、な。大きなレースに出られるようになれば、それだけ賞金もたくさんもらえる。勝てれば、だけど」

「それって悪いことじゃないだろ?」

「脚が痛い馬を無理に走らせて、二歳か三歳で潰しちゃうこともある。でも、今はどこの厩舎も経営が苦しいから……」

難しいところだよ、とつぶやくヤスは少し大人っぽく見えた。

厩舎をまわると柵で囲われた一角があった。中に黒い馬がいる。ひたいの辺りに楕円形をした白い毛が生えていた。

「あれがダイチ?」

訊きながら目をやると、ヤスは口をぽかんと開き、目を瞠っていた。

「どうしたの？」

「そう、あいつがダイチ」ヤスが何とかうなずく。「だけど、びっくりしたな。ダイチがあんなにでかくなってるなんて知らんかった」

ヤスはダイチをしげしげと見つめ、言葉を継いだ。

「血統は悪くなかった。爺さん馬も、母馬も重賞獲ってるからな。でも、ダイチはデビューしたころは躰が小さかったんだ。七百キロもなかったんでないか。速いのは速かった。デビュー戦で一着、それから五レースつづけて勝った」

「すごいね」

「ああ」ヤスがうなずく。「そこまではよかったんだけど、昇級したらあとがぱっとしなくてな。去年、競馬場で見かけたときには、こんなに大きくなってなかった。今なら千キロ……、いや、千百はあるかも知れない」

「馬って、そんなに急に大きくなるものなのか」

「どれもこれもってわけじゃないけど、急に大きくなる馬もいる。でも、一年でダイチくらい大きくなるのはやっぱり珍しいべな」

柵に入った楓子はダイチに馬銜を噛ませようとしていた。ダイチは大きな顔をすり寄せ、長い舌をだして楓子のうなじをひと嘗めする。

「ひゃっ」

自分が嘗められたわけでもないのに声が出てしまった。

「ダイチも一丁前にスケベになったもんだ」

ヤスのつぶやきが聞こえたとしても意味など馬にわかるはずがない。それなのにじろりとぼくたちを睨み、前脚で地面を引っかいた。

「へん、スケべっていわれて、怒ってやがる」

そういってヤスは鼻を鳴らす。

楓子はダイチの首にワラビ型を着け、胴輪を巻いて固定した。ダイチが鼻先をすりつけてくるたび邪険にふり払う。平手でびしびし殴るので、見ている方がどきどきする。楓子は手際よく馬具をつけると、手綱を持って歩きだした。ダイチが素直に従う。

次いで楓子は柵のすぐわきに置いてある鉄製の橇とダイチとを結びつけた。支度が整うと、ぼくたちを見て手を挙げた。

「おいで。こっちに乗りなさい」

ヤスが歩きだし、ぼくはその後ろからついていった。トキノタイコーでさえ慣れているとはいえないのにほかの家の馬ならよけいに怖い。

「ほら、橇に乗って。ダイチの調教はちょっと離れたところの牧草地でやってるんだ。そこまで乗っけてってやるよ」

橇を見て、ぎょっとした。コンクリートの塊が載せてあるのは爺ちゃんが調教しているときと同じだが、トキノタイコーが曳く橇には三本、ダイチの橇には五本積んである。一本百キロといっていたから五百キロになるのだろう。

陽も高くなってきたし、本当に大丈夫なのか。

ヤスは何もいわずにコンクリート塊にまたがり、腰を下ろした。ぼくはヤスの後ろに座った。

「ハイッ」

楓子が声をかけるとダイチが脚を踏みだす。鉄の橇に五百キロのコンクリート塊を載せ、さらに三人が乗っているというのにかなりのダッシュ力だ。

思わずヤスにしがみつく。

ヤスは、目の前に突きだされた楓子の尻をじっと見ていた。

「いいよなぁ、ダイチ」

ヤスがつぶやいた。心底うらやましそうで、少し悔しそうだ。

牧草地とはいっても雑草が生えている原っぱにしか見えなかった。それでも防風林に囲まれた四角い土地だから、もとは畑だったのかも知れない。

ダイチは牧草地の周囲を踏みかためた練習コースを歩いていた。一周三、四百メートルくらいだろうか。陽の光はますます強く、腕や頭の天辺がじりじりしてくるほどなのに、二周目に入ったダイチの足取りは衰えるどころかますます力強くなっている。橇に乗っている楓子は手綱を鞭として使うより、引っぱってダイチの行き足を抑える方が多かった。

「自分から行きたがってるもんなぁ」ヤスがため息を吐く。「タイコなら半分もしないうちに休むべって顔して、おれを見る」

「馬によって違いがあるんだね」

「十頭十色って、爺ちゃんがよくいってる」

そういうとヤスは手近にあった細長い雑草を抜き、乾燥した素麺みたいな茎をくわえると嚙みはじめた。真似してみる。茎の、根に近い方は明るい緑色をしていて、みずみずしく柔らかそうだ。前歯でかじる。青臭くて苦い汁が口に広がった。あわてて雑草を捨て、唾を吐く。

ヤスは平気な顔をして雑草の茎を嚙みつづけながらダイチを見ている。

「ヤスは楓子さんが好きなのか」

横目でぼくを見たが、何も答えなかった。

「ずいぶん歳上だからさ。でも、きれいな人だよね」

ダイチに視線を戻したヤスが雑草を吐きすてた。茎の先端がぐちゃぐちゃに嚙みつぶされ、白くなっているのを目にすると苦い唾が湧いた。

「楓子の父さん……、夏見の小父さんは馬作りの名人だった。頭数はそんなに多くなかったけど、重賞馬を何頭も作ったんだ。強い馬は高く売れる。一頭一千万とか千五百万とかで売れて。それで馬だけで食ってた。爺ちゃんは百姓やりながら趣味で馬ちょしてるだけだからな。夏見のハルオは大したもんだって、いつもいってた」

「馬が千五百万で売れたの？　一頭で？」

「昔々のお話」ヤスの表情が険しくなる。「今、生産者から出てくレース馬は一頭が四十万とか五十万だ。肉として売るより安い。うまくいけば、百万とかになることもあるけど、ほとんどはその半分だな。えさ代にもならん」

　ヤスは二本目の雑草を抜き、くわえようとして、ぼくを見た。

「トモはへっぺしたことあるか」

「何、それ？」

「エッチっていうのか。女とする、アレ」

「ば、ば……」唾を嚥んだ。「あるわけないよ、そんなこと。まだ中学二年生だぞ」

「そうか」ヤスは雑草をくわえて、首をかしげた。「同級生でもやったことのある奴はいるけどな」

「ヤスは？」

　どきどきしていた。

「ない」

首を振るのを見て、ほっとした。

目を細め、ダイチを見やったヤスがいう。

「この間、学校で友達と喋ってたんだ。中学生のうちに経験したいなって。やっぱりエッチとかは夏だろ」

ぼくはエッチどころか、キスもしたことがない。ヤスが目を細め、つづけた。

「やれれば、誰でもいいってわけでもないべ。やっぱり好きな人がいいよな。だから最初は楓子がいいなと思って」

見ていたのはダイチではなく、楓子なのだろうか。くちゃくちゃ音を立てて雑草を噛んでいるヤスの横顔を見ていると、また咽がすぼまった。

「そんなこと考えてるのか」

「トモは考えないのか。中学二年にもなれば、誰だってやりたいって思うんでないか」

「いや……、そりゃ、そうだけど。何でも順序ってあるだろ」

「順序って?」

「女の子と付きあうんだから、最初は……」

自慢じゃないが、女の子と付きあったことはない。何から始めたらいいのか、想像もつかなかった。

「ヤスは、女の子と付きあったことあるのか」

「ない。学校にはこれだって女もいないしな。楓子は地元の高校出て、東京へ行った。おれが二つか三つのころだから全然憶えてないけど。二年半くらい前だったか夏見の小父さんが病気で急に死んで、それで帰ってきたんだ。楓子を見たのは、小父さんの通夜のときだった。東京帰りだと聞いたからすげえ恰好良く見えたもんさ。やっぱりアカヌケテルねって母ちゃんもいってた」

ヤスはぼくを見て、にやりとする。

「トモは東京の子だから、楓子なんか見てもイモにしか感じないべ」

「そんなことないよ」

「何か眩しかったんだよなぁ。したけど今じゃ脳味噌まですっかり馬臭くなっちゃって」

ヤスは小さく首を振る。

二周目を終えたダイチが戻ってくる。楓子は手綱をさばいて、ダイチの鼻先をコースの内側に向けた。ダイチの前には地面が盛りあがり、小山のようになったところがある。

「嘘」ヤスが低声でいう。「このクソ暑いときに障害の練習なんかさせんなよ」

ダイチが小山にさしかかろうとしたとき、楓子は手綱を引いた。顔を仰向かせたダイチが首を振り、前脚でさかんに地面を引っかく。

「また、行きたがってるよ」

競馬場に行ったとき、カマボコ型の障害の前で馬がいっせいに止まるのを見た。息を入れなければ、登れないからだと教わった。今、ダイチは同じことをしている。

やがて手綱をゆるめると同時に楓子が鋭い気合いをかけた。

「行けっ（チョィ）」

ダイチが小山に向かって突進した。鉄製の橇に五本のコンクリート塊を載せているとは思えないスピードだ。

「おおっ」

ヤスがうめく。

「どうしたの？」

「ダイチの背中だ。背中、見てみれ」

小山を登りかけているダイチの黒い背中には何十個もの力瘤（ちからこぶ）が浮かびあがっていた。力瘤の塊を、さらにその下から別の力瘤が押しあげているという感じだ。

「すげえ筋肉だべ。馬の力を見るなら、背中見れっていうんだ。競馬場だとゼッケンに隠れてて見えないんだけどな」

ダイチが一歩、また一歩と登るたび、ヤスがほおとか、はあとか、嘆声を漏らす。

「楓子もうまくなった」

「何が？」

「ヤマの上げ方さ。あれ、やってみると難しいんだ。いつの間にあんなにうまくなったんだべなぁ」

ヤスが首をかしげているうちにダイチが小山を乗りこえた。

息を呑んだ。

背中全体が盛りあがり、うごめいている。黒い背が陽光を反射して、きらきらしていた。腰をはね上げるようにして鉄製の橇を引っぱりあげる。

競馬場のコースにあった障害ほど大きくはないにしろ、一度も脚を止めずに登りきり、下ったのだ。

ヤスは右の拳を左手に打ちつけた。

「おれも練習しなきゃ」

「ヤスだってタイコを上手に操ってるじゃないか」

「いや、楓子の方がうまい。悔しいけど。ちょっと見ないうちにだいぶうまくなった」

「ヤスは将来騎手とかになりたいの」

「まさかよ」ヤスは笑った。「ジョッキーなんて何も儲からん。生産者はもっと儲からんけど。でも、おれは馬が使える百姓になりたいんだ。爺ちゃんみたいにな」

ふとヤスがぼくを見た。

「トモは、医者になるんだべ？」

まるで疑いもなく医者になると口にするヤスは母を連想させる。

「お父さんとお母さんが医者だからって、友親にも医者になれとはいわない。お母さんとしては、医者になって欲しいとは思うけどね。でも、友親の人生だし、それに……」

母がいいよどむ。ぼくがあとを引きついだ。

「医者になるなら国立大、でしょ」

「そう」

ミントグリーンのプラスチック椅子に座り、母に背中をこすってもらっていた。うちの風呂は狭く、洗い場には大きなシャワーやカランが突きだしているので、二人列んで背中を洗ってもらうことはできない。母は湯を張った浴槽に立ち、ぼくに背中を向けさせた。小学校高学年あたりから同じスタイルだ。

天然コットン百パーセントの繊維を格子状に編んだタオルで、今、左の肩胛骨の下をごしごしこすってもらっている。背中の真ん中のくぼんだところや、肩胛骨の下なんかは自分一人ではちゃんと洗えない。だから週に一度は母といっしょに入浴していた。

背中がすっきりすると気持ちいい。

「ただし、忘れないでね。国立は難しいわよ。一浪や二浪は覚悟してないと」

「うん」

医者になるなら国立大学の医学部を出て、というのは母の口癖のようなもので、物心つくころから聞かされてきた。

いや、簡単に想像がつく。母は産まれたばかりのぼくを抱き、国立、国立とささやいていたに違いない。

父は国立、母は私立の医学部を卒業している。

『牛のクソにも段々っていうからなぁ』

いつか父が口にした言葉を憶えている。牛の糞みたいなものでも段がついているというところから、どんなつまらないものにも階層とか階級があって、人は人を区別——あるいは差別——し、力関係が生じるという意味だそうだ。

医者の世界は九割方が国立大学出、私立大出身者は隅に追いやられている、というのはあくまでも母の弁。個人で開業すれば、医者の世界の段々に関係なく生きていけそうなものだが、実際には違うらしい。

たとえば、個人病院では手に負えないほど重い病気の患者が来たときには、より設備が整った総合病院に紹介するが、このとき、国立と私立の差が出るという。

国立大学出のサークルに入っていれば、総合病院の医者と連携が取りやすい。私立大出の医者だって紹介状くらい書けるが、診療科目だけを頼りに紹介するのと、実際に診察する医者本人を知っている場合とでは、大きな差があるという。

『そりゃ、同じ大学の後輩から頼まれれば、ほかの患者よりちょっと気を付けてやろうと思うよ』

父も認めていた。場合によっては、ほんのわずかな差が患者の生死を左右するかも知れないし、田舎に行くほど、国立大出サークルの会員か否かが大きな違いを生む。田舎というのが母には大きな意味を持つキーワードなのだが、絶対に口にしようとはしない。

尻のあたりまでこすり終えた母が肩越しに泡まみれのタオルを差しだしてくる。

「はい」

「ありがとう」

タオルを受けとって、腕をこすり始めた。シャワーで手についた石鹼を流した母は湯船に身を沈め、ふっと息を吐いた。髪を黄色のヘアバンドのようなものでまとめ、浴槽の縁に頭を載せて目をつぶっている。

母はゆっくり湯に浸かるのが好きで、父はシャワーだけで済ませることが多い。

母は佐賀県生まれで、実家はわりと大きな病院だ。数年前、院長をしていた祖父は理事長となり、診療科目、入院患者用のベッド数を増やした。さらに去年、高齢者向けの介護事業に乗りだしている。

曾祖父も医者、さらにその父親も医者ということだったが、もともとは薬種問屋をしていたそうだ。なぜか女系家族で、歴代院長はすべて婿養子。母も三姉妹の長女で、兄弟はない。母が猛勉強の末に医者になったのは、婿養子を見つけるのが目的だったのかも知れない。そして父と見合いで結婚した。見てくれはともかく、曲がりなりにも国立大学卒だ。結婚の理由はそれだけじゃないか、と思ってしまう。

母方の親族において、ぼくは百数十年間にたった一人生まれた直系の男児なのだ。母の実家に行くと、子供心にも贅沢すぎるよなぁと思うほどあれこれ良くしてもらい、欲しいといえば、何でも買ってもらえた。

祖父母や叔父、叔母たちには総領と呼ばれた。家を継ぐ息子という意味らしい。抵抗を感じたことは一度もない。ようやく歩きはじめたころから、毎年二回から三回は母の実家に行き、短くて一週間、長ければ二ヵ月も過ごし、その間ずっといわれつづけてきたのだから。

父は婿養子には向かないタイプだろう。それにぼくが無事医者になって佐賀に行くことになったとしても、たぶんその日実験室でもがき苦しんでいるマウスほどには気にかけないと思う。

シャワーで泡を洗いながしながら、母を見た。顔が汗で濡れている。

お母さんのために……、とふと思った。

だけど、後がつづかなかった。自分が本当に医者になれるのか、なりたいのか、よくわからない。

調教を終えたダイチの躰は汗に濡れて、黒光りしていた。厩舎の裏、柵で囲まれた一角に戻り、馬具を外されている。小さな熊手みたいな道具で、楓子に汗をかきおとしてもらっているダイチは気持ちよさそうだ。

たった四日前まで馬なんかどれも同じだと思っていた。それが今ではトキノタイコーの顔を見分けられるし、少しだけど、馬の表情もわかるようになってきた。

ダイチの世話をしながら楓子が訊いた。

「今年はヤマキンが来るって、聞いたかい？」

「タケから聞いた」ヤスは地面を爪先で掘っている。「ビッグジョーを連れてくるってさ。汚ねえよな」

「何してさ？　ビッグジョーだって引退したんだもの、立派に出場資格があるしょ」

「そりゃ、ダイチは現役馬だから戦えるかも知れないけど、タイコは年寄りだもの」

「ははーん、自信ないんだ」

楓子は背中を向けていたが、口調でせせら笑ってるのがはっきりわかった。

「そんなんでないさ」

ふいにエンジン音が響きわたった。プレハブ小屋の裏に停めてあった軽四輪駆動車が動いたのだ。

楓子が手を止め、柵のそばに来る。軽四駆のボンネットを閉じてからタケが駆けよってくる。

「直ったで」

「ありがとう。どこが悪かった？」

「バッテリーが寿命やったわ」

「へえ、バッテリーって寿命があるの」

「勘弁せえや。バッテリーは消耗品やろが」

「知らない」楓子がにやりとする。「あの車、ボンネットも開けたことないんだ。タケの会社がアフターサービス万全なんで」

「まあな」タケが胸を張り、鼻の穴をふくらませる。「ま、今回はバッテリーの実費だけでええわ。修理代はサービスしとく」

「きゃあ、バッテリー代か。きついなぁ」

楓子が顔をしかめる。タケは力ない笑みを浮かべた。

「うちもきつきつやからな。バッテリー代くらい見たってや」

帰りの車の中、ヤスは腕組みしたまま、むっつり黙りこんでいる。ハンドルを握るタケの鼻歌が途切れた。

「どないしてん？　楓子に相手にされんかったんでむくれとるんか」

「うるせえよ」

ひと声吠えたが、またすぐにしぼんでしまった。ぼそぼそとつづける。

「楓子がうまくなってるのに、ちょっとびっくりしただけだ」

「何がうまくなった？　あ、アレか」

「お前の頭にはソレしかないのかよ」

そういいながらヤスがタケの脇腹をひじで突く。タケはわざとらしい悲鳴を上げた。69年型クラウンがよろけ、タイヤを鳴らしながら反対車線に大きくはみ出る。

「あ、あっ」

ぼくは声を出したが、ヤスもタケも平然としている。車は何ごともなかったように元の車線に戻った。何度もくり返している冗談なのか。いくらほかの車が走ってないからって無茶だ。

「ほんで、何がうまくなった？」

「ヤマ、上げるのが。ダイチの力もすごかったけど、楓子は一気に登りきらせた」

練習コースの内側にあった小山を乗りこえていくときのダイチの背中を思いだした。

黒い毛の内側で力瘤がひしめき合っていた。

「平らなとこ歩かせるだけなら馬鹿でもできる。だけど障害を切らせるのには経験と技量が要る」

「そんなもんかのぉ」

「ヤマの手前で馬を止めるだろ。息、入れさせるのにさ。そのあと、馬が行けるかどうか見切らんきゃならん。息入ってなかったら途中で止まるし、ずっと休ませておくわけにもいかないべ」

「それじゃ、レースにならんわな」

「それに登りはじめたら、手綱をゆるめちゃダメなんだ。前のめりになったとき、いつでも引き起こせるように張ったままにしておく。だけど引っぱりすぎれば、馬は止まる。荷物しょってるんだも、坂の途中で止まったらそれっきりだ。したからヤマ上げるのも、上げてる最中も馬をちゃんと見てなきゃならん。楓子、馬をちょすようになって一年くらいなんだぜ。いつの間にあんなにうまくなったんだべ」

絶賛の嵐にタケが苦笑していたが、ヤスはまるで気づかなかった。

家に着いた。母屋の前に来たとき、爺ちゃんが大型四輪駆動車のドアを開け、乗りこもうとしていた。

クラウンが停まると、ぼくを押しのけるようにしてヤスは降り、駆けよる。

「ダイチ、ヤバいよ。すげえでかくなってた」

ヤスが爺ちゃんに告げる。

「あれは母馬(ハタ)の血統が皆大きかったからな。でっかくなって当たり前だ」

タケが爺ちゃんに近づいた。

「どうも、毎度さんでした」

「おう、お前か。ちょうどよかった。柴田ンとこな、コンバインの按配が悪いんだってよ。ちょっと見てやってくれや」

「わかりました」

すぐにタケはアロハシャツのポケットから携帯電話を取りだした。大声を発する。

「毎度さんでした。ドリームボックスの國松(くにまつ)でした」

ヤスは爺ちゃんに目を向けた。

「どこ行くの？」

「ウリュウの馬場だ。下見してくる」

「おれたちも行く。いいっしょ？」

「かまわんが……」爺ちゃんがぼくを見た。「トモは？」

「行く」

四輪駆動車の後部ドアを開けたとき、電話を切ったタケが爺ちゃんに声をかけた。

「これから柴田の父さんのところ、行ってきます」

「急な話で、すまんかったな」

「何も、ですよ。夏場は暇こいてますから」

クラウンに乗りこんだタケは、すぐに車を回した。短くクラクションを鳴らし、会釈していく。

「馬鹿。うちには馬がいるべや」

ヤスがタケの車を睨んでぶつぶついう。もっともクラクションに反応したのは馬ではなく、もじゃもじゃの黒い毛に覆われた犬――ゴロだった。必死になって駆けよってくる。ジャンプ。思わず一歩下がると、ゴロはぼくの鼻先をすりぬけ、後部座席に飛びこんだ。ヤスがぼくを見てにやりとする。

「ゴロも行くと」

家を出て間もなく、運転席の爺ちゃんがズボンのポケットを探り、携帯電話を取りだした。ぼくに差しだしてくる。

「ミユキからメールが来た。トモに何とかかって書いてあったけど、おれにはようわからん」

ミユキと聞いただけで、心臓がドキドキしてくる。ちらっとヤスをうかがった。また、腕組みして外を見ている。

爺ちゃんの携帯電話を受けとり、メールボックスを開いてみた。何十通も入ったままになっている。おそらく削除なんかしたことないんだろう。ミユキからの最新メールを開いてみた。

爺ちゃんへ　このメール、トモに転送して。深雪

そのあとにミユキのメールアドレスが添えてあった。もう一度ヤスを見たあと、すぐ自分の携帯電話に転送して、爺ちゃんの携帯からミユキのメールを削除した。何だか悪いことをしている気分。

「はい、爺ちゃん。転送したよ」

「おう」

肩越しに差しだされた大きな手に携帯電話を載せるのと同時にズボンのポケットで電話機が震動した。

自分の携帯電話を取りだすと、早速ミユキのメールアドレスを登録し、打ち返すことにした。何と書けばいいのかわからなかったので、友親です、とだけ打った。間抜けだ。ポケットに戻そうとしたら返信が来た。

明後日の土曜日、花火大会に行こう。お母さんには私からいっておくから

何だ、花火大会って？

「ヤス、土曜日に花火大会があるの？」

「ある」ヤスはふり返ろうともしない。「何した？」

「ミユキさんがいっしょに行こうって」

「あんなのは呼び捨てでたくさんだ」

爺ちゃんがさっと手を伸ばして、ヤスの頭にげんこつをくれる。だが、ヤスは平気な顔をしていた。

「姉ちゃんはトモを友達に見せびらかしたいだけだ。これが東京から来た私のイトコよって」

「ヤスは花火大会行かないのか」

「人がうじゃうじゃいて、身動きもとれんぞ。面倒くさい。おれは行かんよ」ヤスが身をよじり、ふり返った。「それに次の日曜はウリュウのレースだからな」

爺ちゃんが口を挟む。

「行ってこい、トモ。田舎の花火大会だけど、なかなか馬鹿にしたもんでもないんだ」

一瞬、ヤスと目が合った。でも、ヤスは何もいわず前に向きなおると、腕組みして外に

目をやった。

行きます、と返信を打つ。またすぐにメールが来た。暇を持てあましているのか。

土曜日、夕方五時にうちに迎えに行く。出かける用意して待ってて

メールには写真が貼付されていた。画面をスクロールさせていく。

ゴロが顔を寄せ、小さな液晶画面をのぞきこんでいる。

「ひゃっ」

思わず携帯電話を閉じた。

まったく、ミユキって奴は……。

爺ちゃんがルームミラーを見上げた。

「何かあったか」

「いや……」汗がどっと噴きだしてくる。「何でもないです」

横顔に向けられるゴロの視線が気になる。舌をだらりと伸ばし、はっはっと息をしていた。

また、心臓がドキドキしている。

経済動物（その5）

大きな赤っぽい岩がごろんと、石造りの台座に載っていた。正面にはめこまれた石板に鎮魂と彫られている。ちょうど目の高さくらいにその文字はあった。

台座にも石板が埋められている。

　　馬魂不滅

中国大陸に、怨念こもる痛恨のいななきを残し、この世を去った軍馬等。その姿は草むす屍か哀れの限りなり。

かくして、昇天した「馬魂」は今いずこ。依るべなき異国の空をさまよい続けるも、供養する人もなし。

よって、この地、この場所を選び、安らかなる成仏永眠を記念して碑を捧げん。

願わくば、天馬千里を駆け、吾が招魂の祈りに応え、迷わず来りて、墓碑のもとに集わんことを。

そのあとに昭和六十三年十月吉日とあり、三人の名前が刻まれている。すぐ隣りに立っている爺ちゃんは合掌して目をつぶっていた。右に目を転じると、もう一つ石碑があって、そちらは灰色で、見上げるほど背が高かった。牛魂碑と大きく書かれている。

手を下ろした爺ちゃんがぼくを見た。

「かなわぬときの神頼みってな、昔の人はうまいことをいったもんさ」

「何を頼んだの?」

「ウリュウのレースのことだ。タイコも年寄りだからなぁ。今度のレースは厳しいかもわからん」

爺ちゃんは軍馬の碑に視線を戻した。

碑の前には、誰が供えていったのか、花や天然水のペットボトル、菓子があった。花びらは鮮やかな黄色を保っていたけど、葉はしおれ、茶色になっている。

「なかなか立派なもんだべ。昔はこの辺にも汽車が通っててな。近くにあった駅の元の駅長さんが音頭をとってこれを建てたんだ。爺ちゃんも、少しだけど金を出した。出来あがったときには内地から偉い坊さんが来てな。テレビにもよう出とるような有名な人だったけど、あの人は本当に偉かった。敷物は要りませんといって砂利のうえに正座して、一時間もお経をあげてくれた。それで魂が入ったんだ」

「これ……」ぼくは台座の石板を指した。「馬が戦争に行ったってこと？」

「トモだって学校で習ったべさ。爺ちゃんが子供のころ、日本は戦争してたんだ」

「第二次世界大戦だね」

「爺ちゃんらは大東亜戦争って教わった。太平洋やフィリピンや、アリューシャン列島とか北の方でも戦争してたし、中国でもやってた。ここら辺りの馬は中国に送られたんだ。何万頭もな」

「そんなに？」

「そうだ。馬は兵器だっていわれてな。爺ちゃんはまだ子供だったけど、父さんの手伝いして、馬を運んだ。戦地に送られる馬が涙流したとか、嫌がったとかって話をする人もいたけど、爺ちゃんは見なかったな。どの馬も大人しく汽車に乗った」

「馬が兵器って、おかしくない？」

「そういう時代さ。兵隊さんと馬の絵を描いたポスターがあった。そこに馬は兵器って書いとった。駅に貼ってあったのをよう憶えてる」

「この碑を建てた駅長さんの駅？」

「駅は、な」爺ちゃんは笑った。「したけど、これを建てた駅長さんが来たのは戦争が終わって何年もしてからだ」

ある日、駅長は駅のそばのくさむらできらりと光るものを見つけた、と爺ちゃんはいった。駅のまわりが草ぼうぼうって、ちょっと信じられない。

駅長が近づいてみると、馬を汽車に乗せるとき、ホームと貨車の間に渡した踏み板があった。金具が陽の光を反射したらしかった。

「蹄鉄の跡がいくつも残っとってな。それを見たとき、駅長さんは戦争に行った馬たちに呼ばれた気がしたって。それで慰霊碑を建てるべって皆に声かけてまわった」

その後、板は燃やしてしまい、灰を碑の中に納めたという。

二つの石碑は、こんもりした森に抱きかかえられて並んでいた。正面は原っぱだ。ふり返ると、ヤスが黒犬ゴロと追いかけっこをしている。どちらも楽しそうで、まるで友達か兄弟のよう。どっちが遊んでもらっているのやら。

「ここらには陸軍の軍馬補給部があった」

「へえ、昔は軍隊が馬を飼育してたんだ」

「いや、馬はまわりの農家から集めた。今のうちでいえば、タイコを戦争に送りだすようなもんだ」

痛っ。

胸の下辺りがきゅっとなった。

毎朝、タイコが曳く橇に乗ってたったの二日しか経ってない。

「よくそんなことができるね」

「馬は……」爺ちゃんは困ったような顔をしてつぶやいた。「経済動物だから」

ふいに腹が立って、軍馬の碑をにらんだ。人間の都合でかり集められ、戦場に送りだされた。そして碑を建てて、手を合わせることで罪滅ぼしをした気になる。身勝手っていうんじゃないのか。

爺ちゃんはぼくの思っていることに気づく様子もなくいった。

「何年か前に、やっぱりウリュウのレースの前にここへお詣りに来たのさ。そのときの馬は、あまり強い馬でなかった。それでも勝たしてやりたいと思って」

「勝ったの？」

「何とか一着になった」

「まさか。一着になると賞金とかもらえるの？」

「まさか。草ばん馬だもの、勝ったって一銭にもならん」

「一着になると嬉しいから？」

「そりゃ嬉しいさ。俺ぁ、肉用なら馬なんかやらん。レースに出すために馬を育ててるんだ。馬は働く動物だからな」

一着になっても一円ももらえなくて、働いているといえるのか、と思ったが、口にはしなかった。代わりに別のことを訊いた。

「タイコ、負けそうなの？」

「あれもう十四歳だから」

「ぼくと同じだ」

とたんに爺ちゃんが大笑いした。

「人間でいったら爺ちゃんと同じくらいの年寄りさ。馬は三歳にもなれば、一丁前の大人よ」

ふいに浮かんだ。

午前中に行った夏見牧場のダイチという馬は四歳。調教中、小山を乗りこえようとしたとき、黒く輝く背中にはいくつもの力瘤がひしめきあっていた。鉄橇には五本もコンクリート塊を載せていたというのに一気に小山を乗りこえた。

タイコが調教するときには、コンクリート塊は三本しか積まない。

「ダイチって馬、すごかったよ」

「あれはいずれ重賞を獲れる馬だ」

「ヤスは卑怯だっていってた。ぼくもそう思う。タイコとじゃ、差がありすぎるよ」

「まあ、それなりにハンデつけるからな。同じだけの斤量を曳いたら勝ち目はないかも知らんけど、ちょっとずつ橇の重さが違えてある。それに草には草の戦い方がある。負けと決まったわけじゃないさ」

すように とお願いした。

ぼくはもう一度軍馬の碑に向かって合掌した。さっきより一生懸命に、タイコが勝ちますようにとお願いした。

牛魂碑にも手を合わせたあと、爺ちゃんは地面に落ちているゴミを拾いながら碑の後ろへ回った。

その上に白っぽいものがあった。四角い石が置かれ、ベンチのようになっている。

「爺ちゃん、千羽鶴だよ」

「そうだな」

白、赤、黄色、緑、青の折り鶴が糸でつながれている。一つひとつの鶴は手のなかにすっぽり入ってしまいそうに小さい。近づいてよく見ると、チラシを切って作ってあるのがわかった。雨に打たれ、色が抜けて、白っぽく見えたのだ。

「誰が置いていったのかな」

「さあ、爺ちゃんにもわからんな」

「やっぱり馬の、だよね。病気をしたとか、ケガをした馬に早く治って欲しいって」

「そうだべな」爺ちゃんは碑の背を見やった。「爺ちゃんたちが作ったときには、軍馬だけでなく、ばん馬たちも供養してやりたいって気持ちがあった。馬にしても牛にしても墓なんかない。ここらで生まれて、遠くへ行って、死んで。中国なんて、行ったことないからどれだけ遠いかわからんけど。それでも魂は戻ってこいって思った。戻ってきたときに

「これがあれば、目印になるっしょ」

やっぱり少し身勝手な気がする。それに爺ちゃんがさっきいった経済動物というのも気になった。

馬や牛の魂が戻ってくる場所と、経済という言葉がちぐはぐな感じ。

「トモがお詣りしてくれたからタイコは勝てるべ。さあ、ウリュウの馬場へ行くぞ」

そういうと爺ちゃんは四輪駆動車に向かって歩きだす。まだ、追いかけっこをつづけているヤスとゴロに声をかけた。

もう一度、二つの碑をふり返った。

強い陽射しを浴びて、きらきら、よく目立っていた。


レースだとか、馬場だとかいうから、自然と帯広競馬場で見た、砂地の直線コースを想像していたが、連れてこられたのは、ちょぼちょぼ雑草が生えた空き地に過ぎなかった。

ウリュウが鵜里宇と書くことも地名の看板を見て知った。

「あっちに……」ヤスが指さす。「神社がある。ここは神社の裏の土地で、もともと秋祭りとかやってた。草ばん馬は秋祭りのお楽しみだったんだ」

爺ちゃんは空き地の端で、ちょうど準備のために来ていた草ばん馬の世話役という人と話しこんでいた。世話役は爺ちゃんと同じ歳くらいに見えたが、まだ現役の百姓をしているとヤスはいう。

「ここらがスタート地点だ」

空き地に立ててある鉄の杭をぽんぽんと叩いてヤスがいった。

「こいつに鎖をつけて、もう一方を引っぱっておくのさ。して、よーい、ドンでぱっと離す。地べたに落ちた鎖を踏んづけて馬が出ていく。な、原始的だべ」

杭から少し離れたところで、ヤスが両手を左右に広げ、さっと下ろして大きな声を発した。

「第三レース、三歳馬戦、ただいまそろってスタートしました」

みょうな節をつけていうのは、本番のアナウンスを真似しているのだろう。それからヤスはゆっくりと両手を前へ伸ばした。橇を曳いた馬がいっせいに飛びだしていくところを表しているのだ。

コースに沿って歩きだした。

三十メートルほど先にかまぼこ状に小高く盛りあがったところがある。

「あれが障害(ヤマ)なんだね」

「おうおう、トモが一丁前にヤマだって」

からかっているが、嬉しそうな顔だ。

競馬場のコースには大小二つの障害があったが、目の前には一つしかなかった。空き地の四方は防風林に囲まれていて、障害を越えて、前方の木立まではせいぜい百メートルほどしかない。障害も一つなら、距離も半分くらいしかないようだ。

ヤスと並んで歩いた。午後の陽射しで頭の天辺がじりじり焦がされている。

「一日中かんかん照りの下にいるなら帽子が要るね。でないと熱中症になっちゃうよ」

「タオルで頬（ほ）っかむりした方がいいぞ。首の後ろを隠しておかないと、ダメよ」

したり顔でヤスはいうが、頬っかむりは嫌だなと思った。

防風林のそばで小便をしてきたゴロが駆けてくる。ゴロはぼくやヤスのまわりをぐるぐる走りまわったり、雑草の根元に鼻を突っこんで匂いを嗅いだりしていた。

初めてゴロを見たときには、つないでないことにびっくりしたが、今ではすっかり馴れてしまった。ヤスがいう通りゴロはぼくたちのまわりから離れようとしない。つながずにいる方が自然なような気もする。

　地面は固く、乾いていて、ひび割れがあった。スニーカーのかかとで踏んづける。

「ばん馬って砂の上を走るばっかりだと思ってた」

「砂は敷く。今、世話役さんが来てるのも明日の午前中に砂を入れるための下見だ。爺ちゃんは砂が入る前にコースを見ておきたかったのさ」

「砂がない方が馬だって歩きやすいんじゃないのかな」

「そりゃ、下が固い方が踏んばりが利くし、橇も滑りやすい。本場（ホンジョウ）で一トンの斤量っていえば、ばんえい記念って年一回のレースだけど、草ばん馬でもメインは一トンとか曳かせるときがある。タイコみたいに現役を引退した馬でも一トンを引っぱれるのは、下が砂じゃないからよ」

並んで障害を登った。ゴロはぼくたちを追い越し、そのまま駆けおりていく。

「馬鹿」ヤスがゴロの背に声をかける。「大人しくしてれ。後でのびちゃうべや」

外から見ているとこぢんまりとしたかまぼこにしか見えないが、自分の足で登ってみると案外きつい。何百キロにもなる橇を曳きながらだと重労働だ。

頂点を過ぎ、坂をくだった。

ヤスに叱られてもゴロは坂を登ったり、降りたりをくり返している。それが突然、座りこんだので、はっとした。後ろ脚で脇腹をかいている。舌をだらりと垂らし、荒い息を吐いているが、ちっともつらそうではない。びっくりして損した。

障害を降りきったところで、ヤスが右に曲がりはじめる。

「ここからコースはカーブしてる。蹄鉄みたいな形をしてるんだ」

「えっ？　コースってまっすぐじゃないの？」

「草ばん馬はたいてい蹄鉄みたいな形してる。スタートとゴールがすぐそばにないと、橇を運ぶのが大変だべさ。本場なら橇を運ぶ専用のトロッコがあるけど、草ばん馬だったら一々トラクターで運ばんきゃならんしょ」

「そうかも知れないけど、でも、それじゃ内側のコースが絶対有利じゃん。距離が短いんだからさ」

「本場は完全セパレートコースで、橇が隣りのコースにすごくはみ出したりしたら失格だけど、草ばん馬はスタートしたらコース内のどこを走ってもいいんだ」

「それじゃ、皆内側にかたまっちゃうね」

スタート地点の方に躰を向け、ヤスが足を止めた。

「ここがコーナーの頂点かな。内側だけどな。レース当日は杭が打たれて紐を張るからコースがわかるようになる」

ヤスが左前方を指した。

「あれが第二障害」

なるほどいわれてみれば、小高く盛りあがっている。たった今乗りこえてきた障害より高そうだけど、まだらに雑草が生えているせいで目立たなかった。

ここで、ぐぐっとまわって、とヤスはまた両手で馬の様子を再現した。カーブを抜けるとすぐ第二障害にかかるようになっている。

「さっきのスタートライン、わかるべ」

ヤスが指さす方を見て、うなずいた。

「その横の何本か木が立っているところを挟んで反対側がゴールになるんだ。ゴールに入ったあと、馬を少し内側に向けてやれば、スタートラインの手前に入る。そこで橇を外してやれば、次の馬が来て、そのまま橇を付けられるってわけさ」

「なるほどね」

　うなずくぼくを見て、ヤスがにやにやする。

「最内(さいうち)が一番距離が短いんだけど、速く走れるとはかぎらない。本場のレースと違って、草ばん馬はいい加減だからな。砂を敷くっていってもまんべんなくびっしりというわけにはいかない。砂だってただじゃないべ。年々予算が少なくなってるから撒く砂も減ってるしな」

「そうか。場所によっては歩きやすかったり、歩きにくかったりするんだ」

　草には草の戦い方がある、と爺ちゃんもいっていた。

「その通り。それに有利だっていってもコーナーで前の馬が止まっちゃったら目もあてられないしょ。躱(かわ)していくのも手間かかるからな」

　ヤスは腕を組んだ。

「それに鵜里宇のレースに出てくるような奴らは何回もここで走ってる。おれだって小学校一年のときからずっと出てるんだ。だからスタートしてからゴールするまで、どこが歩かせやすいか、どこだと橇が引っかかるか、わかるのさ。位置取りが勝負よ。それにヤマもな、何もまっすぐ上がらんでもいいのさ。斜めに上がれば、登る距離は伸びるけど、勾配はゆるくなる」

それからヤスは、アンローズという牝馬の話を始めた。

公営のばんえい競馬は二年前までは、帯広だけでなく、旭川、岩見沢、北見と四カ所を転々として行われていたという。それこそ三ヵ月ごとにサーカスみたいにすべての厩舎と馬が大移動しながらレースをしてきた。

四場にはそれぞれ違いがあり、たとえば、第二障害ひとつとっても帯広は勾配がきつく、反対に岩見沢はゆるやかという違いがあった。障害の高さは同じでもアプローチが長ければ、それだけゆるやかになるということだ。

アンローズは瞬間的に力を集中させ、爆発させるのは不得意だが、もともと地力が強く、何より粘り強さがあった。比較的ゆるやかな坂なら途中で息を入れても二度、三度と攻め、ほかの馬を圧倒することができた。

「したから帯広で単独開催になってからは勝てなくなったんだ。でも、どうしてもアンを勝たせたいってジョッキーがいて、一生懸命調教つけたのさ。ペース配分の仕方を工夫して、障害の前でできるだけ力が溜まるようにした」

「勝てたの？」

訊きかえすと、ヤスは大きくうなずいた。引退間際だったので、結局二、三勝しかできなかったが、初勝利のときには涙を流して喜ぶファンもいた。帯広以外では女王と呼ばれるほど強かったから熱心なファンも多かったようだ。

亢奮して喋りつづけるヤスを見るうち、ひょっとしてこいつも泣いたんじゃないかと思った。いや、きっと泣いた。

また歩きだし、ついに第二障害にかかった。最初の障害よりかなりきつい。頂点にかかろうとするときには、膝が胸を打ちそうになり、ヨイショと声が出た。

レースの本番ではタイコが同じ坂を登る。重い鉄橇を曳いて。爺ちゃんと同じくらいの年寄りという言葉が今さらながら重苦しい。

砂に埋もれ、坂を登りながら父の研究室にいた実験用のマウスを思いだしていた。

その日、母は地方の学会に出席して戻らないので、塾が終わったら父の研究室に寄っていっしょに帰宅するようにといわれていた。今までにも何度か似たようなことがあって、父の研究室に行くのは初めてではなかったので迷うこともなかった。

〈准教授　木村正彦〉と書かれたプラスチックプレートが貼ってあるドアをノックした。

しかし、返事がない。

研究室はいろいろな実験をするための設備や機器類が置いてあり、父専用の小部屋はその奥にある。塾帰りで午後九時になろうとしている。学生たちが帰ってしまい、父だけが小部屋にいれば、返事がないのも不思議ではなかった。

ドアをそっと開け、声をかけた。

「失礼します」

研究室は薄暗かった。生臭いような匂いがする。機器類のモニターやコンピューターのディスプレイ、実験動物用の檻やガラスケースを照らすライトのぼんやりした光がぽつり、ぽつりと見える。規則的な電子音と実験用の動物が動くのか、かさかさという音が聞こえるに過ぎない。

やはり学生たちはいないようで、奥の小部屋のドアに切られた窓が明るい。

父がいるとわかったとたん、空っぽの胃袋がぎゅるぎゅるっと動く。父が早く仕事を切りあげてくれればいいけどと思いながら小部屋に近づく。

足が止まった。

窓から小部屋の中が見えた。白衣を着た父が立っている。もう一人、同じく白衣姿の女がいて、二人は抱き合い、顔をくねくね動かしながらキスをしていた。女は父より背が低く、太り気味で、両腕を父の首にまわしていた。父にしがみついているように見える。

最初に思ったのは、母とは正反対の体型だな、ということ。父は、本当はずんぐりした女の人が好きなのかも知れない。

などと、のんびり考えごとをしている場合ではない。とにかく研究室を出なくちゃ、と引き返した。携帯電話で、大学に着いたとでも告げておくべきだったのだ。自分がとんでもなく悪いことをしたような気持ちになって入口に行きかけたとき、見つけた。

四角いガラスケースに入れられた、白いマウス。

真っ赤な目をぼくに向けて、前肢で器用に挟んだひまわりの種のようなものを齧っていた。せわしなく口が動き、小さな前歯がチラチラのぞいている。動物というより小型の精密機械のようだ。

背中に大きな瘤があった。そこだけ赤い肌が露出している。毛が抜けてしまったのか、剃られたものかはわからない。

瘤はマウスの胴体と同じくらいに膨れあがっていた。よく見ると天辺がわずかに黄色くなっている。膿？　そこにフェルトペンで×印が書いてあった。

重そうな瘤にまるで気づいていないように一心に種を齧っている。目が合っているというのに、ぼくなんか見えていないようだ。ヒゲが小刻みに震えていた。

ガラスケースの正面、片隅にシールが貼ってあって、下手くそな字でトムと書いてあった。

お前、トムっていうのか、と胸のうちで話しかけた。

トムはネズミじゃなく、ネコの名前だろ。

そう思っているときに研究室の蛍光灯が点いた。びっくりして躰を起こすと、小部屋のドアを開けて、さきほどの女が立っていた。

丸顔、二重あご、ふくらんだ頬骨のあたりにそばかすが散っている。赤いフレームのメガネはデザインが可愛らしすぎ、ちっとも似合っていない。

「あら」

「こんばんは」

「どうも、こんばんは」

女がにっこり頬笑んだ。目は優しい感じで、笑うとえくぼができた。小部屋に向かって声をかけた。

「木村先生、息子さんがいらっしゃいましたよ」

中から、おうと返事がする。

二人は、ぼくに見られたことなど気づいていない様子だ。

女が近づいてくる。

「何、見てたの？」

黙って、トムを指さした。女は膝に手をつき、腰をかがめてガラスケースをのぞきこむ。

「赤いところ、病気ですか」

「そう。悪性腫瘍……、癌細胞を移植したの」

腰をかがめたまま、顔を横向きにしてぼくを見上げた。ブラウスの襟元が広がり、白くて大きな胸とライトブルーのブラジャーがのぞいた。

「こうして見ると大きなおできみたいでしょ。腫瘍って、その字の通り腫れ物の一種だってことがよくわかるよね」

「トムって、このマウスの名前なんですか」

「え？」

女が目を見開く。ぼくはガラスケースに貼られているシールを指さした。

「何（なーん）だ」女が躰を起こす。「実験の経過とかを誰かに話すときに名前があった方が便利でしょ。今日はトムの調子がいいとか、今にも死にそうだとか。でもマウスはすぐに死んじゃうから」

ケースの名前ね、と付けくわえた。

バケツ代わりに使っている取っ手のついた缶に水が溜まっていくのをぼんやりながめていた。

缶は何かのオイルでも入っていたようだ。ひどく錆びていたが、残った塗料にＯＩＬや18リットルといった文字が読める。蛇口につけた緑色のホースを突っこんで水を入れているので、渦巻いていた。外から内へ回転する水面に、腫瘍を背負ったトムやゴール直後に倒れたキングボマー、さらには写真すら目にしたことがない戦場に送られる馬たちが浮かんでは沈んでいた。

缶に八分目ほどのところで水を止め、持ちあげた。ずっしり重い。取っ手が手のひらに食いこんで痛かった。

右手で缶をぶら下げ、左手を横に出してバランスを取りながら歩いた。足下が頼りなく、よろめいている。

仔馬たちを入れた柵の前にいるヤスのところまで水を運んだ。ヤスは細長い飼い葉桶に配合飼料や刻んだ牧草を均等に敷きつめていた。

七頭の仔馬は飼い葉桶の前に並んで、鼻先を突っこもうとしている。

「待て、コラ。いやしいな、お前たちは。おれが一度でもお前たちの飯を忘れたことがあるか」

仔馬の丸い眸（ひとみ）に夕焼けの色が映っている。

「水」

ひと言告げて、缶を地面に置いた。

「おお、ご苦労さん」

缶を軽々と持ちあげたヤスは飼い葉桶に中身をざっとあけた。手を突っこんで、飼料と水をよく混ぜる。仔馬たちが先を争って桶に鼻を突っこむ。

「本当にいやしいな、お前ら」

ののしるヤスはそれでも笑っている。

七頭の仔馬は、いずれも去年春に生まれた二歳だ。頭を上げるとぼくよりも背が高くなっていたが、ばん馬と呼ぶには胴も脚も細く、ひょろひょろして見える。

音を立て、勢いよく飼い葉を食べている七頭のうち、何頭がレース馬になれるのか。爺ちゃんは、肉用なら馬はやらんといっていた。レース馬になれなければ、食用の肉にされちゃうということなのか。

経済動物……。

「はいよ、次、頼む」

「ほい来た」

ヤスが差しだした空の缶を受けとって、水を汲みに向かった。

昼間は脳味噌が沸騰しそうなほど陽射しがきつかったというのに、夕暮れになるとひんやりとした空気が忍びよってくる。北海道は極端だ。

馬たちの食事は朝夕二度。朝は運動をさせたあと、爺ちゃんとヤスがやっているが、夕方はヤス一人のことが多い。肌馬と赤ちゃん馬、仔馬たちとカイツケしていき、最後がタイコになる。

タイコは陽が傾きはじめるころ、こぢんまりとした運動場から厩へ入れられていた。水を入れた缶をタイコの厩まで運ぶ。うっすらと汗をかいていた。

缶をヤスに渡した。

仔馬たちと違って、タイコはヤスが水と飼料を混ぜ終わるまで大人しく待っていた。

「よし、いいぞ」

ヤスが声をかけると、タイコがのっそり近づいてきて、飼い葉桶に長い顔を差しいれた。

馬は人の言葉がわかる。とくにタイコはヤスの言葉をよく理解しているように見えた。

ヤスは下唇を突きだし、じっとタイコを見ている。

「どうかした?」

「考えたんだ。鵜里宇のレースさ。どうやったらタイコを勝たしてやれるべって。おれが乗ったんじゃ、勝ち目がないような気がして」

「ずっとヤスが乗ってたんだろ」

「一昨年（おっとし）と、その前の年の二回だけな。去年は馬インフルエンザが流行って、草ばん馬が中止になったから」

「勝った?」

「二回ともな」

「すごいじゃん」

「何も、だ。大した相手がいなかった。最重量をまともに曳けるのはタイコだけだったんさ」

ヤスの横顔が暗い。

「今年は、ダイチが出るから厳しいんだね」

「そう」ヤスはあっさりうなずいた。「それに函館のヤマキンがビッグジョーを出してくる。逆にタイコは年に一つずつ歳とってる。いいことは何もない。それでもおれはこいつに勝たしてやりたい」

「勝つ方法はあるの？」

「馬を替えられないんだったら人間を替えるしかない。あっちが現役ばりばりで来るなら、こっちも現役で対抗する」

母屋に戻り、居間にはいると、爺ちゃんが焼酎を飲みながらテレビドラマを見ていた。夕方に流れている以上、再放送なのだろうが、見覚えはない。もう何年もテレビを見ていない気がする。テレビに映っているタレントもよくわからなかった。

「どうしてもタイコを勝たせたいんだ」

ヤスは爺ちゃんの横にあぐらをかくと早速いった。

爺ちゃんはテレビに目を向けたまま、焼酎をひと口飲み、グラスをテーブルに置いた。タバコをくわえて火を点け、ゆっくりと煙を吐く。

それからヤスを見た。

「勝たせるって、どうやって？」

「鵜里宇には本場からも手伝いに来るっしょ。誰か、うまいジョッキーにタイコに乗ってもらえないべか」

人間を替えるといった意味がようやくわかった。

爺ちゃんは何とも答えず、タバコを吹かした。短くなったタバコをガラスの灰皿に押しつけて丁寧に消してからヤスを見た。

「お前、乗らんでもいいのか」

「いい。悔しいけど、おれじゃ勝てない。おれは、どうしてもタイコを勝たしてやりたい」

「鵜里宇は日曜日だから、本場も開催中だ。ジョッキーが外に出られるわけないべ」

「皆が皆、出走するわけでないしょ」

「馬鹿こけ、お前。トップクラスは皆レースに出とる。日曜日に暇こいてるような奴が乗ったって、夏見ンところにもヤマキンにも勝てないべさ。それくらいならお前が乗った方がなんぼかましだ」

後ろから見ていてはっきりわかるほど、ヤスの肩が落ちた。

爺ちゃんの口元に穏やかな笑みが浮かんだ。

「したけど、調教師なら何とかやりくり付けて来てくれるかも知れん」

ヤスが弾かれたように顔を起こした。その顔がにこにこ笑み崩れているのは見なくてもわかった。

ちょっと待て、といって爺ちゃんは携帯電話を手にした。

午後八時を過ぎると自然と眠くなる。朝は四時に起きて、タイコの調教、すべての馬にカイツケをしたあと、厩から運動場に出し、それから朝食になる。

昨日は、タケの会社ドリームボックスに遊びに行き、今日は午前中に夏見牧場、午後は軍馬の慰霊碑を見て、鵜里宇の草ばん馬会場とまわってきた。なかなか忙しい毎日だ。

明日は、朝ご飯を終えたら帯広競馬場に行き、爺ちゃんが馬を預けている厩舎に行くことになっている。調教師がジョッキーを経験しているので、鵜里宇のレースのとき、タイコに乗ってもらえないか交渉してくることになった。

二階にあてがわれた部屋に入り、パジャマに着替えると枕元のスタンドだけ点けて布団に寝転がった。目をつぶり、大の字になる。手足をいっぱいに突っ張った。

「ううっ」

躰の力を一気に抜くと、血が音をたてて巡るような気がした。気持ちいい。同時に頭のなかは空っぽになり、じわりと眠気が湧きあがってくる。

スタンドを消すのでさえが億劫(おっくう)だ。掛け布団もかぶっていない。

このまま寝ちゃおうか。

そのとき、ふとヤスのいったことが浮かんできた。

爺ちゃんみたいに馬をちょせる百姓になりたいんだ。

想像がふくらんだ。ヤスといっしょに馬をちょす仕事をつづける自分だ。

昔、夏見牧場から出た馬は、一頭が一千万から一千五百万円で売れ、ばん馬を生産するだけで生活できたという。今は一頭が四、五十万か、いっても百万円がいいところというからばん馬の生産だけで生活を支える収入は得られない。

辰彦伯父は畑作と肉牛をやり、夏見牧場の楓子さんは乳牛を飼っている。ダイチの曳く橇に乗り、小山を乗りこえてみせた楓子さんは確かに恰好よかった。

タケ社長みたいな生き方もある、と思った。中古車を売り、農機具を修理しながら、暇があればトレーラーのプラモデルを作り、全手動のボウリングで遊ぶ。

どこまでが仕事で、どこからが遊びか、境目のわからない生活は楽しそうな気もする。三、四キロもつづく坂をマウンテンバイクで一気に駆けおりたときのスピード感が蘇ってきて……。

かすかな音が聞こえた。カーゴパンツのポケットに突っこんである携帯電話が震動している。

目を開けるのがすごく面倒くさかった。

震動は二度で止まり、静かになった。メール着信のお知らせだ。時間帯からすると母だろう。いつものようにたった一行、調子はどう？　と訊いてきたに違いない。

「明日でいいや」

わざとつぶやいてみたけど、しんとしてくると何だか気になる。俯せになり、寝そべったままカーゴパンツを引き寄せると、携帯電話を引っぱりだした。

メールは父から、だ。舌打ちしそうになる。父は滅多にメールをしてこないけど、たまに来るとだらだら長い。研究室のパソコンを使って打ってくるからだ。

「しようがないな」

メールを開いた。

やあ、こんばんは。この時間だと、爺ちゃんの家の晩ご飯はとっくに終わって、友親は勉強しているころかな。貴重な勉強タイムに邪魔をして、まことに申し訳ない。

部屋の片隅に置いたデイパックに目をやった。教科書、参考書、ノートが入っている。きつい思いをして東京から背負ってきたというのに、爺ちゃんの家に来てから開けていない。この部屋に持ってきてからは一センチも動かしていない。

メールのつづきを読んだ。

爺ちゃんもおじさん、おばさんも友親にはやさしくしてくれていると思うけど、お前のことだからよけいな気を遣って、窮屈な思いをしているんじゃないか。
ところで、ジンギスカンは食べたか。去年、新宿で食べたジンギスカンは不味（まず）かったね。父さんが子供のころに食べたのは、もっともっと美味しかったような気がするけど、それは肉なんて年に一度か二度しか食べられなかった時代で、貴重だと思って食べたからすごく美味しく感じたんだと思う。
北海道の人はお客さんが来ると、ジンギスカンでもてなさなくちゃならないと思いこんでるから、絶対に食わされることになると思うけど、我慢して付きあってやってください。

「外れ、全部外れ」

爺ちゃんの家では東京にいるときよりリラックスしているし、『有楽町』という店のジンギスカンは、今まで食べたどの焼き肉より甘くて、臭（にお）いがなくて、旨かった。
次の行に、急に爺ちゃんのところへ追いやられて、とあるのを見て、心臓がつまずいたような気がした。

急に爺ちゃんのところへ追いやられて、友親も驚いているだろう。とくに中学二年生の夏休みという、高校、大学の進路を決めるのに大事な時期なのに、塾の夏期講習も放りだし、東京を十日も離れるのは不安だろうと思っている。

その点、父さんもお母さんも手が離せない用があって、どうしようもなかった。申し訳ない。

お詫びしても許してもらえることではないけど、一応、お詫びを申しあげます。

「一応って、何だよ」

ぼくが夏休みの十日間を爺ちゃんの家で過ごすことになったのは、父と母が離婚しそうだからだ。手が離せない用というのは、離婚のための話し合いや手続きのことだろう。でも、まだ両親からはっきり離婚すると聞いたわけではなかった。伯父と伯母が、ぼくの両親の夫婦別れについて話しているのを立ち聞きしただけだ。

いよいよ父から告げられるのかと緊張して読みすすめていったが、今日も研究室で実験の結果が出るのを待っていて、退屈だから友親にメールしてみようと思ったとつづいた。

それからあまりに腹が減ったので、カップの天ぷらそばと醬油ラーメンを同時に作ることにして、思いつきで、それぞれの具を逆にしてみたら案外美味しかったので、次はスープも交換してみようと思っているなんてことが延々と書かれていた。

やはり父のメールはつまらない。

天ぷらそばの相手に味噌ラーメンだけはやめておいた方がいいと返信しようかと思ったけど、馬鹿馬鹿しくなってやめた。

放りだそうとした携帯電話をもう一度開き、保存してある写真を見ることにした。また、心臓の鼓動が速くなってくる。

今日の昼間、ミユキから送られてきたメールには写真が貼付してあった。今の私という文面で、最後にハートマークがついていた。

写真には、女の人の首から下がうつっていた。ネコのイラストがプリントされた黄色のTシャツがまくり上げられ、二つのおっぱいが並んで見えている。洗面台が写っているところを見ると風呂の脱衣場のようだ。

顔が映っていないから本当にミユキの……、なのかわからない。

それにしても、ミユキって奴は、いったい何を考えてるんだ？

翌朝もいつものように麦を収穫したあとの畑でタイコに調教をつけた。橇にはヤスが一人で乗っている。

ダイチを目の当たりにして圧倒されたが、こうして橇を曳いているのを見るとタイコもなかなかたくましい。

畑を一周して戻ってきたとき、爺ちゃんが近づき、馬銜のあたりをつかんでタイコを止めた。頬を手荒く撫でる。

ヤスは一瞬はっとしたような顔を見せたが、すぐに口をへの字に曲げ、橇の上に立っていた。

手綱を橇に結んだ爺ちゃんがいきなりヤスの顔を平手で殴った。ふっと手が消えるほどに速く、強烈な一撃にヤスはひとたまりもなくふっ飛び、畑に転がる。

「何だって、そんなにおだってるのよ」

爺ちゃんが怒鳴った。あまりの大声にぼくが背中を縮めてしまった。

上体だけ起こしたヤスが殴られた口元を手で押さえていた。目にはいっぱい涙を溜めている。それでも何もいわず、涙がこぼれることもなかった。

爺ちゃんは手綱をほどいて橇に乗ると、タイコに声をかけた。

「チョイ」

タイコが脚を踏みだし、馬具が鳴った。

目をやると、すでにヤスは立ちあがって、尻や足の泥を払い落としていた。

「ヤス……」

声をかけたけれど、ヤスはぼくを見ようともしないで母屋の方へ歩いていった。

調教を終えたタイコの汗をかきおとし、ほかの馬といっしょにカイツケを済ませ、厩から運動場へ出す作業は全部爺ちゃんがやった。ぼくは爺ちゃんにいわれるまま、水や馬具を運んだ。

タイコから外したワラビ型と胴輪を受けとったとき、汗に濡れ、ずっしり重いのにびっくりした。

朝食が終わってもヤスは姿を見せなかった。

「行くぞ」

車の鍵を手にして、爺ちゃんが家を出る。ぼくもゴム長靴を履いて爺ちゃんのあとに従った。

大型四輪駆動車のドアを開けようとしていた爺ちゃんに声をかけた。

「ヤスは？　朝ご飯も食べてないけど」

「飯はあるんだ。腹が減ったら勝手に食うべ」

どうしていきなりヤスを叩いたりしたのか、訊こうとしたとき、ゴロが転がるように駆けよってきた。黒いもじゃもじゃの毛には相変わらず乾いた泥や牧草の切れ端がまとわりついている。

「ゴロ」爺ちゃんは真面目くさった顔でいう。「今日は競馬場だから、お前は行けない。それよりそこらにヤスがいるはずだから、お前、見つけていっしょにいてやれ」

お座りをして首をかしげていたゴロは、爺ちゃんが行けというと駆けだした。

「ヤスはどうしてもタイコを勝たせたいんだ。昨日、トモもいっしょにダイチを見てきたべ。それに今年は函館のヤマキンが来るし。ヤスが焦るのもわからんではない」

ハンドルを握った爺ちゃんはくわえタバコのままいった。灰が胸元に落ちたが、気にする様子はない。

火の点いたタバコをくわえて、厩で仕事をしていてぼやを出したが、懲りてはいないようだ。

「したけど、何ぼ焦ってみたってしようがないっしょ。タイコは年寄りなんだし。それを急にきつい運動させたって、タイコが可哀相なだけだ」

「ぼくにはいつもと変わりないように見えたけど」

爺ちゃんはタバコを道路に投げすてた。車の窓は全開にしてある。吹きこんでくる風はさらりと乾いていて、エアコンなど要らない。

「ヒバラだ、ヒバラ。それを見てればわかる」

「ヒバラって？」

訊きかえすと爺ちゃんは左手を上げ、胸のわき、あばら骨をぽんぽんと叩いてみせた。

「馬の息が荒いときは、ヒバラはせわしなく動く。そういうときは馬もしんどい。それを見ながら馬は動かさんきゃならん。ヤスだってわかってるはずなのに、あの馬鹿、休ませんで追った。今朝はいつもより暑いっていうのに、まったく何考えてんだか」

あっと声を出しそうになった。

昨日、夏見牧場でダイチの調教を見たのは、もっと遅い時間で、かなり暑くなっていた。

ヤスが心配すると、楓子がダイチは現役馬だからと答えた。

炎天で行われるレースもあるから馴らしておかなければならない。

「それでもいきなり殴ることはないんじゃない？」

「ヤスが何も知らないんだったら仕方ない。爺ちゃんだって言って聞かせてやるさ。したけど、あいつは知ってる」

「馬のヒバラのこと？」

「命を粗末にしたらダメだってことだ」

矛盾という言葉が咽に引っかかった。爺ちゃんは馬を経済動物といった。レースに出すために飼ってる、とも。

人は、必要があれば、馬を戦場にも送る。

それって、命を粗末にしてるんじゃないの？

ラジオからは古い歌謡曲が流れている。陽射しはどんどん強くなり、目の前の道路が白く輝いていた。

競馬場の正門まで来たとき、爺ちゃんが大きな舌打ちをした。

「どうしたの？」

「今日は金曜だったな」

「そうだけど、どうかした？」

「開催日だから厩舎に入るのに小うるさいことをいわれるかも知れん」

開催日がレースが行われる日というくらいはぼくにもわかる。

正門も競馬場のスタンドも通りすぎた。

「前は土、日、月の三日間に開催してた。ずっと長い間な。それが急に金、土、日に変わったのさ」

「週末の方がお客さんが集まりやすいんじゃないのかな」

「お前もネクタイ締めて、きれいなとこで働いてる役人みたいなことというんだな。考えてみれ。商売やってる連中は土、日がかき入れ時だ。したから月曜にレース見るしかないしょ。それに馬券を買ってるのは、爺ちゃんみたいな百姓か、土建屋ばっかりよ。何曜日かなんて関係ない」

爺ちゃんは車を減速させると、中央分離帯の切れ目から右折し、門に入っていった。門のわきには、なぜか電話機のない電話ボックスが建っている。

門を入ってすぐ左にガードマンが立っている受付所があった。二階建てだが、相当に古い建物で壁はひび割れしている。

「お前も降りれ。消毒せんならんから。馬インフルエンザが流行ってから厩舎に出入りするときには手を消毒する決まりになってる」

助手席から降りた。

受付の窓口に先客がいた。黒いジャージの上下を着て、足下は長靴だ。首にブルーのタオルをかけていた。

窓口にいる制服姿のガードマンは弱り切った顔をしている。

男がまくしたてていた。

「お前、俺が誰だかわからんわけでないべや。昨日や今日ガードマンやってるんでないもの。何だって俺がこったらとこでごっ、ごっ、ごったらいわれんきゃなんないのよ」

「ですから、規則で、開催中は部外の人を厩舎へ入れるわけに……」

「そったらもんお前にいわれるまでもない」

ジャージの男が怒鳴り、ガードマンが首をすくめた。

「だから何で今さら俺がごちゃごちゃいわれなきゃならないんだって、さっきからそれを訊いてるんだべや。わからんのか、この」

爺ちゃんが近づき、ジャージの男に声をかけた。

「おい、矢崎先生でないか」

先生ということは、調教師なのか。

矢崎が爺ちゃんをふり返った。無精髭の生えた汚い顔、髪はぼさぼさだ。それに目が赤い。まだ午前中だというのに酒でも飲んでいるようだ。

矢崎が嬉しそうな顔を見せた。

「木村のおやっさんでないか。しばらくだな」

「しばらくだなもないもんだべや。あんたが尻まくって調教師辞めたんでないか」

「いやぁ」矢崎が苦笑して、頭をかく。「こっちに来る用事があったもんだから寄ってみたんだ。したら、部外者は入れないって」

今度は爺ちゃんがガードマンを見た。

「俺ぁ、中林先生ンとこへ来たんだ。先生には連絡入れてある。嘘だと思ったら電話してみれ」

「はあ」

ガードマンは面白くなさそうな顔をしたが、手元のクリップボードを取りあげ、差しだした。

「そしたらここにお名前と住所、電話番号を書いてください。入門証を発行しますから」

「上畑中の木村だ。見たら、わかるべ」

爺ちゃんの声は矢崎よりはるかに大きい。ガードマンはひっと声を漏らして、目をつぶってしまった。

一転して爺ちゃんが優しい声でいう。

「無学な爺さんだからよ、自分の名前もろくたら書けないのさ。あんた、代わりに書いといてくれや」

「はあ。それじゃ、携帯の番号だけでも」

「知らん」

「は？」

「携帯電話は持ってるが、自分の番号なんかわからん。どうしても必要ならあんたの番号でも入れておけや」

爺ちゃんがぼくを手招きした。折り畳み椅子があり、そこにスプレー式のボトルが置いてあった。

「手ぇ、出せ」

爺ちゃんにいわれ、両手を出す。てのひらと手の甲に消毒液を振りかけられた。

「命を粗末にしちゃいかんからな」

爺ちゃんが小さな声でいった。

貧乏ユートピア（その6）

座っているだけで、床が傾いているのがわかる。

畳の上に暗いピンク色のカーペットを敷いているのだが、傾いているだけでなく、波打ってもいた。しかも人が歩くと、踏んだところがへこみ、別の場所が盛りあがる。

「ボロ屋もここまで来ると笑うしかないよね」

ひょろりと痩せた、人の好さそうな笑みを浮かべた男が缶コーヒーを差しだした。黒縁のメガネは、細面（ほそおもて）のせいか大きく見える。

ばんえい競馬の中林調教師（せんせい）だと爺ちゃんに紹介されたときには、ちょっとびっくりした。ばんえい馬は太く、大きい。だからその調教師というと爺ちゃんみたいにがっちりした体型だと思いこんでいたからだ。

どんと重い音が響きわたり、ぼくは思わず天井を見上げた。

「心配ない、心配ない。馬が馬房の壁を蹴っただけだから」

中林が顔の前で手を振っていった。

帯広競馬場の西側に、厩舎が何十棟と並んでいた。中林厩舎はそのうちの一つ。厩舎に入ってまずびっくりしたのは、馬房という馬を入れる小部屋が、中央に通路を挟んで、両側に二十ずつも並んでおり、馬房の両端に調教師や厩務員たちの住む部屋がくっついていることだ。

爺ちゃんの家は厩と母屋が別々だが、ここではいっしょ、いや、馬の住まいに人間が間借りさせてもらっているような感じか。

六畳と八畳の二間だが、仕切りの襖を外して一部屋にして使ってある。八畳の部屋は片隅が台所になっていて、窓際に石油ストーブが置いてあった。煙突付き石油ストーブなんて初めて見た。

部屋には馬の臭いが満ちていたが、ものの五分もしないうちに馴れてしまい、何も感じなくなった。

ストーブのわきには爺ちゃんと、矢崎という元調教師があぐらをかいていて、二人ともひっきりなしにタバコを喫っている。窓を開け放しているからいいようなものの、締めきっていれば、ちょっとしたガス室みたいになってしまうだろう。

矢崎が語りつづけ、爺ちゃんはときどき、ああとかうんとか相づちを打っている。

背中を丸めた矢崎は、床に目をやったままぼそぼそ話しつづけていた。

「十六ンときにさ、右も左もわからんまま、ばん馬の世界に飛びこんだもんさ。実は、中学出て町工場で働いたことがあるんだ。社長はよくしてくれたけど、田舎の町工場だも給料なんてナンボにもならんかった。うちは親父が早くに死んだうえに、お袋もあまり躰が丈夫でなかったんだ。それに弟や妹たちがいたからな。どうしても俺が稼がんきゃならんわけさ。町工場の給料じゃ、皆で食ってくのもゆるくなかった」

爺ちゃんは何もいわずに喋りつづける矢崎を見ていた。

「そんときにさ、ばん馬だら稼げるって教えられたんだわ。実際、嘘でなかったもな。あの頃の岩見沢なんか、まわりに炭坑がいっぱいあったし、景気もよかった。岩見沢だけで二万から客が来てさ、それに馬券も大した買ってくれたんだわ。炭坑マンって、明日は落盤で死ぬかも知れないからって、飲むのも打つのも半端でなかったしょ」

矢崎がちらりと苦笑する。

「そりゃ、最初は厩務員から始めたから給料ったって知れてるけど、ばん馬全体が儲かってたころだからな。調教師だの馬主さんだのにもらう小遣いだけでも町工場のときの給料より何倍も多かったのさ。あの時分の俺にしたら大金だ。それからジョッキーになって、引退してからは調教師で、自分の厩舎まで持った。苦しいときもあったけど、お袋やら弟や妹もちゃんと食わしたし、弟なんか東京の大学までやった」

顔を上げた矢崎が爺ちゃんを見た。

「したからばん馬には感謝してるんだ。俺みたいなもんにでも家族を養わせてくれたんだもの。だからよ、馬券の売上げが落ちて借金経営になって、俺らの収入もガタ減りしたけど、それでもばん馬に恩返しせんきゃならんと思えば、頑張ったわけさ。ところが、どうよ。四十何年やってきて、最後の最後であの仕打ちだもな。俺ぁ、何もかも嫌んなったぁ」

矢崎はテーブルに置きっぱなしにしてあった缶コーヒーを取ると、ひと息に飲みほした。

「仕打ちって、例の報奨金のことか」

爺ちゃんが訊くと、矢崎はちらりと見て、また目を伏せた。

「それもあるけど。まあ、厩舎やってても増えるのは借金ばっかりだし、どの道、お先真っ暗だったからな」

「今は、何やってる？」

矢崎はうっすらと笑みを浮かべた。

「妹の亭主が空知で牧場やってるもんで、そっち手伝ってる。俺ぁ、この歳まで独り者だから気楽さ。豚に牛、飼ってる。人間相手の仕事なんか俺には無理だもの」

「馬は？」

「ほんのちょこっとな。そこの父さんがばん馬やってたんだけど、去年死んじまってな。社長はどうするべぇっていってたらしいんだけど、妹が俺に任せるべって、またよけいなこといったわけさ」

中林が近づいてきて、ぼくの隣りに座った。膝をきちんとそろえている。爺ちゃんと矢崎が絶えずタバコを喫っているのに、中林は喫わない。

「コーヒー、嫌いかい？　コーラもあるよ。でも、ごめんね。コーヒーは今無糖のしかなくて」

「いえ、いつもこれですから」

いただきますといってプルトップを開け、ひと口飲んだ。

「あの……、一つ教えてもらっていいですか」

「何？」

「さっき祖父がいっていたホウショウキンって、何の話ですか」

「ああ」

中林はうなずいて、説明してくれた。

公営のばんえい競馬が始まったのは、昭和二十八年で、当初は旭川、岩見沢、北見、帯広の四市が別々に運営していた。

「ばん馬も博打だからね。国か地方公共団体主催じゃないと、賭博法違反になるんだ」

ね、とでもいうようにぼくの顔をのぞきこみ、中林はさらにつづけた。

昭和から平成になって、娯楽も種類が増え、地方競馬はどこも馬券の売上げが落ちた。経営が苦しくなり、運営をつづけていくほどに赤字が出て、税金で補塡しなくてはならなくなった。

「ギャンブルって、遊びでしょ。それなのに税金で赤字を埋めるんですか」

ぼくが訊きかえすと、中林が苦笑する。

「日銭が入るからね。税金は市役所が徴収しなきゃならないけど、ばん馬ならお客さんの方が金を運んできて、落としてくれる。現金ってのは経営者にとってはありがたいもんだよ。とくに世の中が世知辛くなってくると、ね。それは民間企業でも役所でも同じ」

公営ばんえい競馬の馬券売上げは、平成三年が最高だった、と中林はいう。しかし、そこから売上げは下降の一途で、数年後には収入より運営経費の方が上回るようになった。持ち直すことはなく、赤字に赤字が積みかさなって、ついに数年前、赤字総額が四十億円になったとき、これ以上血税を投入できないからばんえい競馬を廃止しようという声が上がった。

「四十億だって？　そったらもん、冗談でないぞ」

ふいに矢崎が割りこんできた。顔に血が昇り、赤くなっている。

「それは役所の陰謀よ。平成元年に組合方式に変えたのだって、逃げだす算段しただけのことよ」

ぼくは中林を見た。

「どういうことですか」

「昭和までさっきの四つの市が別々にばんえい競馬をやってたんだけど、効率が悪いってことで平成元年に共同の組合を作ったんだ。それが市営競馬組合」

また、矢崎が割りこんでくる。

「昭和の時代には、二百億円からの利益が上がってたんだ。ばん馬の収益で建った学校だって病院だってナンボでもある。そのことには頬っかむりして、ただ借金だ借金だ、ばん馬はもうダメだっていいやがった」

「ひどいですね」

「こすっからい役人や、へなまずるい市会議員の考えそうなことよ。あいつら、ばん馬の売上げが落ちていくことを見越して、いいとこだけ取ったらあとは知らんぷりで逃げる算段したわけよ。二百億円の儲けは、組合には一切引き継がれていない、だから関係ありませんってな」

それでも新組織になってからしばらくの間は売上げは落ちず、収益も上がったらしい。利益がたまって四十億円に達したころから急転直下、売上げが激減、赤字がかさむようになった。だから赤字が四十億になったところで廃止という声が出た。

結局、四市の共同組合が運営していたばんえい競馬はいったん廃止となり、帯広市が単独で運営していくことになった。

「四市組合はなくなるわけだから、その時点で一度退職金というか失業補償みたいな形で金が出ることになった。それが報奨金。調教師にも世話になったってことでね」

中林が説明してくれた。

「何が世話になっただか」

矢崎が爺ちゃんに顔を向けた。

「おやっさんならわかるべ。何で俺が頭来てるか」

それから矢崎はある名前を挙げ、なぜあいつが自分の三倍も金を持っていくのかわからんと首を振った。

「あの人も役所にうまくやられたのさ」爺ちゃんがなだめるようにいった。「それに矢崎先生だって、報奨金の分配のときに委員やってたべさ」

「そりゃ、まあ……、そうだけど」

矢崎はまたうつむいてしまった。爺ちゃんが矢崎に膝を寄せる。

「ところで、あんた、いつまで帯広にいるんだ？」

「うちの牧場の馬を売る算段がついたら帰るけど、なかなかうまくいかないな。馬主はどこも景気悪くて。おやっさん、どうだい？」

「何とかしてやりたいけど、うちも苦しくてな。すまん。自分ところの馬だって、肉に出さなきゃならんくらいで」

「そうか」矢崎が苦笑いを浮かべる。「そうだべな。仕方ないな」

「それで、いつまでいる?」

「日曜の夜には帰ろうと思ってる。何かあったか」

「今度の日曜な、鵜里宇の草ばん馬だべ。俺もトキノタイコー出そうと思ってるんだけど、函館のヤマキンがビッグジョーを出すって。それに夏見ンとこの娘もダイチを出すらしいんだわ。先生、うちの馬に乗ってかないか」

「何してよ。おやっさんの馬ならヤスを乗せればいいっしょ」

「いや、今度ばかりはヤスの手に負えないべ。あいつもわかってる。したけど、どうしてもタイコを勝たせたいっていってるのさ」

爺ちゃんが中林をちらりと見て、矢崎に視線を戻した。

「それにうちの先生がアレだっての、知っとるべ」

「まあな」

矢崎もにやりとする。

顔を赤くした中林がうつむき、頭をかく。ぼくと目が合うと、小さな声でいった。

「ジョッキーやったことないんで」

「えっ?」

ジョッキーの経験がなくて調教師ができるなんて考えもしなかった。

矢崎が新しいタバコに火を点け、煙とともに吐きだした。

「したけど、おやっさんも知っとるべ。俺ぁ、二百三十六しか勝っとらん。どうしても勝ちたいならユキちゃんにでも頼まんと……」

爺ちゃんが首を振って、さえぎる。

「あんたの勝ち星が少ないのは、ユキちゃんの全盛期とぶつかったからだ。勝てなかったのは、あんただけでない。だけど、俺はあんたのレース運びが好きだった。馬主放っぽらかしても、あんたは馬を見てレースをした。馬に無理させせんかったもんな」

「ユキちゃんなら、馬に無理させなくても勝ち星稼いでたけどな。あの男にはかなわんかったよ」

「ああ」爺ちゃんもうなずいた。「大したジョッキーだった。人気があって、アイドルみたいにユキちゃん、ユキちゃんって客に呼ばれてな」

そのとき、ベニヤ板の粗末なドアが開き、声がした。

「ごめんよ。木村のおやっさんが来てるのか。表に車あったけど」

腰を上げかけた中林がにやにやして爺ちゃんを見る。

「噂をすれば、ですよ」

部屋に入ってきたのは大男だ。爺ちゃんより背が高く、躰もがっちりしている。短く刈った髪も顔の下半分を覆う髭も真っ白になっていた。ブランド物だが、着ているのはジャージである。

「おお、ユキちゃん、ちょうどあんたの噂しとったところさ」

「毎度」

「どうせろくな話じゃないべさ」

ユキちゃんという呼び名、アイドルのようなジョッキーというイメージからかけ離れた大男は、爺ちゃんのそばにあぐらをかき、ジャージのポケットからタバコを取りだした。

タバコに火を点け、吸いこんで大量の煙を吐きだしたところでユキちゃんが切りだす。

「おやっさん、この間電話したライジンのことだけどな」

爺ちゃんがちらっと苦笑いを浮かべていった。

「あんときにいったべさ。うちは家族ばん馬だからって」

思いだした。北海道に来た日の夕食のときだ。焼酎を飲んで酔っぱらった爺ちゃんは、皆でジンギスカンを食べはじめたころには寝てしまっていた。食事のさなか、電話がかかってきてむっくり起きあがった爺ちゃんが家族ばん馬といっていた。ばん馬をばんばんと聞きちがえて、ヤスに笑われたことまで思いだしてしまった。

「いや、それでもさ、向こうがいうには……」

ユキちゃんがいいかけるのを手で制して、爺ちゃんが中林を見た。

「先生、申し訳ないんだけどな、トモは競馬場の厩舎に来たのが初めてなんだ。ちょっと、その辺、見せてやってくれるかい」

「はい、いいですよ」

早速立ちあがった中林にうながされ、厩舎を出た。何となく追っ払われたような感じもする。

中林と並んで厩舎の間をぶらぶら歩いた。

どの厩舎の前にも馬が五頭、六頭とつながれ、厩務員たちが躰にブラシをかけたり、たてがみを編んで飾りをつけたりしている。

「今日はレースだから、おめかししてもらってるんだ」

中林が馬を見ていった。

厩務員に引かれた馬も行き交っている。

塀一枚隔てて向こう側には住宅街、片側二車線の道路もあって車が走っているというのに、こちらは舗装など一切なく、どこもかしこも地面が剝きだし、雑草が生えている。誰もが牧草の屑にまみれ、泥だらけで、馬の世話をしていた。

とても二十一世紀の日本とは思えない。

オレンジ色のつなぎを着て、頭をタオルでくるんだ若い男が馬を連れて通りがかり、中林に声をかけてきた。

「中ちゃん、また、ラブリヒメに乗せたってや」

ぎょっとした。若い男の口調は、はっきりした関西弁なのだ。

「あかんわぁ。わしも馬主さんに、お前にやらせてくれいうてんねんけど、うんといいよらんねん」

今度は中林が関西弁で答える。

塀一枚隔てて馬だらけのワンダーランド、その真ん中で二人はコテコテの関西訛りだ。

自分がどこに立っているのか、わからなくなってきた。クラクラする。

「頼むわぁ、先生」

「取ってつけたようにセンセいうてもあかんて。馬主次第やから。とにかくわしもまた頼むさけ、お前も一つでも二つでも勝って、ええとこ見せたってや」

「ラブリヒメとおれ、相性ばっちりなんやけどなぁ」

首をかしげつつ、若い男は馬の口を引いて歩き去った。

呆然と中林を見ていた。

「そら、びっくりするわな。あいつ、京都やねん。京都いうても、舞鶴の手前のごっつい山ン中やけどな。友達ゆうたら猪ばっかや」

「先生も……」

「違う違う」中林は顔の前で手を振る。「わしは大阪や。大阪のど真ん中、ばりばりの浪速っこやがな」

「どうして北海道で？」

「話せば長いことながら、聞いてくれるか」

ぶらぶら歩きながら中林が話しはじめた。イントネーションが完全に関西風になっている。

子供のころから絵を描くのが好きで、暇さえあれば、新聞の折り込みチラシの裏にイタズラ書きをしていた。高校を卒業すると、迷わず東京へ出てアニメの専門学校に入る。そこも無事卒業して、アニメの制作プロダクションに就職したまでは良かったが……。

「アニメーターいう仕事は、そら、めっちゃきついで。納品前やったら三日、四日の徹夜は当たり前やがな」

「そんなに眠らなかったら死んじゃいますよ」

「そやね」中林はあっさりうなずいた。「セルって、透明なシートね、これに彩色しとって、どうにも眠くてたまらんようなったら、自分の机の下に潜りこんで十分とか、十五分とか気ぃ失うみたいにして眠るの。三十分はあかん。三十分寝たら、爆睡や。こうなったら怒鳴られようと蹴り入れられようと起きられへん。そりゃもう死んだようにっちゅう奴っちゃ。目ぇ開いたままでも、よう寝たし」

「それは嘘でしょ」

「いや、ほんまほんま。彩色しながらな、枠線の中にきれいなグリーンを入れとったときや。眠うて眠うてたまらんくなって、筆動かしながら、あかんな、わし眠ってるわ。ほんで彩色してる夢見てる、って思うてたら、ぱっと目が覚めた。ややこしで。机に座って、彩色しながら居眠りして、机に座って彩色してる夢見とんのやから」

ありゃ、ほんま疲れると中林は笑った。

「絵がめちゃくちゃになったんじゃないですか」

「いやいや、そこはさすがプロやね。色はぴたっと載っとった」

「話、作ってません？」

「どうかなぁ」中林が頬笑む。「そんな暮らしを七年もやっとったら、何やらおかしなってきてな。今でいうところのうつ病みたいな感じや。会社にもよう出られんようになって、結局クビや。ま、当たり前やろけど。それで北海道に旅行に来たんやけど、あれ、面白いもんやね。落ちこんどると、北へ行こうって気ぃになる。お天道さんがさんさん照ってる南の島へって気持ちにはならへん」

そういえば、テントさんちゅう芸人が大阪におってな、と中林がいいかけたとき、ヒステリックな怒鳴り声が響いた。

「今、どんな時期か、あんたはわかってるのか」

怒鳴っているのは、灰色の背広を着た男でぴかぴかに磨きあげた革靴を履いていた。その前でうなだれている男の人は紺色のつなぎを着ている。

つなぎを着た男の人の後ろに太った男がやはりうなだれて立っていた。

「あ、ダブちゃんだ」

「何や、ダブを知っとんのかいな」

「競馬場で会ったことがあります」

元は中央競馬でジョッキーを目指していたのだが、食い過ぎで減量に失敗、クビになってばんえい競馬に流れてきた。サラブレッドに乗るジョッキーの体重は五十キロ台、一方ばん馬なら七十五キロと聞いてやって来たのだが、食い意地はおさまらず、ついに百キロを超えてしまった。中央競馬のジョッキーなら楽に二人分、つまりダブルのダブちゃんとヤスがいっていた。

背広姿の男は、ふんぞり返るようにして怒鳴りつづけている。きんきん響く、耳障りな声だ。

「ついこの間、馬の尿から禁止薬物(カフェイン)が検出されて出走取消しになったばかりでしょう。それでなくても馬インフルエンザのこともあるし、人の出入りには注意しなくちゃいけないってときだよ。それもよりによって開催中に……」

背広姿の男のすぐ後ろを、一頭の馬が厩務員に引かれて通りかかった。びっくりした男が飛びのく。磨きあげた革靴が着地したところにちょうど馬糞がこんもり盛りあがっていたのだからたまらない。つるっと滑って、男の躰が宙に浮いた。

誰もがぽかんと口を開け、男を見ていた。

空中で両手両足を広げ、まるでスカイダイビングでもしているような恰好になったかと思うと、そのまま顔から馬糞に落っこちた。

通りすぎた馬が天を仰ぎ、一声いなないていく。

午前中だというのにかなり暑くなってきた。

「よっこらせぇのぉ、せぇっと」

高さが一メートルほどしかない牧草ロールに登るダブちゃんの巨大な尻を見ながら、おおげさなかけ声も仕方ないと思った。

牧草ロールは直径が一メートル半くらいで、固く巻いてあり、体重百キロ超のダブちゃんが乗ってもびくともしない。

ダブちゃんが休憩するというと、中林は厩舎に帰っていった。ぼくをダブちゃんに押しつけ、逃げていったようにも見えた。

「さっき怒鳴ってた人、誰ですか」

「あれはね、市役所のばんえい競馬振興対策室の室長」

「怒鳴られてたのは？」

「青島調教師」

「青島先生って、夏見牧場のダイチを預かってる厩舎の？」

「そう」

　よく知ってるねとでもいうようにダブちゃんがにっと笑った。メガネの奥で目が細くなると、いかにも人の好さそうな顔になる。

「どうして怒鳴られてたんですか」

「俺がいたから」

　またにっと笑う。まるで気にしている様子はない。

「俺、今年の三月まで厩務員やってたんだけど辞めちゃったんだ。今は無職（プータロー）」

「仕事、しないんですか」

「どうして？」ダブちゃんは目を見開いた。「せっかく失業保険もらえるのに働いたら損でしょう」

　そうかなぁと思って首をかしげたが、口にはしなかった。

　ダブちゃんがつづける。

「実はね、週明けの月曜日が失業保険の支払日なんだけど、もう一円もなくてね。腹が減ってしようがないから昨日の夜、青島厩舎に行ってご飯食べさせてもらったんだ。それでお礼に今朝からお手伝いをしてたんだよ。厩舎村じゃ、誰も金貸してくれないけど、ご飯ならいつでも食べてけっていってくれる。どこでも、ね」

「お金はダメなんですか」

「金、借りても、誰も返さないから」

「えっ、借りたら返すのが当たり前でしょ」

「返す金があったら借りないって」また、にっと笑う。「お金できたら何か食うか、焼酎買っちゃうよ。皆、金ないからね」

ダブちゃんが豪快に笑った。

「さっきの市役所の人ですけど、カフェインがどうのっていってましたよね」

「馬に興奮剤やるとね、ふだんより速く走るんだ。ドーピングって、聞いたことない？オリンピックとかあると話題になるでしょ。あれと同じこと。カフェインも興奮剤の一種なんだ。それがこの間、レースに出した馬の尿が陽性反応しちゃって大騒ぎ」

大騒ぎのところだけ、ちょっと目を剝いてみせたものの、あとはニコニコしている。騒動を楽しんでいるように見えた。

「一頭だけ興奮剤で速くなったら不公平ですよね」

「ばん馬も一応は公営ギャンブルだからね。ドーピングなんかやったら警察に捕まっちゃうよ。だけどね、自分の厩舎の馬に興奮剤なんかやらないよ。今は検査がやかましいからね。それより対抗馬にわざとカフェインやって失格を狙ったりする」

「汚ねえ」

「勝負の世界は厳しいの」ふいに真面目な顔になってダブちゃんがいう。「ギャンブルだから、いろいろ良からぬ人たちがからんでくる場合もあるし。だけど、最近はヤクザだって見向きもしないね。胴が細いから」

目をぱちぱちさせて、ダブちゃんを見返した。ダブちゃんが苦笑する。

「ごめん。博打にしては額が小さいってこと。ばん馬だと一レースの馬券売上げって、四、五百万くらいかな。メインでも一千万円売れればいい方。八百長仕掛けてもナンボにもならんしょ。バレれば、逮捕だし。割に合わないよ。それにカフェインなんてチョコレートをひとかけ食わせただけでも尿検査で引っかかるからね。誰かが引っ張りこんだ飲み屋の女の子が馬にチョコ食わせて出走停止食らったこともある」

「馬がチョコなんて食べるんですか」

「馬にもよるけど、甘いものが好きって奴は結構多いね」

それから、とダブちゃんはいった。

わざと餌にカカオを混ぜることがあるそうだ。馬を興奮させ、いつもより速く走らせることで筋力をアップさせる。そのままレースに出せば、もちろん失格だけど、カカオを止めて数日経てば、馬体からカフェインは抜ける。一つの調教方法として認められているし、興奮剤の混ざった特別な飼料もある。

「そして厩舎で使う飼料は全部主催者……、つまり市の担当者がチェックする建前になってるけど、実際は何にもしてなかった。だいたい厩舎にも滅多に来ないもの」

　自分の履いているゴム長靴を見て、つぶやいた。

　誰もが泥だらけ、牧草の屑まみれになって馬の世話をしているなか、振興対策室長は背広を着て、ぴかぴかの革靴を履いていた。

　ダブちゃんも牧草ロールから突きだした足をぶらぶらさせてぼやいた。

「それでいてカフェインなんか出ると大騒ぎなんだ。厩舎は何をやってるんだってね。カフェインが出た馬の所属している厩舎なんて大変さ。調教師から厩務員から呼びだされて、調べられて。どんな餌やってたとか、誰が何時にカイツケやったんだとか。ほかにも関係者以外は全面立入り禁止になってるのに、よけいな奴が出入りしてないか、とか」

　そういってダブちゃんは自分を指さした。

「そういえば、矢崎さんという元調教師の人も門のガードマンともめてましたよ」

「へえ、大将、来てるんだ。あの人、一本気でさぁ。いろいろもめ事があって、すっかりばん馬が嫌になったたって、調教師辞めちゃったんだよね」

「矢崎さんって、大将って呼ばれてるんですか」

「うん。矢崎厩舎にいた連中とか、仲がいい人には、ね」

「中林先生は、京都出身だって若い人に中ちゃん（チュン）って呼ばれてました」

「ああ、テツだね。ジョッキーだよ。ばんえいって凄すぎるっしょ。ふだんは誰が調教師で誰がジョッキーだかわからんような恰好で仕事してるもの」

ダブちゃんがにやにやする。

「チュンってのはまだいい方で、口の悪い連中はマンガ屋って呼んでるよ。そうか、木村の父さんは中ちゃんのところに馬を預けてるもんね。今日、ヤスは来てないの」

「ええ、ちょっと……。今日は爺ちゃんと二人で来たんです。そうしたらユキちゃんって人が来て、ちょっと外に出てろって爺ちゃんにいわれて」

「ユキちゃん……、ビッグボス。西川由紀彦調教師。伝説のジョッキーだよ。三千勝以上してるのは、ビッグボスだけなんだ。あの人の凄いのは、大したことない馬でも二度、三度と騎乗してるうちに勝っちゃうところ。馬にはそれぞれいいところがあるんだっていってね」

目をキラキラさせたダブちゃんは、まるで自分のことのように自慢した。

「馬主さんは皆自分の馬が可愛いんだよ。たとえ勝てなくてもね。出来の悪い子ほど可愛いってのもあるし。だからせめて一回は勝たしてやりたいって思うんだ。そういうとき、ユキちゃんに頼めっていうのが合い言葉。勝ち星が多いジョッキーって、騎乗依頼もたくさん来るから勝てそうな馬を選ぶわけ。だけどビッグボスだけは、どんな馬も断らなかった。必ずいいところがあるからってね」

宙をにらんだダブちゃんがぶつぶついう。

「あれは三年前……、いや、四年前か。冬場でね。朝の調教が終わりかけてたときだ。中ちゃんがまだ厩務員だったころ、橇からふり落とされて……」

馬は、人を見る。

心底親身になって世話をしてくれる者、馬の扱いがうまい、つまり馬の立場にすれば垢をかきおとす手際ひとつで気持ちよくさせてくれる者、ひたすら恐ろしい者などのいうことはよく聞く。逆に底意地の悪い奴や、とくに馬を怖がる臆病者は、頭っから馬鹿にして、轡（くつわ）を引きまわそうが、尻を打とうがそっぽを向いて動かない。

馬の扱いは教えられてもなかなか身につくものではなかった。生理の問題であり、馬との相性の問題だけに、厩務員としてうまくやっていくには生まれつきの勘の良さが必要になる。

練習コースは、本場（ホンジョウ）コースの北側に並行して設けられていた。長さもきっちり二百メートルあり、大小二つの障害（ヤマ）もあるが、砂はぼろぼろで荒れている。

ダブは、牡馬ライジンの手綱を持ち、本場と練習用二つのコースの間を歩いていた。ライジンにはワラビ型と胴輪が着けてあったが、橇は練習コースのスタート地点でつなぐことになっていた。

三月に入ったとはいえ、北海道十勝はまだ真冬、まして夜が明ける寸前で気温は氷点下二十度にまで下がっている。

ライジンの巨体からもうもうと立ちのぼる湯気が、コースわきに立てられた水銀灯の光を浴びて白く見えた。帯広競馬場の北に広がる練習馬場でズリ引きを終えたばかりなのだ。

朝の調教は二段階に分けられる。まずは起伏のない練習馬場でひたすら橇を曳きつづけるズリ引きをする。馬の筋肉を温め、心肺を強くするのが目的だ。広大な馬場を何周かするうち馬は汗をかき、湯気を立ちのぼらせるのだが、橇に乗っている厩務員はたまらない。頭の芯がきりきり痛むほどの寒気に耐え、首を縮めていなくてはならない。

馬の躰から立ちのぼる湯気は粘り気があり、地表にへばりつく。ズリ引きは二、三百頭の馬がいっせいに行うので白い湯気の塊はまるで雲のように見えた。

朝陽が昇りはじめると、地表の雲はブルーからオレンジへと徐々に変わり、見ようによっては神々しくさえ映った。たまに物好きな見学者がカメラを構えていたりするが、毎日橇に乗って寒さに耐えている厩務員たちは滅多に顔も上げなかった。

ズリ引きを終えた馬から練習コースに入り、障害の上り下りやレースの呼吸を教えこまれる。これが朝の調教の第二段階だ。

ズリ引きまでは厩務員の仕事だが、練習コースでは調教師やジョッキーが引き継ぐ。競走馬である以上、レーシングカー並に調整されるわけで、最後の仕上げには細心の注意が必要になる。

ときには、攻め馬をする。橇の重量を本番の四分の一かそれ以下として、ふっ飛ぶように疾駆させる。馬の躰にスピード感をしみこませるためだ。

走りだした馬は、第一、第二障害とも一気に駆けぬけ、ときに第二障害の天辺では鉄橇が宙を舞うほどの勢いがつく。

今、一頭の馬がダブのすぐ左側を駆けぬけていき、周囲にどよめきが起こった。

砂の上に二筋の炎のレールが走っていた。

砂の中の鉄と、橇のブレードがぶつかり合い、火花を散らしたのだ。その現象がたてつづけに起こると、仄暗いなか、橇が炎の尾を引いているように見える。

練習コースのスタート地点で、ダブはライジンの手綱をジョッキーに渡し、橇をつなぎ始めた。

支度の整った馬から順にコースを駆けだしていく。一頭で行く馬、二頭が競うように駆けていく馬、ふっ飛んでいく馬、数歩ごと騎手に手綱を引かれ、脚を止めながら行く馬と、調教メニューによって走り方は違う。

橇をつなぎ終えたダブは、一頭の馬に目を留めた。橇に乗って手綱を持っているのは、マンガ屋こと中林だ。中林は厩務員だが、調教師試験に備え、機会があれば、練習コースで馬を走らせていた。

「大丈夫かなぁ」

自然とつぶやきが漏れた。中林はヘタレで、馬をおっかながる。今もへっぴり腰で手綱を握り、辺りをきょろきょろ見まわしていた。表情にも余裕がない。

「無茶するよなぁ、あそこの調教師も」

ダブと並び、手綱を持っているジョッキーが低声でいった。

中林が走らせようとしている牡馬ワカアオイは厩舎の間でも有名な暴れん坊なのだ。

準備のできた一頭の馬が走りだした瞬間、事件は起こった。そのとき中林は後ろにつけた馬に目を向けていて、ワカアオイを見ていなかった。その隙を突いてワカアオイが砂を蹴り、飛びだしたのである。橇もそれほど重くなかったのだろう。凄まじいダッシュだった。足をすくわれた中林はもんどり打ってひっくり返り、背中から落ちた。

「ヤバい」

何人かがワカアオイを追いかけて駆けだした。橇には誰も乗っていない、つまりブレーキのない暴走だ。

ワカアオイはほんの少し前に出て行った馬が気に入らず、喧嘩を売るつもりに違いなかった。数百キロはある橇を曳いての暴走となれば、馬も人も大怪我、下手をすれば、命にかかわる。

砂に足をとられながらもダブは懸命に走った。ちょうど第一障害を越えようとしたとき、一頭の馬がダブのわきを抜けていった。

「ビッグボス」

誰かがいった。突然現れた馬の名前だろう。橇には西川調教師が乗っている。第一と第二の障害のちょうど真ん中辺で、西川は自分の馬とワカアオイを並べた。そして第二障害の手前で、ワカアオイのスピードが落ちたチャンスを逃さず、手綱を右手でつかんだ。間髪を入れず、飛び、ワカアオイの橇に移る。

右手でワカアオイを、左手でもう一頭を御しつつ、そのまま第二障害にかかる。急坂を登ることで二頭の行き足が鈍る。西川調教師はすかさず両方の手綱を強く引いて、オッ、オッと野太い声をかけた。

「練習コースのね、第二障害のちょうど天辺だった。二頭が並んでね、天を仰いで足を止めたんだよ」

ダブちゃんが目をきらきらさせていう。

二頭の馬に二つの鉄橇、両方の手綱を握って仁王立ちになっている西川調教師の姿が目に浮かぶようだ。

思わずつぶやいた。

「ひええ、カッコいい」

「でしょ」

心底嬉しそうな笑顔になったダブちゃんが何度もうなずいた。

それからしばらくの間、ぼくもダブちゃんも何も喋らず辺りをながめていた。北海道は湿度が低いせいか日陰にいると案外しのぎやすい。

ふと自分の腕を見た。いつの間にか真っ黒に日焼けしている。今まで一度も経験したことがないほどの焼けっぷりだ。朝早く起きて、夜は早々に寝てしまい、一日の大半は屋外にいるのだから当たり前か。

周囲では牧草ロールをほぐして裁断したり、厩から濡れた藁を運びだしたりして、誰もが汗と埃にまみれて働いている。

厩舎わきの柵の中では、丁寧にブラシをかけてもらったり、たてがみを編んでもらったりしている馬がそこここで目につく。レース開催日ならではの光景だろう。すっかり身支度が整った馬から引かれていく。

レースそのものは二分ほどで終わってしまうし、勝つのは一頭でしかない。それでもここでは、出走する馬すべてがきれいにしてもらっている。それも何時間もかけて。レースに向けた調教を考えると、準備には数日かかっているだろう。

「ここはね……」ダブちゃんが口を開いた。「俺にとってはユートピアなんだ」

あまりに似合わない言葉が飛びだし、まじまじとダブちゃんを見てしまった。目が合うと、ダブちゃんはメガネをちょっと持ちあげてみせた。

「こう見えても、俺は案外読書家なの。信じられないだろうけど」

「そんなことない」

あわてて首を振った。ダブちゃんはまたにっと笑うと、ちょうど引かれていく馬に目をやった。

「あの厩務員……」

そういって二重あごをしゃくる。

手綱を持っている厩務員はずんぐりしていた。眉毛の両端がはね上がり、拳を握りしめたような顔つきで前を睨んでいる。

「あの人ね、全然風呂に入らないし、服も着替えないんだ。だからすごい臭い。とくに夏はひどい。馬の世話してて、飯食って、焼酎飲んで、そのまま部屋に帰って寝ちゃう。夜中に馬が暴れたりしたら、すぐに見に行かなきゃならないから一々着替えたりするの面倒でしょ。朝は早く起きて運動させなきゃならないし。だからね、着替えない」

「嘘ぉ」

「風呂は夏でも月に一回か、二回じゃないかな。冬なんか半年に一回でも平気」

「パンツも替えないの？」

「そう」ダブちゃんはくっ、くっ、くっと笑った。「あそこの厩舎で誰かが寝坊すると、調教師はわざとあの人に起こしに行かせるんだ。部屋の戸を開けた瞬間、どんな寝ぼすけも起きる。目がちかちかして寝てられない」

どこまで本当だろうと思いながら、その厩務員を見ていた。馬が顔を背けているように見えるのは、よほど臭いからか。

「あの人とか……、俺もそうだけど、人より馬と付きあってる方が気楽って奴が厩舎にはたくさんいる。世間に出ても、まともに仕事はできないし、生活していくのもゆるくないよ。ホームレスになるか、悪くすれば、刑務所に入ってるかも知れない。でも、馬の世話なら何とかやれるんだ」

ダブちゃんがぼくの目をまっすぐのぞきこんだ。

「ばんえいの馬券ってさ、年に百何十億円も売れてるんだよ。ここら辺りの会社に較べても結構な売上げだと思うんだ。もともとね、祭りのときのお楽しみだったわけでしょ、ばん馬って。それを公営ギャンブルだって、金を稼ぐ興行にしたのは、役所だよ。規模も大きくして、よりたくさん稼げるようにした」

ダブちゃんは自分を指さして、こんな風にデブっちゃったという。

「デブは、たくさん食う。躰が維持できないから。公営のばんえい競馬も同じ。それで運営に金がかかるようになって赤字になった。だから潰しちゃおうなんて、身勝手すぎると思わない？　知ってる？　ヤクザの賭場だって胴元の収入(テラ)は動いた金の五パーセントから、あこぎなところでも十五パーセントよ。それが公営だと二十五パーセントも取ってるの。

売上げの四分の一も抜いて、まだ赤字だって。運営してる奴はよっぽど頭悪いんだ」

ダブちゃんは小鼻をふくらませた。

「ばん馬がなくなっちゃ困る。お金がないとき、ご飯食べられなくなるから」

また、ヨッコイショと声を漏らし、ダブちゃんが牧草ロールから降りた。ぼくも隣りに降りたった。

「ときどき思うんだ。昔の村ってこんな感じだったんじゃないかなって。皆で同じ仕事して、ユキちゃんみたいにすごく上手な奴もいれば、どうにもならない奴もいる。だけど同じ村の人間だから、仕方ないなって飯だけは食わせてやる」

「それがユートピアってこと？」

「そんな気がする」

「それじゃ、市役所のさっきの室長だかは、時代劇に出てくる悪代官？」

ダブちゃんが大笑いする。

「悪代官ってもばん馬が相手じゃ、ナンにもならないね。さて、俺は夕方のカイツケまでその辺の厩舎に潜りこんで昼寝でもするよ」

「今日も青島厩舎で晩ご飯食べさせてもらうんですか」

にっと笑ったダブちゃんは、人差し指を立てて左右に振った。

「開催日はね、メインレースを獲った厩舎に行くんだよ。焼き肉か、生寿司が食い放題だダブちゃんと別れ、中林厩舎に戻ることにしたが、同じ造りの建物が並んでいるので迷ってしまい、ぐるぐる歩きまわる羽目になった。

それでも何とか看板を見つけて、厩舎に入ると、調教師の部屋のドアが開いている。

「ほな、すんません。装鞍所に行ってきますんで」

ドアの陰から、中林のはずんだ声が聞こえたかと思うと、本人が飛びだしてきた。ぼくを見るなり中林は、にこにこしながら一着やがな、一着といい、駆けていった。

部屋をのぞくと、爺ちゃん、矢崎、ユキちゃんこと西川調教師が立ちあがっている。ダブちゃんの話を聞いたあとなので、上背のある西川が最初とは違う人に見えた。

爺ちゃんが西川に向かっていった。

「鵜里宇の草ばん馬でさ、うちのタイコに誰か乗ってもらおうと思って来たんさ。したらちょうど矢崎先生に会ったもんさ」

「俺ぁ、ユキちゃんに頼めっていったんだ」

矢崎がぼそぼそという。

「そうだったんかぁ」西川が爺ちゃんを見た。「それはちょうどよかったな。木村のおやっさんにいわれても、俺は全然ダメだったから」

「何した？　日曜は何かあるのか」

「いや、俺も鵡里宇には行くんだけどさ。ほら、函館からヤマキンの親父が来るっしょ。ビッグジョーを持ってくるっていってるんだけど、それに乗ってくれって頼まれてるんだ」

ビッグジョーに、天才ジョッキーだった西川が乗る。

タイコにとっては、ますますヤバい。

ビッグジョーに調教師の西川が乗ることになったのを、少しでも早くヤスに知らせたかったが、家に帰ったときにはいなかった。伯母に訊くと、タケの会社にでも遊びに行っているのだろう、という返事。

ヤスが帰ってきたのは、夕方で、爺ちゃんは焼酎を飲みはじめていた。

「ただいま。おれ、カイツケやるわ」

「おお、頼むな」

爺ちゃんは焼酎のグラスをちょっと差しあげただけで、二人とも今朝の出来事には触れなかった。

つなぎを着て家を出たヤスを追いかけ、早速西川調教師のことを教えたが、ろくに返事もしない。

馬をそれぞれ厩に戻し、夕方のカイツケを始めた。最後にトキノタイコーに餌を与えたところで、ようやくヤスが口を開いた。

「まず馬だって、爺ちゃんはいうんだ。水を飲ませて、カイツケする。馬は喋れんから」

タイコは飼い葉桶に鼻先を突っこみ、口をもぐもぐ動かしている。ヤスはタイコに目をやっていた。

「ユキちゃんがビッグジョーに乗るとなると、ますますこいつに勝ち目はないな」手を伸ばしたヤスはタイコの頰を撫でる。「したけど、矢崎の大将がこいつに乗ってくれるっていったんだべ。その方がよかったかも知れん」

ヤスはぼくに目を移すと、じっと見つめて言葉を継いだ。

「大将はな、あまり馬を叩かないんだ。大事なレースほど、馬が走る気にならんかったらレースなんかできないって」

だから勝ち星は少ないとヤスは笑う。

「爺ちゃんは大将がジョッキーやってたころから好きだったんさ。うちの馬は全部矢崎厩舎に預けてた。大将は、調教師辞めるときにマンガ屋に全部譲ったんだ。ほかの調教師連中は、あれはものにならんから止めとけっていったんだけどな。マンガ屋を仕込んだのは、大将さ。口でいうより手を出す方が早かった」

びっくりした。

「馬は叩かないのに人は殴るのか」

「人は痛いっていえるしょ。いざとなったら逃げだせばいいし。マンガ屋が厩舎から脱走したのも二回や三回じゃきかないべ。ありゃ、根性なしだから」

「大将って……」

矢崎をよく知っているわけではないので、大将と呼ぶのに抵抗を感じた。

「どうして調教師辞めたの？　報奨金がどうとかって聞いたけど」

「それだけじゃないと思うけどな」

それからヤスは報奨金の分配方法について話した。報奨金は、過去一年だか二年の間に厩舎に所属した馬の頭数に応じて配分額が決められたらしい。

「それがそもそもおかしいって爺ちゃんはいってた。たとえば、大してレースにも出れんような馬を登録するだろ。したけどレースに出れないから馬主はすぐに売る。して、すぐ別の馬を登録する。これで二頭になるわけだ。こんなことをくり返している厩舎は報奨金をたくさんもらえる。矢崎厩舎は一頭一頭大事にしたんさ。勝てなくても、我慢して何とか育てる。したら、どうなる？」

「所属する馬の数は増えないね」

「真面目にやってるところが馬鹿見る方法はおかしいって、それで爺ちゃんは怒ったんだ」

「だけど、分配方法を決めるときに大将も委員をしてたってたって聞いたけど」

「役所の奴ら、三月に分配方法の案を出してきたのさ。月末にはばんえい記念って、年に一度の大きなレースがあるし、四月には新馬の検定があるからそっちの調教もせんならん。それに税金の仕事とかいろいろあるからな。調教師は何ぼ躰があっても足らん時期さ。その時期に会議、会議ってやられてもろくたら話なんかできないしょ」

役所なんて、厩舎のこと、何にも考えてないとヤスが吐きすてるのを聞きながら、市役所の何とか室長の革靴がぴかぴかに磨かれていたのを思いだした。

「そして四月になったら年度が変わるし、組合もなくなっちゃうから報奨金が一円も出なくなるって脅したんだ」

「ひどいね」

「でも、悪者はぜんぶ調教師だ。話し合いでいったん決めたことを、後になってぐずぐずいったって。役所の連中は、馬やってる人間を馬鹿にこいてるのよ」

昭和の間に二百億円の収益があがったが、頰っかむりして……、と誰かがいっていたのを思いだした。

タイコの前を離れ、母屋に向かって歩きだした。

「そういえば、競馬場でダブちゃんに会ったよ。青島厩舎でご飯食べさせてもらったお礼に仕事手伝ってるっていってた」

「ダブは馬をちょせるからな」

ちょすは北海道弁でいじるとか、触るという意味なのはわかっていた。世話をするといいたいときにも使う。

「ダブちゃん、いってたよ。厩舎はユートピアだって」

ヤスが眉を寄せて、ぼくを見た。

「何？」

「ユートピア……、理想郷とか、夢の世界って意味だよ」

「何が夢だよ」ヤスが鼻で笑う。「皆、貧乏こいてて夢の世界もないもんだ」

そういいながらも首をかしげ、おばばにでも訊いてみるかとつぶやく。

「おばば？」

ぼくが訊きかえすと、ヤスはにやりとした。

「魔女とも呼ばれてる」

母屋に入ると、ほどなく夕食になった。テレビの前で、座布団を枕に寝ていた爺ちゃんは、いつものように大きないびきをかいている。

魔女の店（その7）

悪魔の尻尾みたいに三つ叉にわかれた燭台のローソクの炎は、どこから吹くとも知れない風にゆらめいて、埃っぽいような漢方薬の匂いが立ちこめる小部屋の、影という影がすべて踊っている。棚に並んでいるのは、ガラス瓶の数々。無数に根を張った人参やとぐろを巻いた蛇がどろりとした感じの淡い琥珀色の溶液に浸されている。古びて黒ずんだ頭蓋骨（しゃれこうべ）が歯を剝き出しにして笑い、ごてごて飾りのついた十字架は手垢にまみれている。

ローソクの光がようやく届くところで、鷲鼻の老婆が銀髪をふり乱し、ヤモリの尾やコウモリの爪、得体の知れない木の根、毒々しい色合いのキノコをすり鉢に放りこみ、ゴリゴリ、ゴリゴリ磨りつぶしている。

そして目が合ったとたん、見たなぁ……。

なんていう想像は、〈ライフ・ドラッグストア〉の前に着いたとたん、ふっ飛んでしまった。陽はすでに高く、午前中だというのに腕をじりじり焦がしている。眩しすぎるなかに建つ〈ライフ・ドラッグストア〉は、どこにでもある小さな薬局にしか見えなかった。

商店が数軒並ぶうちの一軒で、となりは自転車屋だが、シャッターは下ろされたまま、店の名前を書いたペンキはひび割れ、半分以上剝がれていた。

「何だ」

思わずつぶやくと、マウンテンバイクにチェーンロックをかけようとしていたヤスが顔を上げた。

「何だって、何だよ」

「ヤスが魔女の店なんていうから変な想像しちゃったよ」

ぼくはママチャリに鍵をかけて答えた。ヤスがにやりとする。

「たぶんお前の想像を超えるぞ」

昨日、帯広競馬場の横にある厩舎村でダブちゃんに会った。ばんえい競馬のレースに出す馬の世話をする厩舎が数十も並び、誰もが藁や泥のついたつなぎを着て、馬にブラシをかけたり、牧草ロールをほぐしたり、馬糞を運び出している光景は、村ってこんな感じだと思わせた。

ダブちゃんが厩舎村をながめてユートピアといった。本人がいうには、案外読書家なんだそうだ。

経済的にも働く場所としても決して楽には見えない厩舎村がユートピアなんて、今ひとつわからないってヤスに話したら、難しいことは魔女に訊こうといわれたのだ。

魔女が経営する薬局と聞けば、誰だって怪しげな店を想像してしまうだろう。でも、〈ライフ・ドラッグストア〉はあっけらかんとふつうの店だ。入口も自動扉だし。

「おばば、いるか」

店に入るなりヤスが大声でいったので、ぼくの気弱な心臓は蹴つまずきそうになった。

「帰れぇ」

奥から返事が聞こえた。大きくはないけれど、澄んだ声は意外によく通った。意外といえば、店の中も同じ。コの字に配置されたガラスケースや壁の棚に並んでいる風邪薬、胃腸薬、ビタミン剤はどれもふつうの薬で、ローソクもしゃれこうべもヤモリの尻尾もない。

蛍光灯に照らされた店内の奥まったところにレジがあり、その前に女の人が座っていた。黒い髪を長くのばした痩せた人で、丸いメガネをかけている。白衣ではなく、チェック柄のシャツにGパンを穿き、サンダルをつっかけていた。

魔女だのおばばだのいうから、どんな老婆かと思ったら拍子抜けするほどに若い。三十歳前後のきれいな人だ。帰れといったわりにはにこにこしている。目尻のしわを見ると、三十代後半かも知れない。

ヤスが店の奥まで走りこむと、魔女がぽんと箱を投げた。スニーカーの底で音を立て、急ブレーキをかけたヤスは空中で箱をつかむ。

細長く平べったい箱で、大きさは二十センチくらい。ベージュで無地の包装紙にくるまれていた。箱と魔女を交互に見比べたヤスが首をかしげる。

「二千円」魔女がにっこり頬笑んだ。「うちだって商売してるんだもの、ただってわけにはいかないでしょ。定価二千四百円だけど地元だから二千円でいいわ」

「はあ」ヤスは箱をひっくり返している。「これ、何？」

「衛生サック。ヤスがうちに来ても風邪薬は要らないだろ」

「馬鹿は風邪ひかないってか」

ヤスが唇をとがらせる。

「風邪の方で逃げてくほど元気がいいっていうこと。それだけ日に焼けていれば、冬場のビタミンD不足も心配なさそうだし。いいよねぇ、若いって。私がそれだけ真っ黒になったらシミの心配しなくっちゃ」

ふうんとヤスは生返事をした。魔女は色が白かった。頬のあたりにかすかにそばかすが浮いている。目尻だけでなく、口元にもしわがあった。四十歳は過ぎているかも知れない。

組んだ膝の上に手を置き、身を乗りだす。

「いいかい、ヤス。お前も中学生なんだからちゃんと考えておかなくちゃいけないよ。リスクを背負っているのは、いつも女の方なんだ。間違っても男は妊娠しないからね。だから、たとえ相手が歳上でも男であるヤスの方が気を遣わなくちゃ」

「妊娠？」ヤスが顔を上げた。「何の話だ？」

「夏見さんとこの楓子だよ。お前、童貞（ヴァージン）は楓子に捧げるんだろ」

見事なまでに瞬時に、真っ黒に日焼けしているヤスの顔が赤くなった。耳の先っぽまで真っ赤になっている。

「な、な、何いってるのよ。馬鹿なこというな」

声が裏返っている。

中学生のうちにヤスは初体験を済ませたい、相手は楓子だといっていた。誰にでも同じことをいっているのか、それとも魔女だけにすべてお見通しなのか。

片方の眉を上げた魔女は、おやとでもいうような顔をしてみせる。

「馬鹿なことじゃないよ。男児の心構えを教えてるんだ。備えあれば、憂いなし。それだけ用意しておけば、いつでも楓子とできる」

「本当か」

とたんにヤスが嬉しそうな顔になった。魔女が大きくうなずき、右手を出した。

「だから二千円。安いもんだろ」

「そうか、これさえあれば、できるのか」

ヤスは感心し、あらためて箱を眺めた。

「その前に楓子の同意をとらなくちゃいけないけどね」

魔女の言葉に、ヤスはぎゅっと眉を寄せた。

「これがあればできるんじゃないのか」

「私は男児の心構えを教えただけ」

「心構えって……、おばば」

「和代さん」

魔女、いや、和代さんがぴしゃりと訂正する。

「じゃあ、和代さん」

「じゃあは余計だ」

再度の訂正を気にすることなく、ヤスは箱を振ってみせた。

「で、衛生サックって何？」

実はぼくもそのことが気になっていた。丸メガネの奥で、和代さんはまばたきしたかと思うと、頬にさっと赤みが差した。

そのとき、入口の方で大声がした。

「毎度さんでした。ドリームボックスの國松でした」

趣味の悪い浮世絵柄のアロハシャツに作業ズボン、サングラスを片手でくるくる回しながらタケ社長が入ってきた。ヤスとぼくを見つけるなりニカッと笑う。

「表にミユキのマウンテンバイクがあったさけ、お前らがおる思うてた。何や……」タケ社長はヤスが手にしている箱に気がついた。「やっぱり衛生サック買いに来てたんか。最近の中学生はほんまにませとるのぉ」

「衛生サックって何だ？」

今度はタケ社長に訊く。

「はあ？　何や知らんのかいな」胸を反らしたタケ社長はつるを折りたたんだサングラスを胸ポケットに差した。「コンドーム、ゴム、避妊具……。聞いたことあるやろが。アレするとき、ちんちんにかぶせるお帽子やがな。男の必携アイテムやぞ。財布に一つ、ダッシュボードに二つ、いざっちゅうときに困らんように用意しとくもんや」

「タケ社長も用意しとるんか」

「いや。わしゃ、ちくわとアレは生が一番じゃ思うとる。接して漏らさず、長持ち自在……、まあ、達人の域やな」

「アホ」

首を振ってつぶやいたヤスは衛生サックの箱をレジの脇に戻した。

「あんたが来るなんて珍しいね、タケ。あんたも風邪薬は要らないよね」

「いうてくれはりますなぁ」タケ社長は大笑いし、ふいに真顔になった。「実は、わしの後輩で中原って奴がこの間トイレに入ったら便器が真っ赤になるほど出血しよりまして。本人、癌じゃないかって真っ青になっとるんですが」

「痔だね」

和代さんがあっさりいい、タケ社長もうなずいた。

「わしもそう思うんですわ。ほんじゃからライフに来りゃ、いい薬を紹介してもらえる思うて」

「本当に後輩の話？」

「堪忍してつかあせえや。間違いなく、後輩の話です」

「まあ、いいわ」和代さんが立ちあがった。「薬屋の私がいうのも何だけど、ちゃんと医者に行って診察受けた方がいいよ」

「わしもそう思います。そやけど本人は癌や思いこんどるから取りあえず血ぃだけ止めて、あらためて痔だって教えてやりますわ」

「わかった。ちょっと待っててね」

そういうと和代さんは店の奥へ入っていった。ぼくはタケ社長を見上げ、低声（こごえ）で訊いた。

「ここ、魔女の店ってヤスにいわれたんですけど」

「そりゃ、わしが最初にいったんじゃ。まだ新聞社でカメラマンしとったころの話やけどな。この町で町長選挙があって、その取材に来たんや。屋外で立会演説会やるっちゅうんがちょっと珍しかったのと、十何年ぶりで候補者が二人出て、投票がありそうやったから。まあ、選挙そのものは現職が圧倒的に有利やいわれてたんやけど、ここのおばはんが対立候補に立ったんや」

そして事件は立会演説会の日に起こった。

選挙戦は真夏にくり広げられ、演説会はある日の夕方に行われることになった。ちょうど盆踊り大会直前で、やぐらを組んであったのがステージ代わりにちょうどいいということになった。

選挙カーが十数年ぶりで町内を走りまわったが、名前を連呼してまわったのは現職だけで、和代さんはポスターを掲示し、夜には公民館で演説するくらいしかしなかったらしい。昼間はもちろん薬局の仕事をしていた。

現職は名前をくり返すだけで、ほかの話題はなく、町民はたちまち飽き、うんざりしてしまった。

一方、和代さんの演説会は歌あり、笑いあり、また現職町長はじめ、地方行政、中央政治に対する鋭い針のような批判が絶妙のトークに取り混ぜられ、受けに受け、日に日に参加者を増やしていた。

「おばはんは、村社会の復活を訴えた。国や道を頼るのにも限界がある。だから昔みたいに住民が相互に助けあえる地域にしようってな。村人のなかには仕事がようけできる奴もおれば、ぼやーっとしてて何の役にも立たんのもおる。それが互いにカバーしあって生きてこうってな」

どこかで聞いたような話だ。タケ社長がつづけた。

「ところが、行政の援助ってのは、高いところから見下したようなところがあるじゃろ。オラァ、貧乏人どももめって感じで。それに昔の人は生活保護なんかを権利とは思うてへんかった。恥ずかしいと思ってたし、それより皆の税金で自分だけ面倒をみてもらうのは申し訳ないって考えてたんや。ちょうど、そのころやったわ。事件もあった。住んでもないのに町民の振りして、身体障害者向けの補助金を長い間騙しとってたんじゃ」

「どうしてそんなことができるの？　役所とかチェックするでしょう」

思わず訊いた。

「簡単なこっちゃ。そいつはその筋の連中と友達じゃゆうて、窓口の人間を個人的に脅した。一度金がおりてしまえば、あとは楽勝や。窓口が代わって、次の奴がおかしいっていい出しても、ほんなら今までは役所が不正に加担しとったんか、ボケェいうて、それで終いや。役所っちゅうとこは新しいこと始めるのも難しいけど、一度始めたことをやめるんはもっと難しい」

「それで演説会はどうなったんだよ？」

しびれを切らしたヤスが口を挟んだ。タケ社長が照れ笑いを浮かべる。

「そうやったの。演説会の日は晴れてた。夕焼けもきれいやったわ。取材に行く途中のタクシーからよう見えた。ほんで演説会が始まったんは、暗くなりかけたころじゃ。五十音順で、まず現職が演説をやった。これがまたしようもない、だらだらした話や。持ち時間は一人三十分のはずなのに一時間も話しよってからに。で、ようやくおばはんがやぐらの上に出てきて……」

タケ社長が右手で天井を指さした。

「こんな具合に天を指したら、そんときや、ピカッと光って会場全体が真っ白に輝いた。びっくりするで、突然の稲光やもん。それから土砂降りや。おまけに風まで出てきて」

「会場は大騒ぎになったでしょう」

ぼくの問いにタケ社長はにっこり笑って首を振った。

「誰も動きよらん。おばはんに気をのまれて動けへんねん。わしも同じやったけどな。それからおばはんは真っ向から吹きつける風と雨に逆らって、天を指しとった手を聞いてる連中に向けて怒鳴った。私は怒っている……」

「君よ、憤怒の川を恐れるな、だよ」

いつの間にかレジの前に戻った和代さんが訂正した。

「それに雨も風も偶然。タケがおかしなこと言いふらすから魔女にされちゃった」

髪を振り乱し、目をかっと見開いて、嵐に逆らって叫ぶ和代さん……、やっぱり立派な魔女だ。

痔の薬を買ってタケが店を出て行くと、あらためて和代さんがぼくを見た。

「あなたはうちに来るの、初めてよね」

「はい。ヤスのいとこで友親といいます」

「いとこねぇ」和代さんはぼくとヤスを見比べ、一つうなずいた。「それで今日は何のご用？」

ヤスが目顔でぼくをうながす。ぼくは帯広競馬場でのダブちゃんとの会話について話しはじめた。

厩舎村はユートピアか、そこが知りたかった。村社会の復活を掲げて町長選に立候補した和代さんなら何か教えてくれそうな気がしていた。

レジの脇にあった丸椅子を二つ、ぼくとヤスの前に置くと、和代さんはユートピアねぇとつぶやきながら店の奥に入っていった。

取りあえず腰掛ける。しばらくすると、ヤスが足を組んだ。視線はコンドームの箱に向いている。朝っぱらから何を考えてるもんだか。

「ダブちゃんは案外読書家なんだって」

「あいつはお寺の息子だからな。百姓の子供なら本なんか読まん。母ちゃんにいわせれば、本読んだって屁理屈こきになるだけだって」

考えてみれば、ぼくも教科書や参考書以外の本を読まない。ずっと幼いころには、母が絵本を読んでくれたり、自分でも読むようになったけど、字を憶えるためだったような気がする。幼稚園にあがってからは英語の絵本を買ってもらっていた。

「ダブちゃんと牧草ロールの上に座ってて、周りでは皆レースに出す馬の世話をしてた。ブラシかけたり、リボンつけたり、何となくいいなと思った」

「夏は、な」

ぽつりとヤスがいった。決して深い考えがあったわけじゃないだろう。だいたい目はコンドームに釘付け、まだ足を組んでいる。頭のなかが透けてみえるようだ。

それでも夏は、というひと言はずしんと来た。ぼくは北海道の冬を知らない。氷点下二十度でズリ引きをしていると、寒すぎて顔も上げられないとダブちゃんはいっていた。それに生き物を相手の仕事だから一日も休めないし、真夜中に起こされることもしょっちゅうだ。

「夏でもあまり風呂にも入らない厩務員のことも話してたよ。朝早いし、夜中でも起こされるから着替えもしないって」

そういうと、ヤスが露骨に顔をしかめてぼくを見た。

「ダルマみたいな顔した奴だろ？　眉毛が太くて、怒ったような顔してる。臭いんだ、あいつ。そばに来ると吐きそうになる」

部屋に入られただけで目がちかちかするとダブちゃんはいっていた。

ヤスは鼻にしわを寄せた。

「馬だっていやがってる」

「そうみたいだね」

ダルマみたいな厩務員が引いていた馬がずっと顔を背けていたのを思いだした。

「でも、一年三百六十五日、一日二十四時間……、動物の世話って大変だから」

「何も(ナーン)、だ。あいつら朝は早いけど、朝飯食ったら寝て、昼からちょこちょこっと仕事して、夕方になったら風呂入って、あとは焼酎飲んで寝るだけだも。ずっと机に向かってる仕事なんかできないし、人間相手ならろくに喋れないべや。馬のことしか知らんし、ほかにやれることもないっしょ」

盆を両手で持った和代さんが出てきた。

「お待たせ。お子様向け牛乳たっぷりのロイヤルミルクティと、和代さん手作りのクッキー」

和代さんはぼくとヤスの前には大きなマグカップ、自分の前に小さなカップを置いた。皿にはクッキーが並べてある。チョコチップ入り、スライスアーモンドをまぶしたの、プレーンと三種類あった。

「不ぞろいだな」

そういいながらもヤスはすぐに手を出す。腰に手をあてた和代さんがひと言。

「食うな」

気にするようなヤスではない。あっという間にチョコチップ入りを食べ、アーモンド付きに手を伸ばす。

「うまい。けど、魔女のクッキーだからおれらはヘンゼルとグレーテルだ」

たとえが子供っぽいけど、たしかにおとぎ話のなかにいるようでもある。

「食うな」

和代さんはくすくす笑いながらもう一度いい、腰を下ろした。魔女と呼ばれるのは、嫌いじゃないのかも知れない。

クッキーは甘さ控えめだが、バターの香りがして、牛乳たっぷりの紅茶はすてきに甘かった。ぼくとヤスは競争するように食べ、たちまちひと皿を平らげてしまった。ヤスは口をもぐもぐさせたまま紅茶を飲み、大きく息を吐いた。

カップを手にした和代さんが話しはじめた。

「私もユートピアを探していたんだと思う。昔ね、考えてた。ユートピアって時間軸のうえにあるのか、空間的な広がりのなかにあるのかって」

ヤスは眉間にしわを刻んだが、唇を結び、真剣な顔つきで聞いている。

「町長選に出たころは、時間軸上にユートピアがあると思っていた。村人の誰にも役割があって、互いに助け合って生活していた昔の村の姿を、町の未来像として描いたってことかな。だからダブが厩舎村をユートピアに似てるっていった気持ちは何となくわかる。ばん馬やってる連中には、馬扱いの名人もいれば、まるで役に立たないのもいる。年寄りも子供も。不ぞろいだね。さっきのクッキーみたいに」

「でも、うまかった」

すかさずいったヤスのひと言に和代さんはにっこりした。

「もう一つは空間的広がり……、簡単にいっちゃえば、ここじゃないどこかにユートピアがあるって考える。今、自分がいる場所じゃなければ、どこでもいい。田舎じゃ駄目、都会じゃなきゃってね。高校を卒業したとき、私はこの町を出て札幌の短大に行った。でも札幌もやっぱり田舎で、やっぱり東京じゃなきゃと思った。そして東京で二十年暮らしてみて、わかったことといえば、自分が田舎で何を欲しがっていたのか、まるでわかっていなかったってことだけ。まあ、東京にいたって食べるためには働かなきゃならないわけで、毎日追われていたからね。自分がどこにいるかなんてほとんど考えもしなかったけどね。それで父親が亡くなったのをきっかけにこの町へ帰ってくる決心をしたんだけど、そのときには思ってたんだ。東京はユートピアじゃなかった、自分の生まれたところこそユートピアなんだって。だから町長選にも出た。この町をユートピアだというには何かが欠けている、それを埋めようって。でも、村社会の復権なんて、住んでる人間にすりゃ大きなお世話よ。埃かぶった缶詰しか並んでいない雑貨屋よりコンビニの方が便利だし、薬だって、大きなチェーン店に行った方が安いうえに種類も豊富。今や日本全国どこへ行っても同じでしょ」

「そったらことないべ」ヤスがちらりとぼくを見た。「ここらは田舎だけど、東京はちゃんと都会だもの」

「たとえば、教育の話。ヤスにしてもトモにしても教科書の中味はそんなに変わらない。田舎で生まれたからって東京で仕事ができないわけじゃない。日本全国、どこへ行っても同じ規格で教育されている。生まれがどこであれ、チャンスは均等、誰にでも夢を実現させる可能性がある。でも、これって怖いことだよ」

「何で?」

ヤスが首をかしげた。

「誰もが同じ規格の教育を受けてるんだからさ、いつでも、どこでも、どいつとでも交換可能なんだ。野菜の選別と同じ。キュウリはまっすぐで長さのそろったのだけを箱詰めする。曲がったのや、太りすぎたのや、寸足らずは捨てられる。キュウリはキュウリ、刻んでサラダに入れてしまえば、皆同じなのに。でも、規格品で箱がいっぱいになるなら、ほかは要らない」

和代さんがぼくを見た。

「厩舎村は今に残った希有な例かも知れない。その点、ダブのいうユートピアは正しいんだけど、ダブにとってはユートピアでもトモにはそうとはかぎらない」

　時間軸上と空間的広がりという言葉が頭のなかでぐるぐる巡っていた。厩舎村での光景や、おもちゃ箱のようなタケ社長の会社の様子が浮かんだ。

　和代さんの目尻にまたしわが寄った。

「歳をとると、若かったころは何もかもユートピアになっちゃうんだけどね」

　中学二年生のぼくは、ユートピアのまっただ中にいるのか。実感はない。

　客が来たので、ぼくとヤスはクッキーと紅茶の礼をいい、〈ライフ・ドラッグストア〉を出た。マウンテンバイクのチェーンロックを外しながらヤスがいう。

「おばばは、あれで六十近いんだ。うちの母ちゃんより十個以上歳上なんだからな」

　やっぱり魔女かも知れない。


　だいたい衛生サックなんて単語、何世紀前に使われていたんだ？　コンドームなら小学校六年のとき、クラスメートが学校に持ってきて見せびらかしていたから知っているけど。半透明の薄いゴムでできていて、紫色をしていた。セックスをすると、男から精子が出て女の人に入って、それで妊娠してしまう。精子が漏れないようにかぶせるゴムのキャップだと聞いた。

　男と女と、どのような構造なのかは知っていたし、携帯電話に入れた写真も見たことがあるけれど、実際にどうすればいいのかは今ひとつわからない。とくに女の人のどこに入れるのかは、いまだ謎だ。

銀色の袋からコンドームを取りだしたクラスメートは、べとべとしてるといいながら、伸ばしてそろえた人差し指と中指にかぶせてみせた。先端にぽっちがついていて、ここの空気を抜くのが肝心だともいっていたが、ゆるゆるだったので誰かが脱げちゃわないかと訊いた。あそこは大きくなるから大丈夫なんだとクラスメートは答えていた。

ぼくは股間を見下ろした。

カーゴパンツもブリーフもすっかり脱いで床に置いてある。靴下だけ穿いた足を開いて便器に腰掛けているので、だらりと下を向いたちんちんが見える。指にかぶせたコンドームを思い浮かべると、漏れないくらい大きくなるのか心配になった。

ぼくのは大きくないような気がする。やっぱり大丈夫なくらい大きくならないと漏れてしまうんじゃないだろうか。

ヤスの同級生には、もうセックスをしたことがある奴がいるらしいが、やっぱりコンドームを使ったのだろうか。

つま先でカーゴパンツを引きよせ、携帯電話を取りだした。時刻は十六時四十二分。午後五時にはミユキが迎えに来てくれて、いっしょに帯広に行くことになっている。今夜は花火大会なのだ。ヤスは人がめちゃくちゃ多くて面倒くさいし、明日は鵜里宇の草ばん馬大会があるから行かないという。田舎の花火大会だと馬鹿にしたもんじゃないから行って来いと爺ちゃんがいうのでぼくは出かけることにした。

でも、本当か。

「いけない……、駄目だよ……、それをやっちゃおしまいだ」

ぶつぶつつぶやきながらも携帯電話を開き、ボタンを押して、ミユキから送られてきた写真を見てしまう。黄色のTシャツをめくり上げて、おっぱいを出している。今の私とメールには書いてあったが、顔は写っていないので本当にミユキかどうかはあやしかった。それでも雑誌とかに印刷されたものじゃなく、じかにおっぱいを撮ったものだと思うと……。

いつの間にかちんちんがコチコチになっていた。

大きさ、大丈夫かなぁ。

携帯電話をカーゴパンツにしまい、トイレの水を流した。そろそろミユキが来るころだと思ったら急にトイレに行きたくなったというのにおしっこだけで終わってしまった。ブリーフとカーゴパンツを穿き、ベルトを締めてトイレから出ると、階段の下から伯母さんの声がした。

「お前もトモちゃんといっしょに花火に行ってくればいいしょ」

「あったら人の多いとこ、目ぇ回る」

「人なんかなんぼいたって関係ないべさ。あそこなら……」

「いいんだ。おれ、カイツケしてくる」

階段を一気に駆けおりると、居間から出てきたヤスと出くわした。ぎゅっと握り拳みたいな顔をしている。

「ヤス……」

声をかけたのに、ヤスは玄関に出てゴム長靴を履いた。ドアは開けっぱなしになっている。出て行きかけたヤスがふり返った。

「東京ほどじゃないけど、帯広の花火も結構派手だぞ」

眉の間が開いている。

「まあ、トモはいろいろ楽しんでこいや」

不器用にウィンクしてヤスは駆けだしていった。

「似合ってねえよ」

誰もいない玄関にぼくのつぶやきが広がって、消えた。

ふり返ったヤスは笑顔になっていた。だけど、どこか躰の奥の方が痛むような顔にも見えた。爺ちゃんの家に来てから大半ヤスといっしょだけど、あんな顔、初めてだ。

ぼうっと玄関に突っ立っていると、車が止まる音が聞こえ、女の人が駆けこんでくる。おそらくミユキだ。何しろ顔を見るのは、今回が初めてになる。

「ただいまぁ、あら、トモ。どうも、こんにちは」

「こんにちは」

「待っててくれたの？」

「あ、いや……、はい」

台所から伯母さんが出てきた。

「お帰り」

「ただいま。ヤスは？」

「行かないってさ。これから馬に餌やらんきゃならんし、明日は草ばん馬だろ」

「そうだね」

ミユキは飛びぬけた美人ではなかった。顔は横に広がり気味で、ちょっとカエルっぽい。茶色の髪が左右にはねていて、ピンクのTシャツの胸元にはネコのイラストがプリントされ、その横に文字が書いてある。あわてて目をそらした。

「爺ちゃんの携帯にもメールしたんだけど、ヤスにいっといてくれなかったのかな」

ほんの一瞬、ミユキが目を伏せた。さっきのヤスの顔に似ていた。

「ちゃんといってくれたと思うよ。私も行ってきたらっていったんだけどね」

「ヤスは馬が命だもの、しようがないよ」ミユキはそういってぼくに目を向けた。「もう行ける？」

「はい」

スニーカーを履いていると、伯母さんとミユキが押し問答をしている気配がした。いいから、いいよ、少しだからといったやり取りが聞こえた。見ないようにした。

「行ってらっしゃい」

伯母さんに送られて家を出ると、黒い軽自動車が止まっていた。

「助手席に乗って。鍵はかかってないから」

「はい」

「はい、はいって、いとこ同士なんだからもっと気楽にしなよ」車の屋根に手をついたミユキが目を細める。「それとも緊張するわけでもあるの？」

「あ、いや……」

あわてて車に乗りこんだ。

走りだしてからミユキが訊いてきた。

「好きな音楽かけていいよ。一応、ＭＤコンポを積んでるからね」

「はあ」

「トモの好きな歌手って、誰？」

「よくわからない。音楽とか、あまり聞かないし」

「そっか。それじゃ、私が適当に入れるね」

ミユキがカーオーディオのスイッチを入れるとシートがびりびり震えるほどの大音量が流れだした。知らない曲だ。日本語みたいだけど、何といっているのかさっぱりわからない。でも、ハンドルを握ったミユキはリズムに合わせて顔を上下に動かしている。絶対音感があって、ささやきみたいな音でも聴きわけられる同級生の手嶋君なら、たぶん耐えられない。

小豆色をした塗り箸が残像を引くほどの速さで動いていた。テーブルの上には水を半分ほど入れたコップ、陶製の花瓶、鉄製の灰皿、ブロンズの小さな像が並んでいて、箸で叩けば、違う音がする。澄んだ音、鈍い音、高い音、低い音……、音が連なって、速いテンポでくるくるまわるようなメロディとなっていた。曲は『アメリカンパトロール』といって、ピアノの発表会なら小学校高学年がよく演奏するそうだ。

カーペットにひざ立ちになった手嶋君は塗り箸を無表情に振りつづけていた。テーブルを挟んで向かい側のソファには、ぼくと手嶋君のお母さんが並んで座っていた。お母さんはうっとり目を閉じて聞き、ぼくはただ感心して眺めているしかなかった。

よかったら、今日、うちに寄ってかないか――。

学校帰り、ふいに手嶋君に誘われた。午後六時には塾に行かなきゃならないけどと答えると、医者を目指している人は大変だねといい返された。行くよ、といったのは手嶋君の声にふくまれている棘が刺さったせいか。

手嶋君のうちは青山にあるマンションで、行くと小太りのお母さんが迎えてくれた。ケーキと紅茶を出され、どうしてこんなところへ来たんだろうと考えていると、お母さんがいい出した。

「あれ、木村君にご覧いただいたら?」

手嶋君はぼくにちょっと待ってねといって、台所に立ち、コップやら花瓶やらを運んできた。そのときには、何が始まるのか予想もつかなかった。

チンチンとコップを叩いては首をかしげ、水の量を増やしたり減らしたり、ときには別の容器を持ってきて交換したりしたあと、準備できたといった。そして『アメリカンパトロール』を叩きはじめた。

曲が終わるとお母さんが拍手をした。

「素晴らしい」

ブラボーといわないのが不思議なほど勢いよく手を叩くので、ぼくもつきあった。お母さんがぼくに顔を向けた。

「絶対音感のなせる技なのよ」

「びっくりしました」

そう答えながらも混乱していた。

手嶋君とは同じクラスにいるけど、今まで数回しか話したことがない。自宅までついてきたのは、医者を目指している人という言い方がちょっと頭に来たからだけど、そもそも手嶋君がぼくに声をかけてきた理由がよくわからない。

丸い顔をくしゃくしゃにし、小鼻をふくらませて拍手をつづけるお母さんからすると、単に喜ばせようとぼくをだしにしたかったのかも知れないと思う。

「将来はピアニストか作曲家（コンポーザー）の道を進ませてやりたいと思っているの」

とうの手嶋君ははにかみながらインスタント楽器を片づけている。お母さんがつづけた。

「絶対音感があれば、どこのご家庭にもある食器や花瓶なんかでどんな曲も演奏できるのよ。うちでは、わざと楽器じゃないものを使わせることがあるの。創造力の養成には必要だと私は思うのね。即興（アドリブ）って創造力の源泉だと思わない？」

「ええ……、そうですね」

台所に行った手嶋君をちらりと見たお母さんがぐっと顔を近づけてきて、声を低くしてつづけた。

「あの子をね、オーストリアの音楽学校に入れてあげようと思ってるの。東京なんかにいたんじゃ、みすみす才能を埋もれさせてしまう。ローティーンのころなら、まだ可能性は無限なのよ。それが今、一分一秒ごとにすり減ってるわけでしょう。私、居ても立ってもいられない気持ちなのよ。あの子をオーストリアにやるためなら、この躰だって売るわ」

目が怖い。それに錆びた金属パイプが臭うような口臭がたまらなかった。

台所から戻ってきた手嶋君が声をかけた。

「お母さん……、そろそろ出かける時間じゃないの？　会合に遅れるとまずいでしょ」

小さな目をいっぱいに見開いたお母さんは立ちあがり、ほどなく出かけていった。玄関のドアに鍵をかける音が響いたとたん、手嶋君はテーブルの上に両足をのせた。

「すごいね、あんなもので演奏できるなんて」

「猿回しの猿みたいだと思ったでしょ」

「絶対音感がないとできないって、お母さんが自慢してたよ」

「最初は何を叩けばどの音が出るかを調べなくちゃならないから……」手嶋君は両手を広げた。「ここは自分のうちだよ。それにあのババァには何百回もやらされてるんだ。どのコップを叩けば、どの音になるかなんてとっくにわかってる。水をどれくらい入れればいいかもね。わざと水の量を間違えて、調整しなおしたりするんだよ」

「どうして、そんなことを？」

「もっともらしく見せるための演出だよ」テーブルから足を下ろした手嶋君が身を乗りだした。「新聞とか雑誌とか切り抜いてさ、脅迫状を作れるかい？　お宅の可愛いお嬢さんを預かっている。返して欲しかったら一億円よこせとか、警察に知らせたら殺すって文字は大きめにして、ビックリマーク付けたり」

「そんなことしないよ」

「できるかって訊いたんだよ。字が読めれば、難しくないだろ」

「まあ、たぶん」

「同じことなんだ、絶対音感ってね。たとえば、ぼくがキ、ム、ラっていったら、同時に木村って漢字が浮かぶだろ。それと同じで音を聞いただけでC（ツェー）とかG（ゲー）とかわかる」

「それってすごいでしょ」

「子供のころに五十音やアルファベットの代わりにピアノで音を聞かされてりゃ、ある程度まではできるよ。ある程度、まではね。文字の意味を理解するっていうのとはちょっと違うかも知れないけど、そこら中にある音が全部表音記号になって五線譜に打たれるんだ。誰かと話していても、頭のなかは音譜でいっぱいになって、結局その人が何といっているのかわからないこともある。字よりも先に音が脳に届くからね」

　そういって手嶋君は自分の頭を指先でこつこつ打ってみせた。

「目はつぶれるけど、耳はふさげないでしょ。耳栓突っこんでも、今度は自分の脈拍が楽譜になっちゃったりして。強いていえば、匂いに似てるのかな。壁一面にうんこを塗りたくった部屋に閉じこめられてる感じ」

「そんな部屋、出ればいい」

「外はもっとずっと臭い。それもいろんな臭いが入り混じってる」

夜遅くまで勉強したあと、ベッドに入るとまぶたの裏側に数式や記号がちらちらすることがある。起きてても寝てても、ご飯を食べてても歩いててもずっと数式が見えてたらイヤだ。それに似てるのか。

手嶋君は止まらなくなった。

「うちのババァは気取ってコンポーザーなんていってなかった？　ピアニストとかさ。ほかにもアドリブは創造力の源泉なんて。ババァは音楽なんてやったことないんだ。子供のころ、テレビでピンク・レディーを聞くのが精一杯だった。だから、音楽の専門学校に通うようになってぼくがどんな連中に会ってるかなんて想像もできないんだよ。本当にすごい奴がいる。小学生なのに化け物みたいにピアノを弾けるのも。本物の天才なんて会ったことないけど、コップや花瓶叩いて、お猿の芸当で末はピアニストなんてね、笑っちゃうでしょ。それでオーストリアの音楽学校だって。オーストリアにある音楽学校の名前さえ発音できないのに。テレビで一回見ただけなんだよ。そのくせ自分の躰を売ってでもなんていってなかった？　気持ち悪かったでしょ。ねえ、あんなデブ、百グラムいくらで売れると思ってるんだか」

手嶋君の目に涙が溜まっていた。ぼくは口を閉じて聞き役に徹し、ようやく手嶋君が喋り疲れたところで切りだした。

「それじゃ、ぼくはそろそろおいとまするよ」

「ちょっと待って。あと五分……」手嶋君は首を振って、立ちあがった。「塾に行かなくちゃならないんだよね。ごめん。今日はありがとう」

玄関を出てから手嶋君は、あと五分で何を話したかったのだろうと思った。

中学一年の三学期が終わって、手嶋君は転校していった。オーストリアではなく、岐阜県の奥の方で父親の故郷らしかった。手嶋君の父親は外資系の証券会社に勤めていたのだが、退職したと聞いた。リストラされたんだよといったクラスメートもいた。

転校していって二ヵ月ほどして、手嶋君からメールが来た。ピアノの練習はまったくしなくなったと書いてあり、最後に一行付けくわえてあった。

最近、人の言葉が聞こえるようになりました。

ミユキが車を停め、エンジンを切った。アスファルトに白い線をひいた駐車場で、十数台ほど停めてある。まわりを見回した。

「何できょろきょろしてるの？」

ドアを開けようとしたミユキが訊いた。

「ここ、どこですか」

「仕入れに来たの。今晩は特等席で花火見物しながらジンギスカンなんだ。豪華でしょ」

「ジンギスカンですか」

北海道の人は何かイベントというとジンギスカン、お客さんが来るとジンギスカンだが、去年、新宿で両親と食べた専門店のジンギスカンは臭くて、硬くて、不味かった。爺ちゃんの家に来た最初の日にやっぱりジンギスカンとホルモン焼きが出て、うわっ、最悪と思ったが、いやな臭いなんかでなく、十四年生きてきて一番美味しい焼き肉になった。

「そう」ミユキがうなずく。「有楽町ってお持ち帰りができるんだよ。予約してあるんだ」

「有楽町」

思わず声が裏返ってしまった。爺ちゃんの家で食べた生涯最高のジンギンスカンこそ、伯父さんが有楽町で買ってきたといっていた。車から降りたとたん、脂の焼ける匂いがぷんと来た。去年までならうっと吐き気が来たかも知れないが、今は違う。胃が動き、唾が湧いてきた。

「あら、ジンギスカン、嫌い？」

「大好きです」

「ホルモンも頼んだんだけど、そっちは大丈夫かな」

「全然平気です。大好きです」

駐車場に面した道路を横断し、ミユキが向かった先には二階建ての古ぼけた建物がある。ぽかんと立ちつくしてしまった。

有楽町というネーミング、極上に旨い肉という二点から、知らず知らずのうちに黒を基調としたおしゃれな店を想像していた。

目の前に立っているのは、壁がひび割れ、黒いのれんが揺れているだけの殺風景な店だ。だが、看板には確かに〈有楽町〉と書いてある。

わざわざ手動ドアとプレートが貼ってある引き戸を開け、ミユキが店に入る。すぐあとにつづいた。

中に入ってびっくりした。

入って正面に椅子席のテーブルが三つ並んでいて、両側は小上がりになっていた。右はやや広く八つ、左には四つ座卓があって、すべて埋まっている。

どの席でも鍋を二つ並べていた。一つは真ん中が盛りあがった、昔の蒙古軍のヘルメットに似ているというジンギスカン鍋でタレにつけた羊の肉とタマネギが載せてある。もう一つは平べったく中央が少しくぼんだ銀色の鍋、そちらでは味噌仕立てのホルモンがぐつぐつ泡を吹いている。ホルモンは焼くというより煮るといった方が正確か。ジョッキのビールやジュースを飲み、どこの席でも皆がつがつと食べていた。

壁には二、三基ずつ換気扇が取りつけられ、フル回転していたが、それでも煙が立ちこめている。黒ずんだ壁と柱には、煙と脂と旨味がしみこんでいるような気がする。

立ちどまったまま、唾を嚥みこんだ。ミユキはテーブル席のわきを通り、正面にあるレジに行った。

「どこかて不景気ですよ。勘弁したってください、大将」

はっとして目をやると、右側の小上がりで中林調教師（せんせい）と矢崎元調教師が向かい合っていた。矢崎は大将と呼ばれている。すでに食べ終えたらしく、ジンギスカンの鍋には何も載っておらず、焦げがついていた。

大将が口に運びかけたコップを止め、ぎょろりとした目で中林先生を睨む。端（はた）で見ていても迫力を感じるのだから、まともに睨まれたらすくんでしまうだろう。中林先生に同情した。

「景気悪いのは、どこでもいっしょだべや。今の北海道で儲かって儲かって笑い止まらんなんて奴、いると思ってるのか。したからおれがいつもいってたべや。馬主には、ふだんからばん馬は儲からん、道楽だと思って金捨ててくれって頼めって。お前、馬主にどんな話してるのよ」

「おれだってちゃんといってますよ。本当に景気が悪すぎるんですって。あの社長だって気持ちじゃ馬を放したくない。だけど、自己破産まで追いこまれたらどうにもならんじゃないですか」

唇を噛んだ大将の目と鼻の穴が広がった。顔は真っ赤だ。口を開きかけたが、声は出さず、代わりに手にしたコップの中味をひと息に飲みほし、大きく息を吐いた。透明だが、水ではなさそうだ。

中林がうなだれる。

「お待ち」

鼻先にポリ袋が突きだされる。ミユキが片手で袋を持っている。

「持ちます」

手を出すと、ミユキは苦笑いして袋を渡してくれた。ずっしり。

「重っ」

「ジンギスカン三キロにホルモン一キロだからね」ミユキが首を振った。「それにしてもトモは硬いなぁ。まあ、ジンギスカン食べて、ビールでも飲めば少しはほぐれるか」

「ぼく、未成年です」

「気にしない、気にしない。十勝じゃ、中学生以上は飲酒が認められてるの」

店を出るとき、ちらりと大将と中林先生の席を見た。中林先生はうなだれたままで、大将は手にした空のコップを見ていた。

駐車場に戻り、車のそばまで行くとミユキがドアのロックを解除した。

「肉は後ろの席に置いて」

「はい」

後ろのドアを開け、肉をシートに置いて助手席に乗りこんだ。ミユキがキーを差して回し、エンジンがかかると一瞬間があって大音量の音楽が流れだす。だけど今度は手嶋君ではなく、〈有楽町〉の小上がりで向かい合っていた大将と中林先生を思いだした。

大将は真っ赤な顔をしていた。

『ばん馬は儲からん、道楽だと思って金捨ててくれって』

金を捨てろというのは無茶だと思う。いくら道楽だといわれてもみすみす損をするようなことをする人がいるだろうか。

大将に睨まれながら中林先生は言い返した。

『自己破産まで追いこまれたらどうにもならんじゃないですか』

自己破産はきついだろう。実際にどんな状態なのか知らなかったが、家にお金がなくなって馬を飼いつづけるのは厳しいと思う。

夕暮れになり、車はライトを点けはじめた。

「結構車が多いんですね」

「国道だし、夕方はそれなりに混むよ。それに今日は花火大会だからいつもより混んでる」

首を振りながらミユキは片手でハンドルを操っている。シートをわざわざ寝かせて、躰だけ起こしているのが不思議だ。ちゃんと背をあてて座った方が楽じゃないのだろうか。

すぐ前を走る車のテールライトが赤く光るのを見て、ミユキが舌打ちし、眉を寄せた。

その前にも車がつながって止まっている。ミユキもブレーキを踏み、停止させた。

「あちゃ、間に合うと思ったんだけどな」

「花火大会は何時からなんですか」

「七時半」

ミユキはダッシュボードのデジタル時計に目をやった。午後六時十二分。

「ま、楽勝で間に合うけどね」

しばらくの間、少し走っては止まるのをくり返していたが、国道を左にそれ、ライトアップされた大きな橋の上に出るとスムーズに流れるようになった。橋を渡ったところで右折する。また少し走ったあと、右側にある二階建てのマンションの駐車場に車を乗り入れた。

肉を持って車を降り、ミユキにつづいてマンションに向かった。それほど新しくはない。建物の外につけられた階段を昇り、二階の奥にある部屋の前まで行った。

いきなりドアノブを回して、ミユキがドアを開ける。鍵、かけてないのか。玄関でスニーカーを脱いだミユキが声をかけた。

「ただいま」

「お帰り」

中から女の人の声が出てきた。鮮やかな黄色のTシャツを着ている。ミユキがぼくを手で示した。

「この子がトモ」

「初めまして」

肉をぶら下げたまま、挨拶をする。ミユキは女の人を紹介した。

「こちら、私のママ」

「ママって?」

「産みの親」

目をしばたたいた。ミユキはヤスの姉で、伯母さんをお母さんと呼んでいる。それなのに産みの親って……。

「いらっしゃい。ミユキが東京のいとこって何回もいうから会いたいと思ってた」

ママはにこにこしながらいった。黄色のTシャツはよく見るとミユキが着ているのと色違いのおそろいだ。

二人並んで、ぼくを見ていた。ちょっとカエルっぽい顔と髪型は似ている。二人の後ろに風呂場の磨りガラスが見えた。ミユキのTシャツにはネコのイラストがプリントされている。胸の膨らみからあわてて目を逸らした。

立ちくらみしそうだ。

花火がはじける間に（その８）

大きな川の上に広がる、何ひとつさえぎるもののない夜空を首がぎりぎり痛むほどに見上げ、目をいっぱいに見開いていると、まるで底なしの巨大な穴の上に吊りさげられているような、今にも落っこちていきそうな感覚にとらわれる。

怖い、というのともちょっと違う。ちょっとわくわくしている。足が今にも床を離れてふわっと浮かびあがり、上昇していくのに落ちていく感じ。

シュパッ。

光った。

白くて、小さくて、鋭い光。

ドーン。

頭上で炸裂した音は、まっすぐ降ってきて腹の底を打った。

数百個もの光の粒々で造られた球体がみるみる膨張していく。尾を引く光の粒は直進しているだけなのに足並みをそろえているので、ちゃんと球が大きくなっているように見える。

ぱーんと音が拡散した。

光の粒は色を変えていく。白、黄、赤、紫、青……、やがてしぼんで闇にのみこまれていく。

ふたたび、閃光。

今度はたてつづけに六度。わずかな時間差をおいて、六個の巨大な光の球が次々出現する。それぞれ色が違った。高いところから順に折り重なるように現れる光の球は、同じ順番で消えていく。

口を開け、ただ見上げているしかなかった。

ほとんど自分の真上で空いっぱいを埋め尽くすような花火など今まで一度も見たことがない。

空には煙が層となって広がり、かすかに火薬の匂いがした。

またしても閃光、今度は二つ。ひしゃげたローズピンクの光の輪ができ、一瞬あとにまばゆい黄色の光が横切る。

「ああん」隣りでミユキが声をあげた。「やっぱり反対側だと角度が悪いんだよね。今のはピンクのハートに矢が突き刺さるように見えるんだよ。向こう側からはね」

足踏みしたミユキが前方を指さす。

　花火は十勝川の北側の川原から打ちあげられ、観客席は川の南側につくられている。ミユキがママと暮らしているマンションは、北の川原よりさらに北にあった。ちょうどステージの後ろから客席を見ているようなものだ。

　それでもぼくと花火の間に邪魔物は一切なく、特等席であるには違いない。

「今日はいつもより時間がかかるかも知れないね」

　すぐ後ろに立っていたママがいった。両手を腰にあて、空を見ている。

「花火大会のときって、少し風があった方がいいのよ。煙が残っちゃうから花火がきれいに見えないんだ。だからどうしても間隔をあけて打ちあげなくちゃならない」

　なるほど。

　ママがぼくを見た。

「トモも花火が初めてってわけじゃないでしょ？　東京には有名な花火大会がいくつもあるもんね」

「いや、ディズニーランドで二回見ただけです」

「わっ、東京の子供だ」

　ミユキがぼくの腕を押した。

　また、どんと鳴って空に目をやった。尾を引いた火の玉が弧を描き、落ちていく。大空に扇子を広げたように見えた。

消えたと思ったらすぐに次の爆発音。今度は光の球のまわりで小さな光がまたたいた。爆発音が空気を震わせるたび落ちつかない気持ちになるのは雷が嫌いなせいだろう。

ミユキがあごをしゃくった。

「川の向こう側はすごい混雑だよ」

目を凝らすと対岸をびっしり埋めている人の姿がぼんやり見えた。

「見物客は十二万人っていわれてる」

「そんなに？」

「本当かどうか、わからないよ」ミユキは笑った。「だって帯広の人口は十七万人を切ってるんだよ。まあ、景気づけかも知れないけど。でも、人出は本当(マジ)はんぱない。駐車場はどこもいっぱいだし、タクシーだって夜中になっても拾えないんだから。この花火大会だけは十勝だけじゃなく、北海道中から見物客が来る」

「ヤスは人が多すぎるのがいやだっていってました」

「うちならゆったり見られるけど、やっぱりあいつはイヤなのかな」

ひやりとした。ミユキはママを産みの親だといった。ヤスとは異母姉弟になるのだろうか。

対岸ではひっきりなしに音楽が流れ、男の人と女の人が喋っているのが聞こえた。スピーカーの向きが悪いせいか、わんわん響くだけで何をいっているのかはさっぱりわからない。

「ちゃんと進行役もつくんですね」

「花火の名前をいって、どんなふうか説明するんだけど、スポンサーの紹介が目的だね」

「花火にスポンサーがつくんですか」

「当たり前でしょ。一回の打ち上げで五十万とか百万とかかかるんだよ。もっと高いのもあるし。それに小さいのまで全部合わせたら総数二万発になるんだから」

ざっと計算しようとしたらすかさずミユキにいわれた。

「小さな粒々まで一発で数えるんだよ。一回で何百発も光るでしょ、あの一発一発を」

「安心しました」

「それでも大金には違いない。北海道の夏は短いからね。楽しむときは、どーんと楽しむの」

ミユキがぼくの目を覗きこむようにした。ひたいとひたいの間は数センチしかない。どきどきする。

「今度は冬に来てみたら？　夏らしい夏って二週間くらいしかないけど、冬ならまかせといて。半年くらい雪と氷ばっかりだから。零下二十度とか、いい経験になると思うよ」

「想像つきません」

そういうといきなりミユキが手を伸ばして、ぼくの鼻をつまんだ。びっくりしたし、苦しいけど、ひんやりした指がなぜか気持ちいい。

「息を吸うだけで鼻の穴が凍って、こんなふうにくっついちゃうの」

鼻をつまれたくらいで寒さは実感できないけど、まったく別のことを考えた。ヤスが馬にカイツケするときには、飼い葉に水を入れ、素手でかき混ぜていた。今は夏だからいいけど、真冬はどうするのか。帯広競馬場の厩舎村で見た作業も炎天下で皆大汗をかいてやっていたけど、冬の様子は想像もできなかった。

二、三度小さく振ったあと、ミユキは手を離した。もうちょっとつまんでいてもらってもよかったのに。

たてつづけに爆発音がして、川面全体がぼうっと光り、何十個もの火の玉が低いところで交差する。色とりどりの光が重なりあう。

「ここからだと仕掛け花火がちゃんと見られないんだよね」

たしかに光のなかで川縁がシルエットになっている。仕掛け花火は川原にセットされているようだ。パチパチ火薬のはじける音は結構大きいのに、光の壁の向こうから観客のどよめきが聞こえてきた。かなり迫力がありそうだ。

地面を白く染めるほど圧倒的な光が消え、濃い煙が残った。目の中には白っぽいもやのような残像が浮かんでいて、何度もまばたきしなければならなかった。

「そろそろ焼き肉パーティーを始めるよ」

ママがのんびりした声で告げた。

「結局、あたしはミユキのお父さんと離婚したんじゃなく、木村の家といっしょにやっていけなかったんだと思う」

ビールを一缶空けると、ママは日本酒を飲みはじめた。一升瓶をわきに置き、コップに直接注いで飲んでいる。ビールが日本酒になって、自分を私じゃなく、あたしというようになった。

「木村のお義母さん……、死んだトモのお祖母ちゃんにしても、あたしのすることなすこと全部気に入らなかったとは思うけどね。朝起きる時間、夜寝る時間、結婚したあともあたしが保育園の仕事を辞めないで帯広に通勤していたことなんか、とにかく全部。辰彦と結婚するとき、仕事をつづけることを条件にしたんだ。でも、農家の嫁がうちの仕事を手伝わないのは、お義母さんとしてはあり得なかった。世間体も悪かったろうしね。あ、そうそう、あたしが辰彦って呼び捨てにするのも気に入らなかったみたいね」

ママは笑ってコップに酒を注いだ。

花火が小休止したところで、ママがパーティーを始めると宣言すると、ミユキはまずベランダのガラス戸を外した。次にベランダ際にテーブルを置き、その上に新聞紙を広げた。ホットプレートが載せられ、プラスチックのボウルに移し替えられたジンギスカンの肉と味噌ホルモン、それにざく切りにしたタマネギ、ピーマン、カボチャを入れたざる、缶ビール、食器が手際よく並べられていき、頭上いっぱいに広がる花火を見物しながらのジンギスカンパーティーは始まった。

〈有楽町〉という店のジンギスカンは最初に食べたときよりさらにうまく感じた。夢中になって食べているうちに何度か花火を見逃し、そのうち花火なんかどうでもよくなってしまった。

ママとミユキは缶ビールを飲んだが、ぼくは水を頼んだ。ミユキはにやりとしたが、何もいわずジョッキに角氷と水を入れ、もってきてくれた。

ビールから日本酒に切り替えて少しすると、ママが親戚のうちなんだから気楽にしなさいといい、それから何となく伯父さんとの離婚話になっていった。

昔話とはいっても娘を置いて家を出るという話は決して軽くはない。そのとき、ミユキは小学一年生だったという。

話が進んでも食べるペースは変わらなかった。ママが淡々と話していたのと、何より肉がうまかったからだろう。

離婚は、ぼくにとって決して他人事(ひとごと)ではなかったし……。

「あんたに農家の嫁は絶対無理っていわれた。あたしの親とか友達、皆に。恋愛ってさ、まわりに反対されるほど本人たちは燃えあがるっていうのは本当だね。もう二人の気分は、ロミオとジュリエットそのもの」

照れ笑いを浮かべたママが酒をひと口飲んだ。

「面白いものよねぇ。絶対結婚しちゃ駄目、二人はうまくいかないっていわれると、あたしたちだけは大丈夫って思いこんじゃうんだよね。それにあたしは辰彦の妻になるんであって、農家に嫁に行くわけじゃねえんだって啖呵切っちゃった。あたしも若かったからねぇ。実際結婚してみると、案外皆のいう通りなんだな、これが。お義母さんは何にもいわなかったんだ。ああしろ、こうしろとか、何それは駄目とかね、一切、何にもいわなかった。ただ、自分で黙ってやっちゃうだけ。たとえば、あたしが保育園の職員の忘年会に出たとするでしょ。結構酒好きなもんだから飲み過ぎちゃって、翌朝寝過ごしたりしても朝ご飯の支度なんかは全部やっちゃってくれてるわけ。だからって嫌味をいわれることもないし、本当にお義母さんは何とも思ってなかったんだと思う。だけど、あたしにはきついのよ。今くらいの年齢になれば、顔だけは申し訳なさそうにして、すみませんなんていっちゃって、腹の底でベロ出してるなんて芸もできるんだけど、あのころは駄目だった」

ママは両膝を引きよせ、抱くような恰好になった。

「農家の嫁にならない、なろうとしない自分を責めていたのは、お義母さんでも辰彦でも、ましてやほかの誰でもなく、あたし自身だった。あれから十何年も経って、今になってわかるんだけど。苦しくて当たり前だよね、自分から逃げられるわけないんだから。でも、自分で自分を追いつめていただけだってことに気づかないで、全部他人のせいにしてた。そのうちに精神も不安定になって木村のうちにいられないってなったの。精神安定剤を服むようになったりして」

ママは酒を飲み、ふっと息を吐いた。ミユキもぼくもジンギスカンと味噌ホルモンを食べつづけていた。野菜は焦げて縮んでいたが、手を伸ばす余裕がない。

ママがぽつりといった。

「離婚って、怒ったり悲しんだり憎んだりしている間はしないで済むんだよね。冷めちゃったっていうか、感情がすり切れちゃったって……」

噛みこもうとした肉の塊が咽に引っかかった。あわてて水を飲む。胸を叩いた。ママとミユキが同じ調子で、同時にいった。

「ちょっとぉ、大丈夫？」

親子だ。

何とか肉を噛みくだす。

「平気です」

「あわてなくてもいいからね。肉はまだたくさんあるし、どこへも逃げてきゃしないから」

ママがタバコをくわえて火を点ける。

感情がすり切れちゃったというママの言葉が耳に残っていた。まだはっきりといわれたわけではないが、ぼくの両親は離婚を考えているらしい。父も母も医者として働いている。二人の会話は、専門用語だけでつながっていくことが多いけれど、物心ついたころから聞いているので不自然だと思ったことはない。父と母が話していて、怒鳴り合うことはほとんどない。多少皮肉っぽいあてこすりみたいなことはいっているけど。でも、それは感情がすり切れてしまったというのとは違う……、と思いたい。

「とにかくあたしは木村のうちにいるのが限界で、一日、一時間、一分、一秒でも早く出たかった。ミユキだけは連れて出るつもりだったのよ。だけど、間の悪いことにちょうどそのころあたしが勤めていた保育園が潰れちゃって、無職になっちゃった。収入がないから親権がとれなくてね。でも、保育士の給料だけでミユキを育てながら食べていくことはできなかったと思うけどね」

「私はママに捨てられた」

平然といい、ミユキは肉を口に運んだ。

「ごめん、ごめん」

ママが両手を合わせて拝むような恰好をしたが、ミユキはそっぽを向いたままだ。はらはらしたが、それっきりママはタバコを吸って酒を飲み、ミユキは食べつづける。

「辰彦がね」また、ママが話しはじめた。「少し冷却期間おくべっていいだしたのよ。こっちはとっくに絶対零度なんだから冷却期間もへったくれもあるかって感じだったけど、一理あるとも思った。こっちの態勢を立て直してミユキを迎えに行くことも考えてたし。ところが、あたしってグズなんだな。何年かして辰彦に子供ができちゃった」

　思わず箸を止め、肉をくわえたまま、訊いた。

「ヤス？」

　ママがうなずき、にっこり頰笑む。

「で、今日に至る。めでたしめでたし」

「めでたくはない」

　ひと言いってビールを飲みほしたミユキが立ちあがった。台所に行き、冷蔵庫を開ける。

　ママが低声（こごえ）でいった。

「あの子には苦労かけてるんだ。それでも今の奥さん……、トモには幸代伯母さんだね、彼女がいい人だから助かってる。結局あたしがひたすらだらしなくて、皆に甘えちゃってるってことなのね」

　戻ってきたミユキは銀色の缶を二つ手にしていた。

「甘えちゃってるで済ませられる歳か」

　そういうなりぼくの前に缶を一つ、どんと置いた。

「飲みなよ」

「何？」

「缶チューハイ。ライム味だから、ま、ジュースみたいなもんね。もう中学生なんだし、男だろ？」

「いやぁ、うちは父も全然飲めないし……」

ぼくのひと言に、ミユキが目を剝いた。

「嘘」

「は？」

「叔父さん、飲むよ。もう四、五年くらい前になるかな、私が高校一年のときだったかうちに来たことがあるんだけど、そのときお父さんと焼酎飲んでたよ。うちのお父さんって、すぐに真っ赤になるけど、叔父さんはいくら飲んでも全然平気な顔してた。お酒、強いなって思ったよ」

そういえば、父は札幌で学会があった帰りに爺ちゃんのうちに寄ったことがあるといっていた。

ライムチューハイの缶に口をつけ、ちょっと飲んでみた。まず炭酸の泡が口のなかに広がる。柑橘系の匂いがして、甘い。咽の奥がきゅっとすぼまる刺激がアルコール分なのだろうか。刺激は鼻に抜けたが、思っていたほど大したことはなかった。

酒って、こんなもの？

ママとミユキ、同じ顔が二つ並んでぼくを見つめている。何かいわなきゃいけない雰囲気だ。

「美味しい」

二人はそろってにっこりした。

もうひと口飲んでみる。今度は最初より少し多めに。泡、柑橘系の匂い、甘み。思いは一度目と同じ。

こんなもん？

ただし、気分はよかった。コーラやほかの炭酸飲料と違って清涼ではなく、立派に法律違反をしている。ちょっと大人になった気分だ。

さらにもう一度飲むと、ミユキがいった。

「あんまり調子に乗るんじゃないよ」

ふつう親の方がいうんじゃないのか。ママは一升瓶を両手で抱え、コップに注ぐのに忙しいようだ。いつの間にかあぐらをかいている。

少し蒸し暑くなってきた。たった二週間しかない北海道の夏にも熱帯夜はあるのだろうか。でも、爺ちゃんの家に来て以来、一度もエアコンの世話になったことはない。そもそも爺ちゃんの家にエアコンがあるのか知らない。窓さえ開けていれば、ひんやりした空気が流れこんできたし、明け方なんか肌寒いほどだ。

それなのに今夜にかぎってじっとり汗をかいているのが不思議で少しおかしい。ついに一缶空けてしまった。ちょっと動悸が早くなったくらいで、ほかに変化はなかった。拍子抜けした。空になった缶を眺めていると、ミユキがいった。

「初めてなんでしょ。それくらいにしておきなよ」

「うん」

うなずいたものの、未練があった。何だか物足りない。

「でも、もうひと口飲んでみたいな」

ママが吹きだし、大笑いする。ミユキがママを横目で睨む。

唇を嘗めていった。

「何も起きないんだもの。これじゃジュースを飲んでるのと変わらないよ」

ミユキの手元にある缶に目をやった。銀色の地に明るい黄色の模様が印刷され、レモンの文字が見える。

「それ、飲んでみたいな」

「駄目だよ」

ミユキがあわてて缶を引っこめると、ママは寝転がって大笑いした。

「本当にひと口だけだから、ね、お願い」

起きあがったママが助け船を出してくれた。

「いいじゃないの、ちょっとぐらいなら。ケチケチするな」

すごい目をしてママを睨んだミユキだったが、それでも缶を差しだした。

「ありがとう」

最初から作戦は決まっていた。缶を受けとったら一気にできるだけたくさん飲んじゃうこと。味は甘い炭酸飲料と変わりないから飲めないことはないはずだ。

缶に口をつけると顔を仰向かせて飲んだ。たしかにレモンの匂いがしたし、酸っぱい。

ごくっ、ごくっと飲むたび、ミユキがあ、あと声を出す。そのまま最後まで飲みほして大きく息を吐いた。

「馬鹿、調子に乗ってんじゃないよ。ちょっとっていったじゃない」

口を開こうとしたら長いげっぷが出て、こらえきれずに笑ってしまった。

くすくす。

ミユキの眉が持ちあがる。

「ふざけるな」

「ごめんなさい。でも、ぼくはちょっととはいってないよ。ひと口飲ませてっていったんだ」

「叩くよ」

ミユキが拳をふり上げた。姉ちゃんがいたら、きっとこんな感じなんだろう。

箸を取り、わりと大きめの肉片をホットプレートに置いた。

「これ、やってみたかったんだ」

初めて〈有楽町〉のジンギスカンを食べようとしたとき、ヤスがぼそりといった。半生くらいがうまいのに、と。伯父さんは生意気いってとヤスの頭をこづいた。二人とも所々赤みの残る肉をうまそうに食っていたが、ぼくはどうしても羊の生肉を口に入れる勇気がわかず、両面ともよく焼いて、すっかり火が通ってから食べていた。

だけど、今ならできそうな気がした。もう一歩大人に……、いや、男に近づくのだ。

肉の両面をさっとあぶった程度で引きあげ、小皿のタレに浸す。実は箸を持つ手から力が抜けそうになっていて、ママかミユキがたしなめてくれるのを待っていた。でも、二人とも何もいわない。仕方なく口に入れ、嚙んだ。

焼けた表面を嚙みやぶると、中はひやっとしていた。今度はあごが萎えそうになるのをこらえ、嚙みつづけた。たしかに甘みは増すような気がするが、大騒ぎするほどじゃないと思った。それなりに美味しかったけど。

ちょうどそのとき、窓の外で立てつづけに爆発音が起こり、空にいくつもの光の球が現れた。あわせて川原から何発もの花火が打ちあげられる。火花の尾を曳き、交錯する姿はまるで彗星だ。

空いっぱいに光の粒が広がり、きらめき、走った。

「おおっ」

「うわぁっ」

「すげえ」

三人とも声を漏らす。

花火大会のフィナーレは特別派手で、見応えがあった。すべての光が消え、白っぽい煙だけが残った空を、しばらくの間見上げていた。

「終わっちゃった」

ママの声が合図だったかのように向こう岸のざわめきと、草むらで鳴く虫の声が聞こえてきた。まだ七月なのに、と胸の内でつぶやく。まるで夏が終わっちゃったといったみたいだ。

グラスを取り、水を飲んだ。

「何だか物足りないな」

「駄目だよ。トモはもう二本も飲んだんだからね」

「あと少しだけ」

「もうその手は食いません」

「今度は本当にあとちょっとだけでやめるから」

「馬鹿いってんじゃないの」

ぴしゃりといわれ、うなだれてしまった。少々大げさなポーズだけど、気持ちがいい。

「ぼく、飲んべえなのかな。これってやっぱり爺ちゃんの血？」

「え？　トモ、知らないの？　爺ちゃんと私たちって血はつながってないんだよ」

何度もまばたきして、ミユキの顔を見直した。

「何いってるの。ぼくたちの爺ちゃんでしょ……」

首を振った。頭にはもやが広がって、自分が何をいいたいのかよくわからなかった。

「だって爺ちゃんはいってたんだよ。あの土地に引っ越してきたのは爺ちゃんがまだ子供のころだって。あそこは水がいいからって爺ちゃんの父さんが移ってくることにしたんだって」

天井を見上げたママが独り言のようにいう。

「その話、辰彦から聞いたことがある。たしか死んだお義父さんの話だよ」

「それじゃ、爺ちゃんはぼくに嘘をついたっていうの？」

「嘘っていうか」ママが唸って首をかしげた。「トモに木村家の正しい歴史を教えたかったんじゃないかな」

「だって……」

あとがつづかない。ふいに脳裏に大型冷蔵庫くらい大きな仏壇の上に並んでいた額入りの写真を思いだした。右端の二枚がカラーで、一枚には髭のない男の人が紋付きを着て写っていて、左端の女性が祖母だと教えられた。

ミユキがのぞきこんでくる。

「どうしたの？」

「写真、仏壇の上に並んでた。祖母ちゃんといわれた写真の横に男の人の写真があった」

「あれが本当の木村の祖父ちゃん。爺ちゃんも木村っていってるけど、本当の名字は違うはずだよ」

ミユキの声がどこまでも優しかったので、嘘だといおうとしたが、声がうまく出ない。代わりに涙があふれそうになる。

何の涙だ？

変に腹が立ってきた。何に腹を立てているのか、よくわからない。そのうち床がぐらぐら波打ってきた。

地震かよと思ったら、また腹が立って、涙がこぼれそうになった。

翌朝――。

「爺ちゃんがどこで生まれたとか、親がどんな人だったとか、実は私もよく知らないのよ」

酒を飲んでいないとママの一人称はあたしじゃなく、私になった。ミユキの黒い軽自動車のリアシートでぼくはママと並んで座っていた。赤信号で止まったとたん、運転席のミユキが大欠伸をする。ママが眉を寄せた。

「あんた、大丈夫？　運転代わろうか」

「大丈夫だよ」

信号が青になって、車が動きだす。ミユキは片手でハンドルを握り、もう一方の手で目をこすった。

「それに私よりママの方が飲んでるしょ。一升酒飲んだ人に運転代わろうかなんていわれたくない」

ママは昨日抱えていた一瓶を空けてしまったってこと？　にやにやしているママの横顔を見つめてしまった。

「いつものことじゃない。朝起きたときにはさっぱりしたもんよ」

それでもママの顔は心なしか腫れぼったい気がした。ミユキにしても同じだけど。

昨日の夜、初めて酒を飲んだ。ライムとレモン、缶チューハイを二本。酒を飲んだらすぐ酔っぱらうのかと思ったが、そうでもなかった。やたら蒸し暑かったのと、床がぐらぐらしたくらい。ちょうど花火大会のフィナーレで夜空いっぱいに光が散らばり、目がちかちかした。床がぐらぐらしたのは、花火のせいじゃないかと思う。そのあとのことは憶えていない。

肩を揺すられ、目を開いたときにはすっかり朝になっていた。ぼくの顔をのぞきこむミユキに草ばん馬に行くんでしょといわれ、はね起きた。

午前七時になっていた。

草ばん馬の大会が何時から始まるのか知らなかったが、ヤスはいつも通り夜明けには起きて、タイコの世話をしただろう。レース当日なのだからいつもより早かったかも知れない。すぐ爺ちゃんの携帯に電話を入れたが、つながらなかった。

ヤスは怒っているだろう。

じたばた歩きまわるぼくに、ミユキはすぐに出かけるから顔を洗いなさいといった。だけど車に乗ったときには七時半を過ぎていた。何がすぐか。

「あ、忘れてた」

そういうとママは前に身を乗りだし、助手席に置いてあったバスケットを取った。

「何年ぶりかでお弁当作ったんだ」

ママがバスケットから取りだしたのは、アルミホイルにくるんだおにぎり……、だと思う。ソフトボールくらい大きい。

「はい、どうぞ」

差しだされたおにぎりを受けとった。ずっしり重い。

「中味は鮭だけど、嫌いじゃないよね？」

「はい」

ふだんの朝食といえば、牛乳をかけたシリアルにフルーツだが、爺ちゃんの家に来てから朝からたっぷり食べるようになった。何しろ夜明けごろに起こされ、タイコの運動やほかの馬たちのカイツケなどをしてから朝食になるのでお腹がぺこぺこになっている。今朝はいつもより遅く起き、馬の世話をしていないというのに腹だけは減っていた。

それにしてもこんなに大きなおにぎり、食べきれるのか。

アルミホイルを剝いて、かぶりつく。湿気を吸った海苔はしっとりを通り越し、べちゃっと溶けかかっているけど、かえって香りが強くて美味しい。大きくひと口かじったので、明るいピンクの鮭が顔を出した。塩辛くはなく、脂がたっぷり。

「うめえ」

「でしょう」

ママはにこにこしながらお茶のペットボトルのキャップを開け、手渡してくれた。

「ありがとう」

冷たいボトルを受けとり、口の中のおにぎりを流しこむ。すぐ二口目を頰張る。やっぱりうまい。

「男の子はご飯をガシガシ食べないとね」

ガシガシなんて初めて聞いたが、力強い感じが悪くなかった。おにぎりを半分ほど食べたところで訊いた。

「それで、爺ちゃんの話は？」

「そうだったね。さっきもいったけど、私もよく知ってるわけじゃないんだ。お義母さんから聞いただけなのよ。爺ちゃんって、自分のことを何も話さないし、私が辰彦と結婚したときには今みたいにうちにいるわけでしょ。だからトモと同じよね。ごく当たり前に農家をやってきた爺ちゃんとしか思えなかった」

「爺ちゃんって、いつごろからうちにいたの？」

「辰彦のお父さんが生きているころからちょくちょく顔は出してたみたい」座りなおしたママがぼくをまっすぐに見た。「爺ちゃんってね、トモの祖母ちゃんにとっては初恋の人だったのよ」

おにぎりが咽に詰まりかけ、あわててお茶を飲んだ。

「祖母ちゃんって、ヤマの生まれなんだ。ヤマって炭坑のことね。今はなくなっちゃったけど、昔の北海道にはたくさん炭坑があった。石炭を掘る炭坑、わかるでしょ。この辺りにもあった……、っていうか、十勝平野をぐるっと囲んでいる山にはどこも炭坑があったたんだって。大正とか、昭和の初めくらいは平野部より山のなかのほうがにぎやかだったたっていわれてる。爺ちゃんは炭坑から炭坑へ渡り歩いていた人なんだって」

「爺ちゃんも昔は石炭を掘ってたんだ」

「炭坑夫ではあるけど、どちらかというとまとめ役っていうか、親方みたいな役割だったらしいよ。ほら、爺ちゃんって躰が大きいでしょ。それに何といっても喧嘩が強かったんだって」

昨日の朝、タイコの調教をしているとき、爺ちゃんはヤスを殴った。拳の動きが速くて、一瞬でヤスは橇から投げだされていた。息を嚥む暇さえなかった。

それと喧嘩が強いのひと言で、爺ちゃんと父に血のつながりのないことも納得できた。父は喧嘩ができそうなタイプではなく、ぼくにも同じことがあてはまる。争いごとの匂いを嗅ぎつけると、いち早く身を躱してしまうのだ。ときどき自分を卑怯だと思うことがある。

「そんな爺ちゃんに憧れてたのは祖母ちゃんだけじゃなかったらしいよ。今でいうアイドルみたいなもんね。焼酎飲んで、大暴れして、喧嘩ばっかり……、とんでもないアイドルだけどさ。女ばかりじゃなく、男にももてたって。兄貴兄貴って呼ばれて。ねえ、そのときの爺ちゃんっていくつくらいだと思う？　十五だよ。今のトモとほとんど変わらない」

歳は一つしか違わなくても缶チューハイ二本で寝てしまうぼくとは較べものにならない。

「喧嘩の強い人のところには、喧嘩の方から近づいてくるんだって。祖母ちゃんにいわせれば、爺ちゃんは騒動を見ると自分から鼻を突っこんでいったらしいけどね。でも、決して弱い者いじめはしなかったって。炭坑を経営している会社の人にもいろいろあって、意地の悪いのや、空いばりばっかりしてるのや、そんなのがね。爺ちゃんは自分が殴られたり意地悪されたりしてもへらへら笑ってる。だけど、仲間のうちでも気の弱い人とか、要領が悪い人、はっきりいってとろくさいのとかね。そういう子って、学校でもいじめられやすいんじゃないかな」

「うん。そうだね」

教室でイジメに遭ってたのは、たいてい勉強か運動ができないか、両方とも駄目な奴だったような気がする。小学校でも中学校に入ってからでも。

イジメのきっかけは、何か失敗をしたり、弱みを見せちゃったりしたことだ。たとえば、バスで見学旅行に行ったとき、車酔いをして吐いたりすると、ゲロとあだ名をつけられ、その日から皆が大げさに逃げまわったり、無視したりするようになる。ゲロ本人が成績がよかったり、スポーツで優秀だったりすると、すぐにあだ名は立ち消えになるけど、クラスメートを見返す機会のない奴はいつまでもゲロと呼ばれ、定着してしまう。

「そういうイジメを見ると、爺ちゃんは黙ってられない。相手が会社の偉いさんでもお構いなし……、逆に偉い人であるほど燃えたみたいよ。そんな奴をぶん殴るチャンスは滅多にないって。まあ、祖母ちゃんの話だけどね。とにかくそんな調子だから一つのところに長くはいられないのよ」

「爺ちゃんはいじめられても平気なんでしょ？　それなのに長くいられないの？」

「組織って、やり方が陰湿なのよ。爺ちゃんの仲間の給料を減らしたり、つらい仕事をずっとやらせたりしていられなくさせちゃうんだ」

「きたねぇ」

「そう。汚ない。だから祖母ちゃんのいたヤマにも一年くらいしかいなかったって」

ママの話はつづいた。

爺ちゃんは炭坑の仕事だけでなく、山から材木を切りだしたり、運んだりする仕事をしていて、そのときに馬を使うようになった。やがて馬がトラックに変わり、爺ちゃんは運送の仕事をするようになった。同じころ、エネルギーの中心が石炭から石油へと変わって北海道の炭坑は潰れていった。

「爺ちゃんは自分のトラックを持ってたんだって。木材とか肥料とか農作物なんかを運ぶ仕事をしていた。それで木村の家にも来るようになった。祖母ちゃんはすぐにわかったって。そのころは二人とも四十を過ぎてたし、二十何年ぶりに会ったんだけど。初恋って、すごいよねぇ」

「そうだね」

うなずいてはみせたものの、何となくすっきりしなかった。

「でも、どうして爺ちゃんが祖父ちゃんになったっていうか……」

うまくいえなかった。ママはわかってるよというようにうなずいた。

「事件は辰彦が中学二年、トモのお父さんが小学生のときに起こった。木村のお義父さんが交通事故に遭っちゃったの。相手の不注意が原因なんだけど、交差点内の事故だったから責任のいくらかは木村の方にも来ちゃったわけ。祖母ちゃんが病院に駆けつけたとき、お義父さんは真っ先に爺ちゃんを呼べといったんだって。今みたいに携帯のない時代でしょ。祖母ちゃんはいろんなところに電話かけまくって、ようやく爺ちゃんが病院に来たのは真夜中だった。木村のお義父さんと爺ちゃんは二人きりで話をした。どんな話だったか祖母ちゃんは知らないっていってた。でも、そのときに男と男の約束をして、翌朝、木村のお義父さんは亡くなった」

男と男の約束って何だろう。自分の父親が死んで、赤の他人がうちに入ってきたとき、小学生だった父は何を感じただろう。

北海道に来る前の日、父と話したことをぼんやりと思い返した。

「あれぇ、まだ寝ないのか」

洗面所からダイニングに来た父が声をかけてきた。午前二時になろうとしている。父はダイニングテーブルの向かい側に座った。唇の端から白くハミガキが垂れていて、息はハッカの匂いがした。

「もう寝るけど」ぼくは自分の唇の端に指をあてた。「付いてる」

父は無造作にパジャマの袖で拭った。

「勉強が大変な時期だというのはわかってる。だけど、そんなに焦ることもないんじゃないか。まだ中学生なんだ。夏休みくらい少しのんびりした方がいいよ」

中学二年生の夏休み、ぼくは塾の夏期講習をキャンセルして急遽爺ちゃんの家へ行くことになった。父も母も手を離せない用があるからというのが理由だが、食事は外食かコンビニエンスストアの弁当で済むし、一週間や十日一人暮らしをしても問題はない。どうせ朝から夜まで塾に行ってるし、帰宅してからも寝る寸前まで復習、予習に追われる。ふだんだって父、母とそれほどいっしょにいるわけではない……、と思っていた。

「お父さんはどうして医者になろうと思ったの？」

父は目をぱちくりさせた。目が充血していること、顔が青白く、張りがないことに改めて気がついた。疲れているみたい。

口を開きかけたままの父はびっくりしていた。無理もない。ぼくだってどうして突然そんなことを訊いたのかわからないし、驚いてもいた。

「どうしてって……」

「やっぱり勉強は大変だった？」

「それなり、だな。高校のときから寮に入って、まわりが皆勉強してたから、ガリ勉が当たり前って雰囲気はあった。だからめちゃくちゃ大変とは感じなかったな」

「医者を目指してたんでしょ」

父は腕を組み、低くうなった。

「こういうと若干不遜に聞こえるかも知れないけど、自然の流れって感じが一番近い。同級生には医者の息子がいて、どうしても医学部に行かなくちゃって奴もいたけど、父さんはそうでもなかった。正直にいえば、自分の将来とかあまり真剣に考えてなかったんだ。父さんは理数系コースにいたんだけど、そのなかで上から何番目まではどこの大学の何学部というような目安があった。それに従って医学部を受験するようになった。ガラガラ、ポンッ、って感じ」

「何、それ？」

「歳末大売り出しで福引きってやるだろ。八角形か十角形か知らないけど、木の箱みたいのをまわして、虹色の玉が出たら大当たりぃ、インスタントラーメン一年分とかいう奴」

父はインスタントラーメン、カップ麺のたぐいが好きだ。

「それと医学部受験とどんな関係があるの？」

「自分の成績って玉が出たら、そこに医学部って書いてあった」

「その程度？」

「父さんの実家は北海道の田舎で農家をやってるだろ。それなのに医者になるなんて大それたことっていうか、似合わないって思いがどこかにあった。不釣り合いっていうかさ」

「職業選択の自由って認められてるでしょ。別に農家に生まれたからって医者になっちゃいけないってことない」

またうなった父は腕をほどき、テーブルに肘をついて身を乗りだすようにした。

「ちょっと面倒くさい言い方をするけど、我慢して聞いてくれ。父さんは、こう思うんだ。職業選択の自由って、国が法律で認めてるってことだろ。それはおかしいと思う。自由な職業選択があるだけなんだよ。誰かに認めてもらって職業を選ぶわけじゃなく、自分で選ぶってこと。だから、たとえば法律に違反するようなことでも自らの仕事として選ぶ人はいると思う。もちろん法律に違反していなくても、自由にはリスクがあって、そのリスクは自分で負わなくちゃならない。だけど自己責任なんて、ことさら口にする必要はないんだ。だって失敗しても誰のせいにもできないし、よしんば、親とか友達とか周囲の人のせいにしたとしても誰も自分の生活を肩代わりしてくれるわけじゃないもんね。たとえば、友親が医学部の受験に何度も失敗して三十になっても四十になっても医者になれなかったとして、だよ」

「いやなこというね」

「たとえば、の話。そのとき、父さんやお母さんが医者になれっていったせいだって百万回いおうと一億回いおうと時間は後戻りしない。わかるかな」

「少しだけ」

正直、父が何をいいたいのかまるで理解できなかったが、父がぼくに一生懸命話をしようとするのは珍しかったし、わからないといってしまうのが申し訳ないような気もした。

「父さんだって、高校の時とか、まして今のお前くらいのころから、そんなふうに考えていたわけじゃない。ひょっとしたら自由とか、責任ってそんなことじゃないかと思うようになったのは、ようやく四十歳を過ぎた辺りからだけど」

職業選択の自由ではなく、自由な職業選択……、ただの言い換え、言葉のひっくり返し、屁理屈のようにも思える。

「さっき自然な流れで医者になったみたいなことといったけど、医学部受験だけじゃなく、いろいろなことをあまり考えずにやってきたような気がする。行き当たりばったりというか、自分の意志がどこにあるのかなんて考えなかった」

「人生とか将来設計とかなかったの？」

「人生なんて言葉は、自分が生きてきた後からついてくるんだと考えてたからな。先のことなんて見えないし、何の保証もない。結局、生きてみなきゃわからんじゃないか。小説やドラマじゃないんだから結末まではっきり見通せるわけじゃないだろ」

躰を起こした父は、椅子の背にもたれかかった。

「それでも一度だけ自分の意志を持ったというか、主張したのは中学三年のときかな」

「函館の私立校に行きたいっていったときだね」

父はうなずいた。

「実はお袋……、トモの祖母ちゃんは猛反対でね。分不相応だっていうんだ。私立だから金もかかるし。それに兄貴は地元の農業高校に行ってたから、不公平って気持ちもあったんじゃないかな。それに私立校に行ったからって将来何の役に立つかもわかったもんじゃないだろ。さっきもいったけど、そのときには医者になりたいなんて気持ちはまるでなかった。なれるとも思ってなかった」

父は首をかしげた。

「まあ、あのシチュエーションで医者になりたいなんていったら夢見るのは寝てからにしろっていわれただろうね。これ、祖母ちゃんの得意セリフだったんだ」

苦笑いした父がはっと真顔になった。

「思いだした」

「何を？」

「函館に行けっていったのは爺ちゃんなんだけど……。さっきいっただろ、人生なんて実際に生きた後からついてくるもんだって。あれ、爺ちゃんにいわれたんだ。どっちに転ぶかなんて、まずは歩いてみにゃわからんって……」

テーブルに視線を落とした父がふっと笑った。

あのとき父が見せた一瞬の笑顔には、どんな思いがこもっていたのだろう。父親が交通事故で死に、直後に爺ちゃんが乗りこんできた。小学生だった父にしてみれば、乗りこんできたとしか思いようはなかった。祖母ちゃんが函館の私立校への進学に猛反対したのは爺ちゃんへの遠慮があったのかも知れない。私立へ行きたい、というのが父にとって唯一の意思表示だった。ひょっとしたら爺ちゃんから逃げだしたかったのが本音かも知れない。

鵜里宇に到着してみて、車がいっぱい停まっているのにびっくりした。特設駐車場と看板が掲げられたところは、すでにいっぱい。黄色のベストを着た誘導員の指示に従ってミユキは道路の端に車を寄せ、駐車した。爺ちゃんやヤスと下見に来たときには、レースをする空き地のすぐわきまで入れたというのに。

ドアを開けて、ママとミユキに告げた。

「ヤスのことが心配だから先に行くね」

車から降りて駆けだした。両脇にびっしり車が並んだ道路を走り、神社の裏手まで来た。U字型のコースとなる空き地を、車と人が囲んでいる。また、走りだそうとしたとき、声をかけられた。

「おう、トモやないけ」

ふり返ると、今日は滝登りをしている鯉をプリントしたアロハシャツ姿のタケ社長が立っていた。両端の持ちあがったサングラスをかけ、髪の毛を天に向かって突っ立てている。

「おはようございます。ヤスを見ませんでしたか」

「さっきおったで。何や朝っぱらからはぐれたんか」

「まあ、いろいろありまして」

「よっしゃ、案内したるわ」

歩きだしたタケ社長に従った。空き地の入口をすぐ左に曲がると、テントが並んでいる。出店だ。そのうちのひとつにタケ社長の会社、ドリームボックスの看板がかけられ、農機具が並んでいた。

「店、誰もいないけど大丈夫ですか」

「かめへん。誰も持ってきゃしねえよ」

ドリームボックスの隣りは、〈ライフ・ドラッグストア〉が店を出していて、雑貨を並べた真ん中に和代さんが座っている。

「おはようございます」

「おはよう。今日も暑くなりそうね」

白いブラウスを着て、丸メガネをかけた和代さんは涼しげだ。やっぱり魔女なのかも知れない。

焼き鳥、フランクフルト、おでん、揚げイモは準備中で、水を張った水槽には大きな氷が浮かび、ビールや清涼飲料の缶がたくさん沈んでいる。綿アメスタンドから甘い匂いが漂い、醬油の焦げた煙が流れていった。首にタオルを巻いたお爺さんが真っ赤な顔をして歩いている。手には缶ビールがあった。

タケ社長がぼくをふり返る。

「お祭りやからな。ほいでもあの父さんなら毎朝酒食ろうとるで」

大会本部の立て看板がある大きなテントの前を通りすぎると、トレーラーが何台も停まっている場所に出た。それぞれのトレーラーの脇には何頭かずつ馬がつながれている。ばんえい用の大型馬ばかりでなく、スマートなのや小さいのもいた。

「仔馬のレースもあるんですか」

「あれはポニーや。空やけど橇曳いて立派にレースしよるがな」

タケ社長が足を止め、一台のトレーラーを指さした。ほかのトレーラーより一回り大きい。しかし、それより目を引いたのはつながれている白っぽい馬だ。灰色の斑点が散った躰は筋肉が充満している。

「あれがビッグジョーや。ジョーの向こうにおる太ったんがヤマキン」

何人かの人に囲まれ、大笑いしている男がいた。オールバックにした真っ黒な髪は整髪料でてかてか、口いっぱいの金歯が輝いていた。ヤマキンの前には、伝説のジョッキー西川調教師が立っている。

「まあ、ヤスにとっては憎き敵やろうけど、心底ばん馬を愛してるおっさんやで」

　さらに歩くと夏見牧場の楓子が黒い馬ダイチの頬を撫でている。

「おはようさん。どや、ダイチの案配は？」

「ばっちりよ」

　楓子の白い歯とダイチの黒い馬体がくっきりしたコントラストになる。

「おはようございます」

「おはよう」

　自信にあふれた笑顔は眩しい。タケ社長が先を指さした。

「ほら、あそこにヤスがおる」

　見つけた。ヤスはトレーラーにもたれかかって立っていた。すぐそばにつながれたタイコは口をもぐもぐ動かしている。

　駆けよった。

「ごめん。遅くなっちゃった」

　目だけ動かして、ヤスがぼくを見る。表情がなかった。

「ああ、トモか」

　またすぐに目を伏せる。ヤスにしてはまるで元気がなかった。

「今朝早く矢崎先生から爺ちゃんに電話があってな、先生ンとこの馬がケガしたんだってよ。それで急に帰らなくちゃならんくなった」

「何かあったの」

「いや」

「怒ってる？」

今回のレースには、ビッグジョーやダイチといった強敵が出場するので、タイコの勝ち目は薄い。そのため、元調教師で、さらにその前はばんえい競馬でジョッキーをしていた矢崎先生に乗ってもらうことにしていたのだ。去年まではヤスが騎乗していたのだが、年寄りのタイコに素人のヤスが乗ったのではさらに勝ち目がなくなるからだ。

「どうするの？」

「どうするって……」

いきなり大きな手が現れ、唇をとがらせたヤスの頭を乱暴に撫でた。顔を上げた。爺ちゃん。

「お前が乗ればええ。どっちに転ぶかなんて、まずは歩いてみにゃわからん」

父にいったのと、同じだ。

家族の風景（その9）

スターティングゲート代わりという割には、二本のポールの間に張りわたされた鉄の鎖は緊張感もなく、だらりとしていた。

鎖は、さらにコース外側のポールを越えて、地面まで延び、金具で固定されている。わきにスタート係の男の人がしゃがみこんでいる。首に巻いたタオルが草ばん馬って感じだ。

「よーい」

コース内側に立つスターターが一声かけたあと、挙げていた右手をさっと下ろした。金具が外され、鎖が地面に落ちる。

鎖はコースの外側から内側に向かって波打つように落ちてくるので厳密に同時とはいえない。でも、そもそもコース自体がU字型で、内と外でははっきり距離が違うのだから厳密さもほどほどでいいのかも知れない。それにルール上は、スタートしてから二十メートルほど先にある第一の障害（ヤマ）を越えるまではまっすぐ走ることになっているけれど、コースが白線で区切られているわけでもなかった。

スタートにしても直線走行にしてもジョッキーの技量と良心まかせのようで、何もかもだいたいとか、目見当なんかで許されるところも草ばん馬なのだろう。それでも各馬は地響きを立てて一斉に……、いや、ゼッケン三番の馬だけがびっくりしたのか、後ずさりしかけている。だが、鉄製の橇を曳いていて、その上には黒いTシャツを着たジョッキーが乗っているのだから下がるに下がれなかった。ジョッキーが手にした長さ二メートルほどの釣り竿みたいな鞭を振って尻を打つと、ようやく三番もスタートした。

　栗毛で、ばんえい用の馬にしてはほっそりしている。産まれてから一年ちょっと、まだ仔馬なのだ。

「やっぱり血筋かなぁ」

となりにのそっと立っているダブちゃんがつぶやいた。ぼくはダブちゃんを見上げた。

「血筋って？」

「出遅れた馬の母馬はね、重賞も獲ってるんだけど、大人しくて怖がりだったんだ。その代わり真面目だったから、どんなレースも手を抜かなかった」

「三番も牝馬なの？」

　ヒンバなんて専門用語を使うと、尻がむずむずする。

「いや、あいつは牡馬。だからもうちょっとオレがオレがって感じで、前に出てもいいんだけどね」

　そういってダブちゃんは手にした出走表に何か書きこんだ。

「草ばん馬にもちゃんと出走表があるんだね」

「今はまだ当歳（とうざい）だけど、二歳になれば能力検定（のうけん）を受けて、再来年は本場（ホンジョウ）のレースに出るからね。データを集めておくのは大切なんだよ」ダブちゃんはぼくに目を向けて、付けくわえた。「それまでばん馬があれば、の話だけど」

　笑顔だったけど、泣きそうにも見えた。

　公共投資が半分以下になって地元の土木建設業は相変わらず業績が悪い。ばんえい競馬にとって土建業者は農家と並ぶ大きなファン層だ。そのため馬券の売上げが伸びず、前の年を下回っている。

　またぞろ赤字だの、存廃だのと問題になりそうな雲行きだと、ばん馬にかかわる人たちは心配している。

「さあ、行こう」

　ダブちゃんはコースの内側を歩きだした。

　鵜里宇草ばん馬大会第一レースは一歳馬の予選第一組、七頭が出走している。最初に飛びだした六頭はもう第一障害を越えようとしていたが、三番はまだスタートと障害の中間辺りを歩いている。

先頭を行く五番は障害を下りかけていた。

「羽生さんとこの馬か」

ダブちゃんが歩きながらいった。

「何？」

「五番、先頭の馬。羽生さんって生産者なんだけど、馬を大きくするんだ」

いわれてみれば、ほかの馬に較べてひとまわり大きく見える。

「馬作りの名人ってこと？」

「全然。どの馬も食わせて食わせてデブにしちゃうだけ」ダブちゃんは自分を指さしてにっと笑った。「デブは使い道がないでしょう」

現在無職、失業保険で生活している。

第一障害を越えたあと、コース取りは自由になる。五番は障害を下りながら少し右、コースの内側に寄った。でも、最内までは行かない。距離が短くなるからといって有利とはかぎらないと教えてくれたのはヤスだ。

コースの下見に来たとき、ぼくはヤスといっしょにスタートからゴールまで歩いた。コーナーを曲がりながらヤスがいった。

『おれだって小学校一年のときからずっと出てるんだ。だからスタートしてからゴールするまで、どこが歩かせやすいか、どこだと橇が引っかかるか、わかるのさ』

さらに砂にしてもまんべんなく敷き詰めるだけの予算もないとヤスは付けくわえた。

砂の上より固い地面の方が馬も踏ん張りが利いて歩きやすい。橇も滑る。今、レースが行われているコースはところどころ土が剝き出しで雑草が生えている。全体を見れば、砂を敷いている部分の方がはるかに少ない。

それでも距離が短いというのは有利なのか、最内を歩いていた一番の馬がするすると前へ出てきたが、U字型の頂点にかかったのは三番の方が早かった。前をふさがれた恰好になって、一番の馬のジョッキーが手綱を引いた。

「あれって妨害にならないの？」

「三番の方が先だったからね。早い者勝ちさ。今の場合、一番が無理に突っこめば、そっちの方が妨害をとられちゃうよ。それに誰も自分のところの馬に怪我させたくないしね」

ふーんとうなずきながらもぼくは後ろをふり返った。

U字型コースなのでスタート地点とゴール地点は並んでいる。ヤスがいうには、そうしないと重い橇を運ばなくちゃならなくなるからだ。ゴールに入った馬が橇を外し、そこへ次のレースに出る馬がやってきて橇をつなげば、鼻の先がスタートラインになる。

ゴールの向こう側に広がる原っぱには、馬運車(ばうんしゃ)と呼ばれるトレーラーが何台も停められていて、そのうちの一台に爺ちゃんの馬、タイコがいる。第一レースが始まったというのに、ヤスはタイコのそばから離れようとしなかった。

タイコは最終レースに出走するのだが、今年は強力なライバル、ヤマキンのビッグジョーや楓子さんのダイチが出るのでタイコが優勝するのは難しかった。でも、ヤスはどうしてもタイコを勝たせたいと思っている。

草ばん馬だから一着になったところで賞金が出るわけもないのだが、ヤスは勝ちにこだわった。ビッグジョーは現役を引退したばかり、ダイチは現役馬だが休養中、どちらもタイコより若い。

馬を替えられないなら乗る人間を替えればいいといって、元調教師の矢崎に乗ってもらうことにしたのだが、今朝になって急に来られなくなったと連絡があり、ヤスが乗ることになった。決めたのは、爺ちゃんだ。それからヤスは難しい顔をしてタイコのそばを離れなくなった。

レースを見てれとヤスがいった。一人になりたいのだろう。それでスタート地点まで来たとき、ダブちゃんを見つけた。百キロ超のダブちゃんはよく目立った。

どうしてもタイコを勝たせたいというとき、ヤスの顔はちょっと怖い。どうしてそこまで勝つことにこだわるのか、ぼくには今ひとつわからなかった。

U字型のコーナーを越えて、三十メートルほど進むと第二障害になる。外から見ているとカマボコみたいに盛りあがっているだけで、それほど高くも見えない。だけど、自分で登ってみて驚いた。結構きつくて、躰を前へ傾けなくてはならなかったし、そうすると膝が胸を打ちそうになった。登りきろうとしたときには、自然と声が出た。

馬は鉄製の橇を曳いている。

五番の馬はコーナーを越してからは内側に位置を取って歩き、逆に一番は五番のやや外側に出ていた。一番に次いでコーナーを抜けてきたのは、七番で、コースの真ん中を進んでくる。

ぼくはダブちゃんを見た。

「息入れないでヤマにかかったけど、本当のばん馬より橇は軽いの？」

「本場のレースは橇が四百六十キロ、ここは百八十キロだよ。第一レースだと、牡馬の追加重量（ハンデ）が四十キロ、牝馬が二十キロになる」ダブちゃんはぼくの目をまっすぐに見た。「おれは、こっちが本物のばん馬だと思う。お役所の人たちは金儲けのためにばん馬を膨らませた。あっちは事業、こっちがばん馬だよ」

「そうだね。ぼくが間違ってた」

「わかってくれて、ありがとう」

お礼をいわれるのも変だけど、何となくダブちゃんの気持ちはわかった。そういえば、帯広競馬場の厩舎村でダブちゃんはいっていた。役所は金儲けのために公営ギャンブルをやって、馬券売上げの四分の一も抜いているというのに赤字になっちゃうのは、余っ程頭の悪い連中がそろっているんだ、と。

好調に先頭を歩いてきた五番だったが、第二障害の半分くらいのところで止まってしまった。ジョッキーは釣り竿みたいな鞭で馬の尻を叩く。だけど、馬は前を向いたきり、ぴくりとも動かない。

きょろきょろしていたダブちゃんがスタート地点に目をやって嬉しそうにいった。

「来た来た」

目をやると、チェック柄のシャツを着た太った男の人が駆けよってくる。ピンク色のタオルを鉢巻きのように締めている。

「誰？」

「あれが羽生の爺さん」

五番の馬の生産者だ。羽生の爺さんが第二障害のそばに来るより先に、一番の馬が五番を追い越して第二障害を登っていき、七番もつづいた。でも、五番は動けない。

「何やってんだよ、コラ」

ようやくコース脇まで来た羽生の爺さんが大声を張りあげる。馬とジョッキー、両方を叱りつけているみたいだ。

ジョッキーは馬が気になる振りをして羽生の爺さんを見ないようにしていたし、馬は平然と前を向いている。

「ただのデブって、ダメだね」

ダブちゃんはにやにや、嬉しそうだ。

一番、七番が第二障害を越え、下りていく。ほかの馬も第二障害にかかり、登りはじめた。

「ほれ、チョイ、チョイ、チョイ」

羽生の爺さんが必死に声をかけるが、馬は無視。ほかの馬がどんどん第二障害を越えていき、大きく遅れていた三番の馬がじりじり近づいていた。

「えーっ」

ぼくは思わず声をあげてしまった。

羽生の爺さんがジョッキーから竿状の鞭を取りあげると、コースの内側から馬の尻を叩きはじめたからだ。観客席がどっと沸く。

「あれって、ルール違反でしょ」

「これが草ばん馬なんだよ」

ダブちゃんは口元に手をあて、羽生の爺さんに向かってガンバレと声をかけた。からかっているようにしか聞こえない。

レースを終えた馬は、ゴールの先にあるちょっとした空き地で橇とゼッケンを外され、馬運車の方へ連れられていった。そこへ次の次にレースに出る馬が連れられてきて、外されたばかりの橇につながれた。

次のレースの馬はすでにスタートラインに並んでいて、準備が整うと鎖が落とされた。

スタート兼ゴール地点の空き地には四、五十人ほどの男の人がいて、馬の支度をしたり、橇に載せる重石を積み替えたりしている。重石は、タイコが朝の調教で使っているのと同じコンクリートの塊で、四、五人がかりで持ちあげていた。声が飛び交い、にぎやかで活気がある。

第一レースは一歳馬予選一組、第二レースは同じく予選二組で、第三、第四レースは二歳馬の予選になっていた。

「今日は全部で何レースあるの？」

ダブちゃんに訊くと、ズボンの尻ポケットから折りたたんだピンク色の紙を取りだして渡してくれた。広げてみる。表に大会プログラムと印刷されていた。

一、二歳馬の予選が終わるとポニーのレースが二つあって、その後は、三歳馬のレースだが、予選なしでいきなり決勝になっている。全部で三十一レースあった。

「ずいぶんたくさんあるんだね」

「それでもずいぶん少なくなったんだよ。十年くらい前でさえ、すごく朝早くから日が暮れるぎりぎりまで、五十レースくらいやってた」

「そんなに？」

「出走頭数が多かったから予選だけでも結構な数になった。もっと前は二日がかりだったって聞いたよ。一日目が予選で、勝ち残った馬だけが二日目の決勝に出られた」

ダブちゃんの表情が曇り、ため息が漏れた。

「今は生産者が少なくなっちゃったからなぁ。能力検定だって、十年以上前なら二千頭ぐらい集まったんだ。そのうち合格するのは二百頭くらい。四、五年くらい前でも六百頭はいたかな。それが今じゃ二百頭ちょっとしか出ないからほとんど合格」

「すごい合格率だね」

「ちっともすごくないよ」ダブちゃんは首を振った。「まともにレースができそうもない馬でも何とか通して合格にしなきゃならないんだ。橇を曳いて、まっすぐ歩ければ、はい、合格みたいに。前は二百メートルのコースを歩ききるのに五分以内とか規定があった。今もあるはずなんだけど、目をつぶってるんじゃないかな。厳しくやったら何頭残れるかわからないもの」

「どうしても二百頭必要なの？」

「レース馬には定年があるからね。牡馬で十歳、牝馬で八歳。馬主と調教師が希望すれば、一年延長できるけど。だから毎年引退する馬はいるわけ」

「あの……」声が咽に引っかかり、唾を嚥んだ。「前から、一度誰かに訊いてみたいと思ってたんだけど、能力検定に通らなかった馬ってどうなるの？」

「市場に出すんだよ」

ダブちゃんはあっさり答えた。

「シジョウって？」

「食肉市場だよ。馬刺とか、桜鍋とか食べるでしょう」

「いや、食べない。ダブちゃんは食べるの？」

「誰かがおごってくれるんならね」

「平気？ だってふだん馬の世話とかしてるでしょ」

「馬は経済動物だから」

あのときと同じだ。

第二次世界大戦に送りだした馬の魂を慰めるために建てたという馬魂碑に行ったとき、爺ちゃんがちょっと困った顔をして、経済動物といった。今のダブちゃんの顔つきは似ている。

「能力検定に通ってレース馬になれたとしても勝てないと馬主さんもいつまでも持っていられないよ。それに不景気で馬主さんの仕事がうまくいかなくなって、会社が潰れたりしたら、やっぱり馬なんか持ってられないね」

昨日の夕方、ジンギスカンの店『有楽町』で矢崎元調教師と中林調教師が話しているのを見かけた。中林は矢崎の跡を継いだ調教師で爺ちゃんが持っているレース馬を預けている。

中林は馬主が自己破産したといっていた。

「馬主が持てなくなったら、馬はどうなっちゃうの？」

「ほかの馬主に売る。成績がよくて、重賞が狙えそうなら高く売れるよ」

「高くって、どれくらい？」

「時と場合によるけど、二百万とか、三百万とか、オープン馬クラスにいってれば、五百万とか、一千万を超えることもある」

「すげえ」

「だけど、本当に高く売れる馬なんてほんのひとつまみだからさ。全然勝ってない馬だとやっぱり市場に出すしかない。肉用だと今の相場なら一頭五、六十万……、そこまでいかないかな」

ダブちゃんが首をかしげる。

「それでも大赤字なんだけどね。ばんえい競馬でも競走馬だからそれなりに金がかかってるから。一頭百万か、百五十万で買ったとするでしょ……」

「ヤスは四、五十万くらいにしかならないっていってたよ」

馬一頭の飼料代は一年で三十万円ほど、レース馬にするためには丸二年育てなくちゃならないから四、五十万では餌代も出ないといっていた。だけど、馬主も不景気で馬が高いと買えず、馬主がつかなければ、そもそもレース馬になれない。だから安くても売るしかないんだ、と。爺ちゃんは肉用だけなら馬なんか飼わないといっている。

「それ、生産者が出荷するときの値段だね。それも庭先っていうか、業者と直で取り引きした場合だ。実際には庭先取り引きが多いんだけどさ。おれがいってる百とか百五十は馬主の買い値だよ。生産者との間に入る業者もあるし、いろいろ経費もかかるから。それから厩舎に預託料を払わなくちゃならない。月額十六万から十八万くらいかな」

「そんなに？」

「ただ食わせて遊ばせておくわけじゃないからね。馬一頭、一頭に担当が付いて、毎日調教して、世話して……、結構大変なんだよ」

「そうだね」

ざっと計算してみた。一頭百万円で買ったとしても預託料が月に十八万円なら年に二百十六万円になる。預託料だけでも三頭持っていれば六百四十八万円、五頭なら一千万円を超える。

矢崎元調教師は、馬主には道楽のつもりでやってもらえといっていたが、やはり難しいんじゃないのか。

「でも、競馬場のレースで一着になれば、賞金が入るでしょ」

「賞金も安くなっちゃったからねぇ」ダブちゃんは顔をしかめた。「昔なら重賞を一発獲れば、二、三頭を楽に一年預託できたもんだけど、今じゃ百万とかになっちゃったから」

それでは一頭の半年分にもならない。

厳しい。

「さっき馬の定年っていってたけど、定年したあとの馬って、どうなるの？」

「牝馬なら繁殖用に使うことが多いね。勝てそうだなと思っても優秀なとねっ仔を作りたいと思ったら三歳、四歳で引退させちゃって肌馬にする」

「牡馬は？」

「成績を残してれば、種牡馬として生産者が買うけど、そうじゃないと引退したらやっぱり市場だね」

タイコは種牡馬だ。能力検定に合格して、レース馬として定年まで走り、ある程度の成績を残したから爺ちゃんが買った。生き残れるのは、本当に少数。

それが経済動物ということ？

「それじゃ、種牡馬か肌馬になるしか生き残れないんだね」

「とねっ仔を産んだり、種をつけたりできるのも十四、五歳までがいいところだけどね」

空は晴れあがり、強烈な陽射しに炙られているというのに顔や背中が冷たく、ざっと鳥肌が立った。

タイコはぼくと同じ十四歳。

唇を嘗め、声を圧しだした。

「そのあとは？」

「市場に出すよ。牧場でみとってやっても産業廃棄物になるだけなんだよ。それに次の新馬を育てるのにお金がかかるでしょ」

売れば売るほど赤字がかさむが、馬主がつかなければレース馬にはなれない。

ダブちゃんがまるまるしたあごをしゃくった。

「ポニーなら別だけど。あいつら、ペットだから」

次はポニーのレースだ。小さな橇をつけて、スタートラインに五頭が並んでいる。二番に乗っているジョッキーは小学校高学年くらいで、坊主頭にしている。きっとヤスもあんな感じだったのだろう。

経済動物じゃなくて、ペット……。

あれは、小学校三年生のときだった。母とペットについて話をしたことがあった。

青みが薄い空、ほおを撫でていく冷たくて、きりっとした風、精一杯照りつけているのにほのかに温かいだけの陽の光……、東京の冬が好きだという点でぼくと父は意見が一致する。母は、大げさに躰をふるわせて信じられない、という。

黒の分厚い毛織物で作られ、木のボタンとフードのついたピーコートを羽織っていれば、ふるえが来るほど寒くはないと思うんだけど。

初夏が好きな母は佐賀県生まれ、父は北海道で生まれ育った。

誰も彼もが急ぎ足で歩き、デパートや神社、お寺が人の波で埋めつくされる十二月になると、父は浮き浮きする。ぼくは正月が過ぎて、少し落ちついた頃が好きだ。この点は母と意見が合い、父はぼくをジジ臭いという。

池袋駅ビルのデパートの屋上で、ぼくは冬の空を見上げていた。まだ初売りの勢いは残っていたけれど、年末に較べれば、客の数はぐっと少ない。屋上にしても、陽が射して心地よいのに人影はまばらだ。母はぼくの洋服を何点か見立てたあと、婦人服売り場に行くというので、屋上にいるからといって別れた。

玩具にも書籍にも興味がなく、屋上をぶらぶらなんていうのは、父のいう通り少しジジ臭いのかも知れない。

しかも足を止めたのは、盆栽やサボテンの鉢が並んだ売り場だ。平べったい器に砂を敷きつめ、小さなごつごつした石を置き、そこに枝がやたらねじくれた松が植えられているのを眺めながら、考えていたのは、身長五センチくらいになった自分が松の根元に立っているシーンだ。

小さな石は、表面を風雨に削られた岩となり、松は巨木となってぼくに覆いかぶさる。

ひょろりとしたサボテンの鉢を見たときには、砂漠を思い浮かべた。見渡すかぎりの砂、砂、砂のなか、サボテンにおしっこをひっかけている自分……。あまりに定番すぎて、自分でもいやになる。サボテンの値札にシャボテンと書いてあるのがおかしい。

歩いていると、突然水槽が積み重ねられた熱帯魚売り場になった。白い躰に黒い縞、背びれと腹びれが上下に伸び、口を尖らせているエンゼルフィッシュは、案外意地が悪いんだ、と魚好きの同級生が教えてくれた。でも、本当のところは、魚には珍しくない縄張りを守ろうとする本能なんだけど、姿がきれいだと意地悪っていわれちゃうんだよね、といった。

シンデレラの悪影響だ。

熱帯魚コーナーを抜けると、水槽の水がなくなり、代わりに白地に赤茶や黒の斑点がついたハムスターが円筒の中を走っていた。前脚を引きよせ、後ろ脚を伸ばして蹴る。そのとき前脚はすでに伸びていて、また金網をつかむと引きよせられた。

シャカシカ、シャカシカ、シャカシカ……、結構なスピードで躰を伸び縮みさせている。ハムスターにしてみれば、次から次へ道が現れているのだろうが、円筒はその場で回転しているだけ。本当はハムスターだって海風にさらされる松と岩の間や、砂漠にぽつんとシャボテンが立っている砂漠を走りまわりたいんじゃないか。

いや、そうでもないか。

水槽の中にいれば、誰かに襲われることもないし、決まった時間に栄養のバランスが取れ、過不足ないエサが与えられ、専用のエクササイズマシンで運動不足と欲求不満を解消できる。命の危険を冒してエサを探さなくちゃならず、エサも確実に食べられるわけでもないけれど、取りあえず自由に走りまわることができる。

自由って、それだけ価値があること？

「一日に五キロから二十キロくらい走るんだよ」

顔を上げた。ペットショップの名前が入った紺色のジャンパーを着た若い男の人が立っていた。髭がまばらに伸びて、お世辞にもきれいとはいえないけど、ぎょろりとした目と口元の笑みは優しそうだ。

「そいつはゴールデンハムスターだから体長は十五センチくらい。ちょうど人間の十分の一くらいだよね。単純にはいえないけど、人間なら毎日五十キロから二百キロ走ることになる」

それから店員は、ジャンパーの上からお腹をさすって、メタボ知らずだろうねと笑った。

「いえ、ぼくは別に……」

一歩、後退した。

「気にしないで。おれも無理に売ろうとはしないし。どうせ時間給の店番バイトだから売れても売れなくても給料は変わらないんだ。お母さんが買い物してる間の時間つぶしでしょ」

ぼくの問いに店員が笑った。

「飼うのって、難しいですか」

「ハムスターって、人に馴れやすいからペットになったんだけど、このジャンガリアンって個体差が大きくてさ、中にはやんちゃなのもいるの。おれはどっちかというとジャンガリアンの方が好きかな」

馬鹿馬鹿しくなった。

自分が話題にされていることがわかるのか。

水槽をのぞきこみ、胸のうちでハムスターに訊いた。

「ジャンガリアンハムスターっていうんだけど、ゴールデンとは人とサルくらい違う種類でね。今は冬だから毛の色が白だけど、夏になるとミルクコーヒー色になる。実は、めちゃくちゃ目が悪くてさ。今みたいにじっとしていると、何かを見ているみたいだろ。だけど実際は耳を澄ましてるんだよ。おれとお客さんとが話してるからさ」

店員が手で示した別の水槽には真っ白で小さなハムスターがいた。床にうずくまり、じっとしている。

「おれも時間潰しだから気にしないで。朝から全然お客が来なくて、退屈してたんだ。それで、こっちのケージにいるのが……」

「ええ……」何となくうなずいた。「まあ」

「これまたストレートな質問だね。まあ、飼育方法が確立しているからマニュアル通りにやればオーケーだね。ただね、こんな情けない顔してる連中だけど、縄張り意識が強くてね。親子、兄弟でも喧嘩になって、どっちかを殺しちゃうこともある。だから一匹ずつケージに入れて飼うのが基本だよ」

それから店員は、飼育のために必要なケージや回転する円筒――回し車というようだ――、水飲み器や、エサについて説明してくれた。

「おれは個人的にはジャンガリアンが好きだけど、初めてならゴールデンがお薦めかな」

「寿命はどれくらいですか」

背後から声をかけられ、ふり返った。いつの間にか母が立っていた。店員は母に顔を向けた。

「飼育方法にもよりますけど、平均するとゴールデンで三年、ジャンガリアンで二年ですね。元々がネズミですから繁殖は割と簡単ですよ。つがいで飼って、子供を産ませるマニュアルもあります。増えすぎて困るってこともありますけど、ちゃんと飼い主がコントロールしてやれば大丈夫ですよ」

「ありがとう」

母はにっこり頬笑み、それからぼくを見た。ぼくは店員を見やった。

「いろいろ教えていただいて、ありがとうございました」

「いいって。おれも暇だっただけだから。また、ここで時間潰しをするようなことがあったら寄ってよ」

「はい」

ペットショップを出ると、同じ屋上にあるさぬきうどんの店に寄った。このデパートに来ると、屋上でうどんを食べるのが気に入っている。父には、またジジ臭いといわれるだろう。

丼の底まで見通せる透明なつゆが不思議で、ここ以外では見たことがない。だから母と来たときには、いつも食べている。

母はきつねうどん、ぼくはちくわの天ぷらに青のりを散らした磯辺揚げをトッピングした。

テーブルに向かい合わせに座り、うどんを食べはじめた。冬は温かいつゆが美味しい。ちょっと黄色っぽいけど、透明。それなのにちゃんとうどんのつゆの味がする。やっぱり不思議だ。

しばらくして母がいった。

「ペットを飼うって、やっぱり命をもてあそぶことだと思う」

それがいいとも悪いともいわず、母は油揚げをかじった。

あのハムスターを見て、うどんを食べた日、帰宅してから広辞苑で、もてあそぶと引いてみた。自宅のテレビ台の下には世界地図と広辞苑が入れてあって、小学校三年生のときからわからない言葉は自分で引いていた。

もてあそぶとは、持って遊ぶというような意味だとあって、そのままじゃんと思ったのを憶えている。そのほかにもいろいろ書いてあったが、あまりいい意味ではなかった。

いきなりハムスターの寿命を訊ねた母はペットを飼うことを許さなかっただろうか。うちには観葉植物の鉢が二つか三つあったけれど、動物どころか金魚さえ飼ったことがない。

ポニーの第二レースが始まるころ、ダブちゃんといっしょにコースを離れ、馬運車に戻った。思わず足が止まった。ヤスがタイコにブラシをかけていたのだが、汗びっしょりで、濡れたTシャツが背中に張りついて透けていた。

「タイコには元調教師の矢崎さんが乗るはずだったんだけど、今朝電話が来て急にダメになったって」

「大将が？」

「そう。それでヤスが落ちこんでるっていうか、爺ちゃんに大将の代わりに乗ったらいいっていわれて」

「ヤスなら大丈夫だろ。今までだってここで勝ってるし」

「でも、今年はビッグジョーやダイチが出るから」

「草ばん馬には草ばん馬の戦い方があるからね」

「爺ちゃんもそういってたけど」

そこへふだんは爺ちゃんが乗っている四輪駆動車が来て、馬運車の後ろに停まり、辰彦伯父と幸代伯母が降りてきた。ダブちゃんがすかさず声をかける。

「おはようございます。ご無沙汰しております」

「こったら時間におはようもないべや。おれなんか昼前の仕事全部片づけてきたぞ」

伯父が白い歯を見せる。ダブちゃんが照れ笑いを浮かべる。伯父が近づいてきた。

「本当に久しぶりだな。何（な）したのよ、今日は開催でないのか」

日曜日、帯広競馬場ではばんえい競馬が開催されている。ダブちゃんは頭をかいた。

「実は厩舎辞めちゃったんですよ。今は無職（プー）です」

「したら失業保険で食ってるのか。それなら無理に働くこともないな」

前にダブちゃんも同じことをいっていた。失業保険がもらえるのに働くのは損なのか。

ダブちゃんは伯母にも会釈をする。伯父があごをしゃくった。

「よし、ちょうどよかった。荷物下ろして、昼飯の支度するの手伝ってくれや。お前も食ってったらいい」

「ありがとうございます」

　ダブちゃんは早速四輪駆動車の後ろを開けている伯母に近づいていった。

　伯父がタバコをくわえて、火を点け、煙を吐きながらいった。

「トモ、爺ちゃん探して、昼飯だって連れてきてくれ」

「はい」

　ふたたびコースのある会場に戻ろうとしたとき、伯母が声をかけてきた。

「ちょっと、ちょっと」

「はい？」

「ミユキといっしょに来たんでしょ」

「はい」

「したらミユキもついでに連れてきて」

「あ……、いや」

　伯母さんがにっこりしていった。

「何もトモが気にすることないって。ママもいっしょに、さ。皆でお昼食べようって」

「はい」

　伯父はくわえタバコのまま、ヤスに近づいていった。伯母が手を振ったので、コースの方へ戻った。

　下見に来たときには、雑草がちょろちょろ生えているだけの空き地だったのに今日は立派なお祭り会場になっていて、その中心にU字型のばん馬コースがあった。スタートとゴールの間にはやぐらが組まれ、すぐわきに大会本部と看板を掲げた大型テントが張られている。爺ちゃんはテントの中に並べられた折り畳み椅子に座っていた。

近づこうとして、はっとする。

爺ちゃんが話をしている相手はヤマキンの社長で、すぐとなりには調教師の中林と西川調教師がいる。伝説のジョッキーで、三千勝以上している名人だ。かつてファンはユキちゃんと呼んでいたらしいが、大柄でいかつい感じ、今のあだ名ビッグボスの方が似合っていると思う。

ヤマキンの持ち馬ビッグジョーはタイコにとって強敵だし、今日のレースでビッグジョーに騎乗するのがビッグボスなのだ。

敵と話しているというのに爺ちゃんは楽しそうだし、ヤマキンも二人の調教師も笑っている。

何となく納得できなかった。

ぼけっと突っ立っているぼくに気がついた爺ちゃんは立ちあがって、テントから出てきた。

「どうした？」

「伯父さんが昼ご飯だから爺ちゃんを探して来いって」

「そうか」

そういうと爺ちゃんは馬運車の停められている方に向かって歩きだした。

「ぼくはミユキ姉ちゃんを探さなきゃ。伯母さんに連れてこいっていわれてるんだ」

爺ちゃんは足を止め、ぼくを見た。

「電話してみれ。電話して、飯だから馬運車のところへ来いっていえば、すぐ来る」

辰彦伯父がミユキ姉ちゃんのママと結婚したとき、すでに爺ちゃんは木村の家にいた。ママもいっしょだとあらかじめ伝えておくべきか。

「何をぐずぐずしてるのよ。さっさと電話しれ」

爺ちゃんにいわれ、携帯電話を取りだした。すぐにつながり、爺ちゃんにいわれた通りに伝えると、わかった、行くとあっさりいわれ、拍子抜けする。

爺ちゃんについて歩きだした。

「今話していた人、ヤマキンの社長でしょ」

「そうだ」

「ヤマキンの社長ってビッグジョーの馬主だよね」

「うん」爺ちゃんがにやりとした。「敵と仲良く話してたら、やっぱりダメか」

「いや……」

「ヤマキンとは四十年以上の付き合いになる。あいつはトラックの運転手してたな、函館の方で水産加工場の娘とくっついたのよ。もともと頭は悪くないと思ってたけど、商才もあったんだな。その加工場をでっかくして、今じゃ立派な社長さんよ。したけど、あいつはおれの顔見る度騙された、騙されたっていうのさ」

「どうして？」

「あいつにばん馬教えたの、おれだもの。したけどあとは自分で勝手にはまってったんだ。騙されたもクソもないべさ」

「何、話してたの？」

無邪気さを装って切りだしたつもりだったが、声は緊張していたかも知れない。ビッグボスには前に一度競馬場で会っている。

爺ちゃんは前を向いたままいった。

「馬、買わないかってさ。うちはいっぱいいっぱいだし、おれの道楽で今以上辰彦に迷惑かけられないっていってるんだけど、ヤマキンもビッグジョー買ったばっかりで余裕ないっていうし、ほかのところも景気悪くてな。行き場のない種牡馬が一頭おるんだとさ」

熱した金網にふれたとたん、ジンギスカンの肉はジュワァっと音を立て、煙が立ちのぼる。金網の下にはオレンジ色に輝く炭が敷きつめられていて、そばにいるだけで顔が熱い。肉の片面はたちまち焼けて、端が黒くなり、細かな泡が湧いてくる。速攻でひっくり返し、もう片面を焼くとスチロールの容器に入れたタレにさっと浸して口に運んだ。

　昨日の夜からたてつづけだというのに、醬油味にまみれた肉そのものの味とこってりして甘みのある脂が口中に広がると、うまい。ああ、飽きない。

　肉は昨日、伯父が『有楽町』まで行って買ってきたという。ミユキ姉ちゃんといっしょに買いに行ったあとなのだろう。

　口をもぐもぐ動かしながら辺りを見まわすと、ずらりと並んだ馬運車のあっちこっちで青白い煙が上がっている。北海道の人は、お祭りというとジンギスカンが欠かせないのか。

「ほら、よそ見なんかしてないで。どんどん食べないと肉が焦げちゃうでしょ」

　叱るような口調でミユキ姉ちゃんがいい、ぼくの器に肉を入れる。二切れ、三切れ。負けずに口に入れる。やっぱりうまい。

　野外のジンギスカンは豪快だ。長さ一メートルほどのドラム缶みたいな筒を縦に真っ二つにして、鉄製の脚を溶接したのがコンロで、びっしり敷いた炭が燃えている。その上に大きな金網を載せ、ジンギスカンとホルモン、野菜、それにサンマやイカ、ホタテが隙間なく並べられて一斉に煙を上げている。サンマやイカは丸ごとごろんと寝かされ、ホタテは殻がついたままでぶくぶく泡立っている。

　合間にかじるおにぎりもうまい。ふだんはあまり好きじゃない梅干し入りだけど、ジンギスカンやホルモンの間に挟まるとさっぱりしてちょうどいい。

おにぎりをかじり、ウーロン茶で流しこんで、また肉にいどむ。どんどん食べているつもりだけど、肉はすぐに焼けてしまうので、いつまでたっても容器は空にならない。

「サンマも美味しいよ」

伯母がいう。確かに銀色に輝くサンマはうまそうだったけど、とてもじゃないが、肉と戦うので手一杯だ。

競うように食べているなかで、圧倒的なスピードなのはダブちゃんだ。大きな肉を次から次へと口に入れ、一、二度もぐもぐやって、また次の肉を頬張る。まるで肉が行列を作って、ダブちゃんの口に流れこんでいるみたい。

ネイビーブルーのTシャツに着替えたヤスもダブちゃん並みとはいかないまでもよく食べていた。レース前の緊張はいくら食べてもほぐれないようで、表情は硬く、目がちょっと怖い。

さすがに胃袋がぱんぱんになって苦しい。

「ううっ」

唸って、一歩下がり、大きく息を吐いた。ミユキ姉ちゃんは見逃してくれなかった。

「だらしないね。男だべさ」

そういってまた肉をぼくの器に入れる。

「あまり無理させるんじゃないよ」

声をかけてくれたのは、ママだ。手にはビールのロング缶を持っている。ビールを飲んでいるのは、ママ、爺ちゃん、それにダブちゃんだ。いつの間に空けたのか、ダブちゃんの足下にはロング缶が四つも転がっている。伯父、伯母、ミユキ姉ちゃんは車を運転しなくちゃいけないからといってウーロン茶にしていた。酒気帯び運転でも罰金が二十万円とか三十万円になり、実際に取られた人がまわりに出るようになってから、酒を飲んで運転することはなくなったともいった。

爺ちゃんとママは、ジンギスカンに箸を伸ばすことがほとんどなく、飲みつづけている。

「ミユキ姉ちゃん」伯母がトングで肉をひっくり返しながら声をかけた。「爺ちゃんにビール」

「はい」

大きなブルーのアイスボックスから缶ビールを取ったミユキ姉ちゃんは爺ちゃんに渡し、空の缶を受けとった。となりでママが缶を振る。

「ママにもちょうだい」

「自分で取ってきなさいよ、まったく」

ぶつぶついいながらもミユキ姉ちゃんはママの差しだした缶も受けとり、ふたたびアイスボックスに戻る。

「ダブちゃん」伯母がコンロの上を指した。「この辺、もう焼けてるよ。遠慮しないで、どんどん食べてね」

「はい」ダブちゃんが早速箸を伸ばす。「遠慮しないでいただきます」

大きくうなずいた伯母は、伯父を見る。

「お父さん、ジンギスカン、もっと出そうか」

「よし」

伯父は四輪駆動車の方へ歩いていく。

コンロまわりを仕切っているのは伯母で、指示に従って肉や野菜を載せたり、おにぎりや飲み物を配っているのは伯父とミユキ姉ちゃん、ヤスとダブちゃんとぼくは食べるのが専門だ。

ママは、伯母に遠慮して手を出さないというのではないだろう。昨夜にしても最初の用意こそしたが、飲みはじめるとまるで動かなくなり、冷蔵庫から飲み物を出したりしていたのはミユキ姉ちゃんだ。

ジンギスカンの焼ける音を背景に言葉が飛び交い、笑い声がする。見ている内に不思議な気がしてきた。

爺ちゃんはぼくの父の父親が亡くなったあとに入りこんできた風来坊で、ママは伯父の前の奥さんで、今の奥さんが伯母だ。二人そろって目の前にいても伯父は当たり前のような顔をしているし、ダブちゃんはたまたま通りかかったに過ぎない。

ここにぼくの父と母がいてもすんなり溶けこんでいるような気がする。母は『有楽町』の肉なら美味しいといって食べるだろうし、父はきっと缶ビールを何本も飲んで平然としているに違いない。

場に合わせて、何もないような顔をして、食べて、飲んで……、それが大人ということなのか。

ミユキ姉ちゃんがまた焼けた肉をぼくの器に入れる。お腹がきつい。苦しい。それでも割り箸でつまんで口に入れて噛みしめる。涙が出そうになるほど、うまい。

半袖から剝き出しになった腕を太陽がじりじり焦がして、コンロの火で相変わらず顔は熱いけれど、時おり、さらりと乾いた風が吹き抜けて、汗を払っていった。

午後二時をまわろうとしている。

タイコは長い顔を半分桶に突っこむようにして水を飲んでいた。ますます強くなる陽射しで背中が光っている。走る前なのにびっしょり汗をかいていた。

誰もがタイコと呼ぶけれど、フルネームではトキノタイコー。どこで産まれ、公営のばんえい競馬で何勝したのか、ぼくは知らない。だけど、能力検定を受け、数百頭、ひょっとしたら千頭以上の中から選ばれ、引退するまでレースをつづけたこと、爺ちゃんが種牡馬として買ったくらいだからそれなりに成績もよかったのは間違いない。

ぼくは携帯電話を開いて、カメラの起動ボタンを押した。かすかな電子音にタイコが反応して顔を上げる。縦長の液晶画面に入るのは、タイコの前半身でしかない。ぴんと立った耳、長い顔、胸の筋肉とそろえた前脚の蹄はおさまっているが、胴は半分も入らない。

かまわず決定ボタンを押した。間の抜けたシャッター音がして、液晶画面が静止する。タイコの瞳に陽が射して、明るい琥珀色に写っていた。

『あの目、おっかないか……、めんこい目してるべ』

初めてタイコを目の当たりにしたとき、爺ちゃんにいわれた。間近で見るタイコはとにかく巨大で、正直ちょっと怖かった。だけど、タイコの目を見ているうちに、ぼくの方が気遣われているような、大きな手に包まれているような気持ちになった。

液晶の中の小さなタイコも同じ目をしている。

静止が解けた。タイコは顔を下ろして、水を飲んでいた。

北海道に来てから携帯電話のカメラを使うのは初めてだ。これからはいろいろ撮っておこうと思った。

カメラモードを解除して、携帯電話を閉じたとき、頭にふわりと何かが載せられた。振り向く。ママが麦わら帽子をかぶせてくれたのだ。

「熱中症になっちゃうよ」

ママがそういったとき、ちょうど馬運車の後ろから降りてきたヤスが通りかかった。

「そうだ。気をつけた方がいいぞ」

「あ、うん」ヤスにうなずき、ママに顔を向けた。「ありがとうございます」

ヤスは白っぽい野球帽を目深（まぶか）に被り、首にタオルを巻いていた。熱中症を防ぐには、首の後ろも隠さないとダメだとヤスにいわれていたのを思いだした。麦わら帽ならつばが広いので、首の後ろもカバーしてくれる。

ママはぼくとヤスにスポーツドリンクのペットボトルを差しだした。

「水分も補給しなくっちゃ」

また、お礼をいって受けとる。全然冷たくなかった。唇を尖らせたぼくを見て、ヤスがペットボトルを太腿のポケットに押しこみながらいった。

「ぬるくていいんだ。冷たい物ばかり飲んでると胃をやられる」

ママがにっこりしてうなずき、ヤスを見た。

「もうレースなの？」

ヤスは馬運車から下ろしてきたワラビ型や腹帯などの馬具を肩にかついでいる。

「三時過ぎになるんでないかな。ほかのレースの進み具合によるけど」

「まだ一時間以上あるよ」

「ちょっと木の陰に入れてやろうと思って」

ママが空を見上げ、眩しそうに目を細める。

「そうだね。暑いもんね」

「したら」

ヤスはタイコに近づいていった。

ママはジーパンのポケットからタバコのパッケージとライターを取りだした。一本くわえて、火を点ける。煙を吐いて、ぼくを見るとにやりとした。

「タバコ、喫う？」

「いや、いいです」

「昨日お酒で、今日がタバコじゃ、初体験も急ぎすぎか」

どきっとして周りを見回した。ママが笑う。

「誰も気になんかしないよ」

一応、未成年ですからといおうとしてやめた。ぼくがタバコを喫っていても、ママのいう通り誰も気にしないだろう。

ママはタバコを喫い、タイコに馬具を着けてやっているヤスに目を向けた。

「上手ね」

「初めて見たときは、同い歳なのに凄いなと思いました」

やがてヤスがタイコの手綱を引いて歩きだした。

「ああやってるとさ、まるでヤスとタイコが手をつないでるみたいだよね」

たしかに。

「そうですね」

レース場に使われている広場の北側には神社があり、森になっていて、ヤスとタイコはそちらに向かっている。

ママがぽつりという。

「生き物はつらいな」

森に近づいていくヤスとタイコの後ろ姿から目を離せなかった。

「行ってあげなよ。あいつのそばに」

「はい」

ぼくはヤスとタイコを目指して駆けだした。

あと一歩、もう一歩（その10）

明治神宮は広くて、明るくて、公園という感じがするけれど、タイコがつながれている木立にいると鎮守の森という言葉が浮かんだ。空気はひんやりしていて、少し湿っている。ママからもらったスポーツドリンクを少し飲んだヤスがキャップを閉め、太腿についた大きなポケットにねじこんだ。

「タイコがうちに来たのは、おれが小学校四年のときだ。三学期の終業式の日だった。よく憶えてる。その前の日に春先のドカ雪が来てな」

「三学期の終業式って、三月下旬だろ。そんなときに雪？」

「珍しくも何ともない。ゴールデンウィークに雪が降って積もったこともある。降ってもすぐ溶けるから手間ぁないけどな。朝飯のときに父ちゃんは畑に融雪剤を撒いたばかりなのにってぶつぶついってたな。おれは学校行って、終業式が終わって、教室で通信簿をもらって昼には帰ってきた。したら爺ちゃんが厩（うまや）の前に立ってて、おれを呼んだんだ。して、厩に入ったら馬房にこいつがいてな。爺ちゃんが鼻面撫でていったんだ。来たぞ。トキノタイコーだ、って」

　タイコが足踏みする。名前を呼ばれたことがわかっているのだ。今では、ぼくがタイコと呼んでも顔を向ける。

　呼べば、振り向く。ごく当たり前で、何ということもないけど、相手が馬というのは生まれて初めての経験だし、互いに認め合うのは心が温かくなった気がして、何とも気持ちよかった。

　ヤスが話しつづけていた。

「二月末に競馬場で現役馬の引退式があった。爺ちゃんといっしょに競馬場に行って、タイコを見てるんだ。そのときもでっかいなぁって思ったけど、うちの厩に入れたらもっとでかかった。飼い葉桶のところに顔が出てるのに、尻は後ろの壁にくっつきそうになってた。爺ちゃんも、でかいべ、でかいべって何べんもいってた。現役を引退したばかりだから体重は千百キロ以上あったんだ」

「嘘」

「現役のばん馬だも、それくらいあるさ。したけどな」ヤスがあごをしゃくってタイコの尻を指した。「尻がでこぼこなの、わかるか」

　木立をすり抜けてくる柔らかな陽の光を浴びて、タイコの尻はつややかに光っていた。ヤスがいうようにたしかに巨大な尻の表面、とくに上の方がでこぼこになっている。

「うん」

「鞭の痕だ。筋肉もぱんぱんだったけど、七年もレースやって来たから尻もミミズ腫れでいっぱいだった。馬の皮は厚いからちょっと叩かれたくらいじゃ何ともないけど、勝たなきゃならんからな。第二障害で動けなくなった馬をジョッキーが叩くだろ。したら見てる奴はかわいそうとかいうのよ。たまにヤマの手前で、どうもならなくなって橇を外すこともある。したら観客は喜ぶのよ。馬が打たれなくなったって。馬鹿か。一度ヤマの手前で橇を外されたら馬は二度とヤマを登らんくなる。あとは肉になるだけだ」

経済動物という言葉が頭をよぎっていく。名前を呼べば、ぼくをふり返るタイコが目の前にいる。ジョッキーも厩務員も調教師も、皆、馬と同じ厩舎に住んでいる。生き物だから、当たり前のことだけど、一年三百六十五日、一日二十四時間、ずっといっしょだ。水を飲み、飼い葉を食い、小便もボロもして、触れれば温かい。

「うちに来てから飼い葉の量を減らして、体重を落としたんだ。一年で八百キロくらいになった」

「千百キロから？　三百キロも？」

「爺ちゃんが教えてくれたんだ。ばん馬は相撲取りと同じで現役を下りたら体重を落とさなきゃいかん、て。馬は立ったまま寝るしな。関節も蹄も歳をとって弱くなる」

「凄いダイエットだね」

「だけど、タイコはちっともひもじそうな顔しなかった。いやしくないんだって。これも爺ちゃんから聞いた。馬のことは、何でも爺ちゃんに教わったんだ。タイコが来るまで馬の世話なんてほとんどしたことなかったけど、来てからは爺ちゃんの手伝いをするようになった。たぶん、タイコがおれと同い歳だっていわれたからだろう」

ヤスを見た。ヤスはタイコに目を向けたままうなずいた。

「わかってる。人間の歳と馬の歳じゃ全然違う。同じ十歳でもタイコは百七十五レース走って、二十六勝、重賞も二つ獲って、そして定年して、うちに来た。おれは小学生だった。何にもできないガキだった。同じなのは生まれた年だけよ。友達と遊ぶのも面白かったけど、タイコといっしょにいたら、何だかおれのことをよくわかってくれるような気がしていろいろ話をするようになった」

「いろいろって？」

訊くとヤスはぎゅっと眉を寄せた。ぼくはあわてていった。

「ごめん。変なこと訊いて」

「いいよ、大したことじゃない。おれ、フジワラアツコのことを好きだってタイコにいったんだ。フジワラは小学校三年のとき、旭川から転校してきた女子でな。着てるもんもきれいだったし、頭も良かった。同級生の男子は皆、フジワラがいいっていってた。最初のうち、おれは何とも思わんかったけど、イノウエもスズキもナリタもいい、いいっていうから、そのうちおれも好きになった。したけど小学校を卒業するとき、フジワラが札幌へ行くことになって、そのとき、タイコにいったんさ。おれ、フジワラが好きだったたって。あいつの父ちゃんは営林局勤めだから転校は仕方ないよな」

ヤスがぼくを見て照れくさそうに笑った。

「変だべ」

「いや、全然」

「だけどな、フジワラがいなくなるって聞いてもあまり寂しくなかった。強がってるんじゃないぞ。タイコがいたからさ。学校から帰ってきたら厩にはタイコがいる。さて、そろそろレースしに行くか」

「そうだね」

「携帯、貸せよ」

「どうして?」

「いいから、こっちによこせよ」

突きだした手を振るヤスに急かされ、ポケットから携帯電話を出して渡した。

「タイコと並べや。写真、撮ってやる」

「あ、うん」

近づくと首をねじ曲げたタイコと目が合った。大きな瞳にぼくが映っていた。ヤスがフジワラアッコが好きだったと告白したときも同じ目をしていたのだろう。

「ほい、こっち見れ」

ヤスに目を向けたとき、タイコが大きな顔をぬっと近づけてきた。タイコの濡れた鼻先が頬をかすめる。くすぐったくて、思わず笑ってしまう。

直後、ヤスが構えた携帯電話が間の抜けたシャッター音を鳴らした。

スタート地点といっても土が剝き出しになったグラウンドの一角に過ぎない。U字コースが設営されたグラウンドをぐるりと囲むように観客席が設けられていた。コース全体を見渡せる場所にテントが張ってあって大会本部と書かれた紙がぶら下がっていた。

ヤスはタイコの腹の下に潜りこんで腹帯がしっかり締まっているのを両手で揺すって確かめながら語りかけているようだった。ぼそぼそいっているので、ぼくには聞きとれなかったけれど、タイコの顔を見ているとちゃんと耳を傾けているのがわかった。

躰を起こしたヤスがタイコの首筋をぽんぽんと叩いていう。

「ありがとな」

それから手綱をまとめて持ち、コンクリート塊を二段に積んだ橇にひらりと乗った。

帯広競馬場でのレースとは違って、観客と厩舎関係者の区別はなく入り混じっている。北海道に来てまだ一週間にもならないのに見知った顔がいくつもあることに自分でも驚いていた。そうした中でもダブちゃんの百キロを超す巨体は目を引く。ダブちゃんは白髪頭の痩せた男の人に近づいていった。競馬場の常連たちから三重のおいちゃんと呼ばれていたのを思いだす。ばんえい競馬が好きで好きで、ついに三重県から十勝に移住してしまった。

三重のおいちゃんはデータ魔で、デビューしたての新馬についてさえ、障害が切れるとか、重馬場（おもばば）に強いとか、ノートにびっしり書きこんでいた。今日もノートを手にしている。ダブちゃんと三重のおいちゃんは腕組みしてスタートラインの方を眺めていた。

鵜里宇草ばん馬大会の最終レースとなる最重量戦に出走するのは、三頭だけで、それで走路（レーン）は二、四、六だけが使われる。内側からビッグジョー、タイコ、ダイチと並んでいる。スタートしてから第一障害を越えるまではレーン通りに走るけど、第一障害を越えれば、あとはコースのどこを走ってもいい。

ダブちゃんたちの少し前には、たっぷりした黒髭が見るからに暑苦しいモジャ、猫背気味の獣医、赤い縁のメガネをかけた、ばん馬にはまるで雰囲気の合わない美人の姫が立っている。三人は帯広にある畜産大学の学生だ。

体格の良い短髪の男と、背中まで伸ばした金髪を一つに束ねている男の二人は、どんな条件だろうと自分たちの好きな馬しか買わず、全然勝てないのでどん底コンビと呼ばれている。

ほかにもチワワを抱いたちょび髭の人とか、派手な刺繍をしたＧジャンにテンガロンハットの太った男等々、草ばん馬の観客席——といっても雑草の生えた盛り土の斜面に過ぎないが——も、帯広競馬場のスタンドも顔ぶれは変わらないのに気がついた。

草ばん馬だから馬券を買えるわけじゃないのに誰もが真剣な顔をしている。現役のレース馬だけど調子を落として休んでいるダイチの様子を見に来たからか。あるいはばん馬が好きなだけで、金がかかっていなくてもつい熱くなってしまうだけか。

ぼくはまたスタートラインに視線を戻した。

出走する三頭はすでに橇をつながれ、スタートラインに張られた鎖のすぐ後ろに鼻先を並べている。

ビッグジョーの橇には、現役時代三千勝を上げた伝説のジョッキー西川調教師、ダイチの橇には牧場を経営していて、ダイチの生産者でもある楓子さん、そしてタイコの橇にはヤスが乗っている。

西川調教師は大男で、楓子さんもすらりと背が高い。二人に較べるとヤスはやっぱり中学二年生、子供にしか見えない。ヤスはクラスの男子が身長順に並べば、おそらく真ん中くらいだろう。

現役を引退したばかりのビッグジョーや、現役ばりばりのダイチの馬体は筋肉がみなぎり、陽の光を浴びてきらきら光っている。タイコは二頭に挟まれると、ひとまわり小さかった。

三台の橇には、五個ずつ二段になったコンクリート塊が積まれている。見た目には三台とも同じだ。年寄りのタイコにはハンデが与えられるはずじゃなかったのか。

「いよいよスタートやな」

首から一眼レフカメラを提げたタケ社長がぼくのとなりに立った。

「こんなところにおってもしゃあないで。スタートラインのすぐ前まで行こうや」

タケ社長について、スタートラインのすぐそばまで行った。

いつの間にか風が強くなっている。地面に溜まった熱気を少しでも吹きとばしてくれるといいんだけど。

何となく観客席をふり返った。もっとも高いところに、白いブラウス姿の和代さんが見えた。〈ライフ・ドラッグストア〉のオーナーだ。和代さんが現れた瞬間から風が吹きはじめたような気がした。同じことを思ったのだろう。タケ社長がぼそっとつぶやいた。

「やっぱりあの小母(おば)はんは魔女やで」

やがて大会本部のスピーカーが告げた。

『さあ、皆さんお待ちかね、いよいよ本日の最終にしてメインレース、最重量戦のスタートとなりました』

スタートラインについたタイコには、橇がつけられていた。ヤスはタイコの前に立ち、顔を撫でている。ほかにはキングジョーとダイチ、それだけだ。

陽は少し傾いたけれど、まだ強烈で、暑い。

スタートが近づくにつれ、左端のダイチは右前脚を動かし、蹄で地面を引っかくような仕種を見せはじめた。

「ダイチ、いらついとるのぉ」

隣りで一眼レフカメラを構えているタケ社長がファインダーに目をあてていった。さすが元は新聞社のカメラマンだけにサマになっていた。立てつづけにシャッターを切る音が聞こえた。

楓子さんが手綱を引き、ダイチに声をかけた。

「お、お、お。さあ、落ちつけ。ダイチ、お、お、だよ」

右端のビッグジョーは、西川調教師が上手に抑えているけど、荒い鼻息が聞こえていた。

「馬は利口や。ましてレース馬なら自分たちが注目されていることも、観客が亢奮してるんも察してる」

動物が空気を読むなんて北海道に来る前ならすんなりとは信じられなかっただろう。タイコやゴロといっしょにいるうちに人間とは比べものにならないくらい鋭敏だとわかってきた。

ていた。

「タイコはなかなかのもんや。どっしりしよるがな」

たしかに次第に亢奮していくダイチとビッグジョーに挟まれながらもタイコは平然とし

ていた。

「タイコは、ね」

カメラを下ろしたタケ社長がぼくを見てにやりとする。

「タイコは、な」

橇の上に立ち、手綱を緩めないヤスの顔は、まっくろに日焼けしていてもはっきりわかるほど血の気が引き、目尻が吊りあがっていた。

ふたたびファインダーをのぞきこんだタケ社長がいう。

「わしゃ、タイコが木村さんのとこへ来たときから見とる。最初の頃はヤスも小学生で……」

「四年生のときにタイコが来たっていってた」

「そうか。どっちゃにしても躰が小さかったからの。タイコが走りだしたとたん、橇から振りおとされてたもんや」

「へえ、そうなんだ。信じられない」

「タイコが来るまで真面目に馬の稽古なんかしよらんかったし、木村の爺さんに聞いたんじゃが、それまでは牝馬しかおらんかったらしい。やっぱり牡馬のスタートダッシュは桁違いらしい」

畑で練習するのを初めて見たとき、鉄の橇を曳いているというのにタイコが飛びだしていったのに度肝を抜かれたのを思いだす。

そのとき風が吹き抜けていき、コース上で土埃が舞った。

ぼくは目を瞠った。ヤスがふっと落ち着きを取りもどし、口元に笑みさえ浮かべたからだ。まるでタイコがヤスを落ちつかせようと何か伝えたように見えた。タイコはまっすぐ前を見ており、もちろん無言だ。だが、ヤスとタイコがずっと対話しているのは間違いない。確信できる。

「用意」

コースの内側に立っている係員が声をかける。

その声にダイチが反応して空を仰ぎ、楓子が強く手綱を引く。さすが現役馬だし、もともと気性の荒い馬なのだ。

だが、ダイチの過敏な反応は、ヤスとタイコにとってはチャンスなのかも知れない。ヤスの頰笑みが大きくなったからだ。

ビッグジョーをちらりと見た。すっと頭を低くして、スタートに備えているように見えた。怖いなと思った。

「二番手狙いやな」タケ社長がシャッターを切る合間にいう。「第一障害までビッグジョーに遅れずについていって、ダイチより少しでも先に行ければ、勝ち目が出てくる」

直後、スタートラインの上にだらりと張られていた鎖が落ちた。

「行け（チョイ）」

ヤスが声をかけたのは西川調教師とほぼ同時だった。

鎖が落ちると同時にタイコが勢いよく飛びだす。鉄橇とコンクリートの重石、合わせて六百キロ以上になるとはとても思えなかった。だけど、悔しいことにビッグジョーはもっと速かった。ダイチは顔を上げていた分、スタートが遅れ、楓子さんは口元をゆがめている。でも、あわてているようには見えなかった。

橇の刃が次々に鎖の上を通過していく。

小走りになった。ふだん朝の調教で曳いている橇より三倍は重いのにタイコは速い。だけど、ビッグジョーはさらに先を行っている。

蹄鉄が地面に食いこむたび、たった三頭なのに地響きがしていた。

頑張れ、タイコ。

負けるな、タイコ。

肝心なときに咽がひりひりして声がうまく出ない。

いつの間にかタケ社長は第一障害の手前まで行っていて、中腰で、カメラを縦にしたり横にしたりしてたてつづけにシャッターを切っている。目が怖い。邪魔にならないようにタケ社長の後ろを横走りで抜けた。

第一障害でタイコは減速した。だけどビッグジョーは軽々と越えていった。そしてスタートで遅れたダイチが迫ってくる。

追いつかれる。

胸の底が抜けてしまいそうな気がした。

タイコの前脚が土をかき、腰をはね上げ、コンクリートの塊とヤスを載せた橇を引っ張る。ヤスは唇をひん曲げ、右に左に視線を飛ばしている。

観客席からどっと声があがった。ビッグジョーがあっさり第一障害を越え、加速していったのだ。タイコはようやく障害の頂上にいて後ろから来たダイチに並ばれそうになっている。

コースの内側、第一障害を越えた辺りに立っている爺ちゃんを見つけ、駆けよった。

「爺ちゃん」

声をかけたが、爺ちゃんは障害を越えようとしているタイコとダイチを見ていた。拳を握りしめ、大声を出す。

「それでいい、それでいいぞ、ヤス。ビッグジョーは無視しれ。そこだ、ヤス。ダイチに遅れるな。先に下りれ」

はっとして障害に目をやった。スタートダッシュで先行した分はほとんど使い切ってい

たが、それでもタイコの方が一歩先に障害を乗り越え、下ってくる。橇が下りにかかると
スピードが増し、ダイチとの差がほんの少し広がった。

「いいぞ、ヤス。そのまま、そのまま。真っすぐ行け」

爺ちゃんが声を張りあげる。

真っすぐ？　ビッグジョーはコーナーの内側に寄って最短距離で抜けようとしているのに？

ダイチも障害を下りてきた。楓子さんは声をかけ、手綱をさばいてコーナーの内側にダイチを向けようとしたが、鼻先をタイコの尻にふさがれている。

いきなりダイチが口を開け、歯をむき出しにする。

「あっ」

思わず声が漏れた。ダイチがタイコの尻に嚙みつきそうに見えたからだ。一瞬早く楓子さんが手綱を引いたので、ダイチの大きな前歯は空気を嚙んだ。

タイコがさらに前へ行く。ヤスは相変わらずタイコを直進させていた。

「トモ、ダイチの足下、見てみれ」

爺ちゃんにいわれてダイチの足下に目をやった。踏みだした右の前脚が派手に砂を蹴散らしている。そこだけ蹄がすっぽり埋まるほど砂が深くなっていた。

「あそこはえぐれてるんだ。だから毎年砂をたくさん入れて平らにしてある。ヤスはわか

ってるんだ」

ヤスはわざとタイコを直進させて、ダイチを誘いこんだのか。

やるじゃん、ヤス。

砂に脚をとられたダイチが二歩、三歩と遅れ、のぞきこんだ楓子さんが顔をしかめる。

舌打ちが聞こえてきそうだ。

「楓子は鵜里宇は初めてだからな。ヤスの方が馬場をよく知ってる」

草ばん馬には草ばん馬の戦い方があるといったのは爺ちゃんだ。

「さあ、行くぞ」

コースの内側を大股で歩きだした爺ちゃんについていく。

またしてもタケ社長は先回りしていて、U字コーナーのもっとも深いところでビッグジョーを撮っていた。

コーナーではビッグジョーが先頭、まるまる一頭と橇の分くらい離れてタイコがつづき、わずかに遅れてダイチ。

ダイチは相変わらず深い砂に苦戦しているけど、それでも現役馬の強さなのかじりじりタイコに迫って、並びかけようとしている。

「頑張れ、タイコ。行け、行け」

右の拳を突きだし、大声を出していた。

先を行っていたビッグジョーのスピードが落ち、橇の上で西川調教師が後ろを見る。タイコとの差が縮まった。

「爺ちゃん、タイコが追いつけそうだよ」

跳びあがりたいほど嬉しかった。

「いや」爺ちゃんの顔つきは厳しい。「西川調教師(ユキちゃん)が二着との差を見て、少し緩めただけだべ。ビッグジョーにしても、この暑さはきつい。無理させれば、壊すからな」

無理させれば、壊す……。

汗がだらだら流れ、腕がひりひりするほど強い陽射しのなかで背中がつんと冷たくなった。

帯広に着いた最初の日、JR駅からいきなり競馬場に連れていかれて、ばんえい競馬を見せられた。その日も暑くて、北海道に来たというのに詐欺みたいだと思った。最初に見たのは、今年の春にデビューしたばかりの二歳馬戦で、キングボマーという馬が五着に入った。

十頭走って五着まで入れば入賞、次のレースにも出られる、とヤスはいった。

キングボマーはゴール前でほかの馬に追いつかれそうになりながらもわずかな差で五着に飛びこんだ。

ゴール直後、厩務員が差しだした手をすり抜けるように倒れ、そのまま死んでしまった。

　あの日、キングボマーは汗をかいていた。今、ビッグジョーもタイコもダイチも強い陽射しを浴びてぴかぴか光っている。

　汗をかいているのだ。

　倒れていくキングボマーは、どんな瞳で厩務員を見ていたのだろう。それから厩務員は、倒れたキングボマーの腹を力一杯蹴飛ばしはじめた。

　心臓マッサージ、とヤスはいった。

　そういえば、一度だけ母が心臓マッサージの話をしてくれたことがあった。小学校三年生の頃だったと思う。

「心臓マッサージしながらね、命って、どうしようもないって思ったことがあるの」

「心臓マッサージ？　お母さんが？」

　母は医者だけど、消化器が専門で検査ばかりしていると聞いていた。

「昔よ。河田町で御礼奉公してるとき」

河田町が母の卒業した医大を指すことは知っていた。

「オレイボウコウって、何？」

「医師の国家試験に合格したあと、一定期間……、一年とか二年とか自分が卒業した大学の付属病院で働くんだけど、給料が安いんだよね。それで御礼って意味。実際には内科や外科、そのほかいろいろなところを順にまわって経験を積むのが目的で、医師には欠かせない課程でもあるのよ」

正月が過ぎて一週間、池袋にあるデパートも年末ほど混雑していなくて、屋上の人影もまばらだ。池袋のデパートに来ると、屋上でさぬきうどんを食べるのが定番コースになっていて、丼の底まで透けて見える不思議なつゆがぼくのお気に入りでもあった。

母もぼくも食べ終えていて、つゆしか残っていない。母は食べ残しには厳しかった。外食のときには、自分の食べられる分だけ注文して、注文した以上は残さず食べなさいといわれてきた。

だからうどんも青海苔を振りかけたちくわの礒辺揚げも食べた。でも、つゆは残してもいい。父ならラーメンであれ、うどんであれ、つゆは最後の一滴がうまいといって飲み干している。

「救急救命センターでの研修もあった。あれは、何回目の救命センター勤務だったんだろ。とにかく最初のころだった。大きな交通事故があってね、患者が何人も運ばれてきたの。魔の日っていうか、急患って重なるときは重なるものなのよ」

「非科学的だね」

ぼくの感想に母はあっさりうなずいた。

「そう、魔の日なんて感覚的で非科学的。たまたま、そんな日があったというだけね」

ぼくがうなずき返すと、母は苦笑してつづけた。

「その夜はね、十一時くらいまでほとんど患者がなくて、割と暇だって思ってたんだけど、真夜中になって、自動車の衝突事故が起こった。ぶつかった内の一台が歩行者まで巻きこんでね。そのときは双方の車に乗っていた五人、歩行者二人がいっぺんに運ばれてきたの。ほかにも午前一時ごろ、心筋梗塞のお年寄りが一人来たりして、とにかく処置室の診察台がいっぱいになってた。そこへ明け方近くに火事があって、また五人運ばれてきた。経験不足ですなんていってられない状態で、とにかく私も患者を受けもった」

救急センターのテレビドラマは見たことがある。白衣ではなく、薄緑色の手術着姿の医者がやたらと走りまわっていた。そこに母の姿を置いてみた。

おお、結構迫力ある。

「私が担当したのは、四十歳くらいの女の人なんだけど、それがひどい話なのよ。その女性はアパートの二階に住んでたんだけどね、真下の部屋の男が自殺を図って、その巻き添えを食ったの。男は部屋にガソリンか何かを撒いて火を点けた。だけど、ぱっと燃えあるのを見て、怖くなって逃げだしたんだ。指先をちょっと火傷（やけど）しただけで、担ぎこまれたときにはギャアギャアわめいてたけど、皆それどころじゃないから放っておいた。これは感情でいってるんじゃないのよ。もっと緊急を要する患者がたくさんいたから」

「優先順位の問題だね」

ぼくの言葉に母がうなずく。

「あとから聞いた話だけど、私が担当した女の人はスナックに勤めていて、毎晩うちに帰ってくるのが午前一時くらいだったらしい。男が部屋に火を点けたのは午前四時ごろ」

仕事が終わって、帰宅し、それから三時間。ぐっすり眠っていただろう。それこそ死んだように……。

「その患者の名前、今でも憶えてる。患者は患者であって、名前を教えられてもすぐに忘れちゃうものだけど、その人の名前だけは今でも記憶している。どうしてだろう」

それから母はムラカミチエコといい、淡々と話をつづけた。

搬送してきた救急隊員によれば、患者は煙を吸って意識も自発呼吸もなく、脈も弱かった。母は患者の左乳房の下に右手をあて、左手を重ねると一定のリズムで女の胸を圧しはじめた。自分の体重をかけるように、強く圧迫し、ゆるめる。

「一、二、三、四……」

母はそのときと同じようにはずむような声でいった。

「肋骨が折れてもかまわないと思ってた。呼吸と心臓の鼓動が戻りさえすれば、骨折はあとから治療できるから。何度か圧迫して、それから患者の顔をのぞきこんで、大声で呼びかけるの。ムラカミチエコさん、ムラカミチエコさんってね。でも、その人のまぶたはぴったり閉じたままでぴくりともしなかった。私はまた心臓マッサージを始めながら思った。

どいつもこいつも人殺しだって」

一度に七人が運ばれてきた交通事故の原因は、男子大学生の運転する車が赤信号を無視して交差点に突っこんだことにあったという。ちょうど交差点を通過しようとしていた別の乗用車にぶつかったのだ。事故発生時、大学生の車は時速百キロ以上出ていたらしい。

「事故が起こったのは住宅街のど真ん中だっていうのよ。信じられなかった。そんなところをめちゃくちゃスピード出して走るなんてね。自殺行為を通りこして、人殺しだよ、人殺し」

母はくり返した。

事故の原因となった大学生の車には、ほかにもう一人の男子大学生と、女子高校生が二人乗っていた。彼らの車は衝突後、電柱にぶつかり、真っ二つに裂けている。運転していた大学生は意識不明、残りの三人はほぼ即死状態だった。

ぶつけられた方の車も道路から飛びだし、たまたまそばを通りかかった二人の歩行者をはねて、住宅の塀にぶつかって止まった。歩行者はどちらも若い女性で、一人は全身を強く打って即死、もう一人は腕、腰、足の骨を折っていたが、命に別状はない。ぶつけられた車を運転していたのは初老の女性で、頭を強く打って意識がなく、頸椎がつぶれていた。

「そこへ今度は自分の部屋に火を点けて自殺しようとした馬鹿男の巻き添えになった女性だよ。ところが、部屋に火を点けた男はぱっとカーテンが燃えあがるのを見て飛びだした。

病院に警官が来て処置室で男から事情聴取してたんだけど、その馬鹿男は自分をクビにした会社の社長が悪いんだって、くどくど、くどくど恨みごとを並べてるの。私はムラカミチエコを連れ戻せなくて手術室から出てきたところだった。もの凄く腹が立った。殺してやりたいと思った」

直前まで母は心臓マッサージをつづける自分の手の甲に汗がしたたり落ちるのを見ていたという。目を上げ、女の顔を見て、戻ってきてと怒鳴りつづけた。交通事故の患者が運びこまれて以来、救命センターの医師、看護師は誰も一秒も止まることなく搬送されてきた患者の蘇生、救命にあたっていた。

母にしても腕も肩も感覚がなくなり、背中が軋んでいたが、誰にも交代してくれといえる状況ではなかった。

「ムラカミチエコさんの温もりと衰えた肌の感触がね」母は目の前に両手をかざした。「指に残ってる。今でもね。救急隊員の報告では四十二歳だったけど、私の感触ではもっと歳がいってる感じ。苦労したのかな」

何度呼びかけたのか母にもわからなくなっていたが、それでも名前を呼び、胸を圧迫するのはやめられなかった。

「そのときにね。ムラカミチエコさんがぱっと目を開いて、びっくりしたような顔で私を見たの。だからいったのね。しっかりしてください。今、病院です。助かりますよ。わかりますか。ここは病院ですよ。彼女の目をのぞきこんでね、大声でいった。そのとき、彼女の目の中に見えたの」

テーブルを見つめていた目を母はすっと細めた。ぶつぶつ……、まるで独り言をつぶやいているようだった。

「両手を伸ばして、私にすがろうとしているムラカミチエコさんがね。両手を振りまわしてた。本当に見えた。でも、落ちていったの。私を見て、助けてっていうような目をして……、それでも落ちていった。目の、ずっと底の方に深い闇があるみたいだった」

それから母は命ってどうしようもないともう一度くり返した。

草ばん馬特有のU字コーナーを抜け、さらに十メートルほど行くと第二障害になる。外から眺めていると、カマボコ状に土が盛りあがっているだけで、ヤマと呼ぶには少し大げさな気がする。だけど、自分の足で登ってみれば、評価は変わる。躰は前のめりになるし、引きあげた膝が胸を打ちそうになって、息切れするほどきつい。

鵜里宇の第二障害にはまんべんなく砂が敷きつめられているわけではなかった。坂全体に撒くほど砂を買えなかったのだろう。

コースの内側は地面が剝き出しになっていて、がっちり踏み固められ、乾いていた。登るのは楽そうだけど、幅はようやく二頭が並べるくらいでしかない。外寄りはコースの半分近くまで砂がないが、今日一日のレースで踏み荒らされ、橇のわだちがいくつも重なっている。

コーナーの内側にへばりつきながら進んできたビッグジョーは、第二障害の手前でついに完全に止まった。

太陽は西に傾いたけれど、陽射しは相変わらず強くて、麦わら帽子を被っているのに頭の天辺がじりじり焦がされている。気温も本日の最高から一度も下がってないだろう。ビッグジョーも息を入れなければ、さすがに第二障害にかかれないようだ。

それまでにも西川調教師は何度かビッグジョーの手綱を引き、足を止めさせてきた。ビッグジョーの明るい茶の毛は濡れて、馬体に貼りついている。ときどき脚を止めているのに、あとからつづくタイコ、ダイチの二頭との差は縮まらない。馬と橇を合わせた分くらい開いている。西川調教師は何度かふり返り、後続馬との距離を確かめていた。

楓子さんもダイチの脚をときどき止めさせた。ヤスの乗った橇が鼻先から離れていくたびダイチは行きたがったが、楓子さんはがんと手綱を引き、許さなかった。

タイコだけが一度も休まず、頭を上下に振りながら歩きつづけていた。スタート直後のスピードはとうになく、ゆっくりゆっくり踏みだしている。脚を止めていないのにビッグジョーには追いつけず、ダイチを引き離すこともできなかった。

すぐそばに立っている爺ちゃんを見上げた。

「タイコ、大丈夫かな。スタートしてから一回も息入れてないけど」

「あれしかないんだ」爺ちゃんがぼくを見た。「今のタイコには力も若さもない。それでも勝たせたいと思ったら、ああやってタイコが動けるうちに動かしていくしかないんだ。きついのはわかってる。ヤスも、タイコもな」

「勝てそう？」

「難しいべな。タイコもぎりぎりだ」爺ちゃんは首を振った。「トモは、今のタイコをよく見ておいてやれ。ヤスも、タイコも逃げないで戦ってるんだ」

肉用としてならばん馬なんか飼わん、と爺ちゃんはいった。草ばん馬は、一着になっても賞金がもらえるわけでなく、栄誉といっても古びた旗か馬用の肩掛けがもらえるだけでしかない。

でも、タイコとヤスを見ていて思う。

絶対に自己満足のためではない、と。

大汗をかき、重い足取りで一歩ずつ踏みだし、絶対に休もうとしないタイコ。

仕事をする動物、経済動物……、でも、なぜ？　どうしてそこまで苦しみながら歩きつづける？

コーナーを出たところでダイチは鼻先をコースの外側に向け、タイコから離れていった。

橇の上に立った楓子さんは、タイコではなく、ビッグジョーをじっと見ていて、そのことが悔しかった。

ついにタイコがビッグジョーに並びかけた。ヤスはビッグジョーを見ていた。西川調教師がふり返って白い歯を見せる。ヤスも笑い返そうとしたみたいだけど、何だか泣きだしそうに見えた。

両腕をぐんと引っぱられ、ヤスはびっくりしてタイコを見た。タイコは第二障害の前まで来ても脚を止めようとしなかった。ヤスは何度もまばたきしていたが、手綱を引いてタイコを止めようとはしなかった。

爺ちゃんは黙ってタイコを見ている。

タイコは真っすぐ前を見ていた。その目にはビッグジョーもゴールもなく、ただ障害だけがあるみたいだ。

大きな蹄が固く締まった斜面に打ちこまれ、ついにビッグジョーより前へ鼻先を突きだした。

頑張れ、タイコ。

あと一歩、もう一歩……。

そのとき爺ちゃんが唸った。ふり返ると顎髭を引っぱってにやにやしている。

「どうしたの？」

「ヤスも大人になったもんだと思ってな。ヤスの目、見てみれ」

第二障害に近づくヤスの目を見た。

「ビッグジョーを見てる」

「脾腹(ひばら)だ。ヤスはビッグジョーの脾腹を見てる。お前も見て、わかるべ。ビッグジョーの脾腹はまだまだせわしなく動いている。息が充分に入っていない証拠だ。思ったより体力を使ってしまったのかも知れん。暑さがこたえてるのかも知れん」

手綱を引き、行き足を止めたのは西川調教師だが、ビッグジョーの様子を見てということなのだろう。

「したけど、ずっと脚使ってるタイコもいっぱいいっぱいだ。ここらで息入れとかんとゴールまでもたん」

ぼくはタイコとビッグジョーの脇腹を交互に見た。せわしなく膨らみ、しぼむ。そのたびに鼻の穴が膨らみ、大きく息を吐く。今のところ、どちらも息づかいは荒い。

二頭の馬を交互に見る。

頼む……。

願いは空(むな)しかった。ビッグジョーの脇腹の動きがだんだんとゆっくりになっていくが、タイコの呼吸は全然落ちついていない。

爺ちゃんをふり返った。

握り拳のようにぎゅっと眉を寄せた爺ちゃんが低く唸るようにいった。

「ビッグジョーに合わせて仕掛けても、タイコはまだついていけない。ヤマの途中で止まっちまう。したけど、ヤマを乗りきれる力が戻るまで休ませてれば、その間にビッグジョーはヤマを越えていく」

そのとき、西川調教師がヤスをふり返り、笑みを見せた。

まるでついてこられるか、といっているみたいだ。ヤスは背中を見せているので、どんな顔つきをしているかはわからない。

タイコのすぐ左にいたダイチは、コーナーを出たところでコースの外側に移っていた。楓子さんが第二障害の真ん中は砂が深いと見て外へ出したのだろう。だけど、第二障害の砂は見た目よりもはるかに薄く、第一障害を下りた辺りとは全然違う。

ヤスといっしょに歩いたからわかる。かえって外に回すと歩かせる距離が伸びるだけでなく、見た目以上に荒れていて歩きにくい。疲れは増すだろう。今になってヤスが頭の中でシミュレーションをしていたのだとわかる。レース中、相手馬がどこに位置取りをするか、そこを歩かせれば、どうなるかを思い描いていたに違いない。

タイコに目を戻した。まだ息が切れていた。休みなく歩いてきたつけが回って、脚の運びと呼吸が合わなくなっているようだ。

爺ちゃんが歩きだしたのであとについて第二障害のわきを通りぬけた。

タイコの脇腹はまだ激しく動いている。

ヤスの顔が見えた。口が動いて、ごめんなといっているように見えた。

「どうしてごめんなんだよ」

思わず声に出した。そのとき爺ちゃんの大きな手が肩に載せられた。

「おれのせいだ」

爺ちゃんを見上げた。爺ちゃんはヤスとタイコを見ていた。

「大将に馬を買ってくれないかと相談された。おれには二頭やるだけのカネなんかない。だから断ろうと思った。したけどヤスがな……」

大将というのが矢崎という元調教師だと思いだしたとき、中林厩舎を訪ねたときの様子が浮かんできた。矢崎が話をつづけようとしたとき、爺ちゃんは中林調教師にぼくに厩舎村を案内してやってくれといった。

部屋から追いだされた理由がわかった。

「買うべといってきた。大将んとこも、マンガ屋も苦しい」

マンガ屋が中林調教師のあだ名だ。爺ちゃんの手に力がこもる。肩が痛かったけど、動けなかった。

「その代わりタイコにあと一つだけ勝たせてやりたいといってな」

朝の調教でヤスはタイコを無理に追いこみ、爺ちゃんに殴られ、ふっ飛んだ。

頭の中で北海道に来てからの出来事が次々に湧きだして、ぐるぐる回っている。ゴール直前で倒れ、死んでしまったキングボマー、ばん馬の厩舎村を貧乏ユートピアといったダブちゃん、競馬場で馬券を買っていた面々、ダイチを走らせる楓子さん、鎮守の森で好きだった女子のことを話したヤス……。

ヤス。

コースに目を戻した。もう一度、ヤスの口が動きそうになったとき、手綱がぐいと引かれ、躰が前へ持っていかれた。

タイコが登り坂に蹄を突き立てている。その目は先を行くビッグジョーに向けられていた。馬にもちゃんと表情があるのを初めて知った。

タイコは今、怒っていた。猛烈に怒っていた。

だが、タイコの脚は重かった。一歩、二歩と進み、腰をちょっとかがめ、反動をつけてはね上げる。橇がぐっと引っぱられ、コンクリートの塊がぶつかり合って乾いた音を立てるのがぼくの耳にもはっきり聞こえた。

ヤスが歯を食いしばり、手綱を支えている。

タイコは頑張っていた。レースをしていた。どの馬が相手でも負けるつもりはなかった。

タイコが鼻先を突きだす。そしてビッグジョーの前に出た。

ほどなく西川調教師の気合いが弾けた。

「行け（チョイ）」

ヤスも負けじと声を振り絞る。

「チョイ、チョイ、チョイ」

タイコはじりっ、じりっと橇を引っぱり上げている。

Tシャツの袖で何度も顔を拭っているというのに汗は止まらず、目に入って、痛い。

タイコは一度も脚を止めずに第二障害を登っていく。一歩、二歩と踏みだし、三度目で腰を使えば、橇はほんのわずかずり上がる。

また、右の前脚を出す。つねに重い橇に引き戻されそうになっているので歩幅は狭かった。

それでもタイコは登るのをやめない。

「タイコ」

ぼくは手をメガホンみたいに口に当てて、声をかけた。だけど、動いたのはビッグジョーだ。

コースの外側では、口の端に白い泡を溜めたダイチがさかんに首を振っている。橇の前部に足をかけた楓子さんは手綱をしっかり握り、ダイチを抑えこんでいた。

ビッグジョーはのっし、のっしと坂を登っていく。西川調教師は手綱をぴんと張って、声をかけていたが、鞭を入れようとはしなかった。ビッグジョーの脚運びを見ていれば、必要ないとわかる。たちまちタイコに並んだ。

そのとき、楓子さんが手綱を緩め、声を張った。

「チョイ」

三つどもえのレース展開に観客がどっと湧いた。

背中を丸めるような恰好をしたダイチが跳ぶ。橇が一気に一メートルほども前進し、楓子さんはバランスを崩しかける。

一歩ずつ着実に進むビッグジョー、ためをつくって跳躍するダイチに挟まれ、タイコは相変わらず一定のリズムを刻んでいる。

一、二の、三。

一、二の、三。

タイコが懸命に腰をはね上げても橇はほんの少ししか動かない。坂はまだ半分ほど登っただけ、タイコの前に壁となってそそり立っている。

一、二の、三。

一、二の、三。

やがて観客席からタイコが腰をはね上げるたび、ヨイショッ、ヨイショッと声がかかるようになった。声はだんだん広がっていき、観客席全体の合唱になる。

「ヨイショッ、ヨイショッ」

ぼくもいっしょになって声を張りあげ、右の拳を突きだしていた。

観客の喚声などまるで関係ないといった顔をして、ビッグジョーは登っていき、あっさりタイコを抜くと、障害の天辺まで進んだ。そこで一瞬よろけ、観客がどよめいたが、西川調教師はすぐに立てなおした。

天辺に四肢を踏ん張ったビッグジョーは、最後の腰を入れて、橇を引っぱり上げ、そのまま下りにかかる。

観客の大合唱に乗ったのはダイチだった。

ヨイショッ、と声がかかるのにタイミングを合わせてジャンプした。荒れた走路を橇の刃が圧しつぶし、ジャンプするごとに蹄が土をまきあげた。

やがてダイチもタイコを追い抜いていき、障害の頂上で、最後のジャンプを見せた。透明な空気のなか、細かい粒になった土がゆっくりと舞う。

障害を下りてもビッグジョーの足取りはしっかりしていた。レース終盤になっても橇の重さをまるで苦にしていない。

障害を下りてきたダイチが橇を引いて飛ぶように走り、観客席がまたどよめいた。だけど、すでにビッグジョーはゴール寸前まで行ってしまっている。西川調教師がふり返り、迫ってくるダイチを眺めているうちにビッグジョーはゴールに入った。

ダイチの走りっぷりは衰えなかった。敗れはしたものの、勢いのある脚運びを保ったまま、ゴールラインを越える。

二頭の馬に拍手が送られたが、ぼくは手を叩く気になれなかった。

タイコはまだ第二障害にいた。あと五十センチほどで前脚が頂上にかかるところまで来ている。

一、二の、三と刻んではいたが、リズムは間延びしていたし、腰をはね上げても橇はもうびくともしなかった。

それでも観客からはヨイショッ、ヨイショッと声援がつづいていた。

第二障害には、タケ社長がはりついてカメラを構えている。タイコが脚を上げ、首を持ちあげるたび、シャッターを切っていた。

一、で右の前脚を上げる。

太陽の光が一段と強くなり、すべての音が消えた。

踏みだした脚が着地する寸前、タイコの躰がぐらっと揺れた。

ヤスが素早く引いた手綱が緊張する。踏みだした前脚は、右横に下りた。一センチも前進していなかった。タイコは躰を右に傾け、左の前脚を持ちあげた。

そのまま動きが止まる。

会場の声援が消え、タイコの荒い息づかいだけが聞こえた。

「お、お、お」

ヤスが手綱を引いて、声をかけると、タイコはそっと脚を下ろした。第二障害の天辺は目の前だったが、ヤスは手綱を橇の前部に巻きつけた。

レースは終わった。

だけど、タイコは顔を真っすぐに上げ、脚を踏ん張って立っていた。

橇を降りたヤスがタイコの首に手をあて、撫でるように動かす。ヤスの手からタイコの汗が飛び、コースに落ちた。

タイコがふり返り、ヤスを見る。ヤスはタイコの首をぽんぽんと叩きながら笑顔を見せた。

カメラを下ろしたタケ社長が目元を拭った。

鵜里宇の草ばん馬大会から二日が経った。翌日も早朝に起こされ、馬のカイツケをするのは変わらなかったが、タイコの調教はなかった。爺ちゃんとヤスは、二歳になろうとしている仔馬に馬具を着けさせる練習を始めていた。

行儀見習い、とヤスはいった。年が明けたら中林調教師のところに預けて、本格的なトレーニングを開始する。そして三月下旬には能力検定を受けてレース馬を目指すのだが、厩舎に入れる前に馬銜や馬具に馴れさせなければ話にならないのだそうだ。

ほぼ一日中タイコは厩に入れられたままだ。直射日光が当たらない分、涼しいらしい。

タイコはヤスが目の前を通りかかるたび、大きな目で追った。

草ばん馬大会でヤスは第二障害の天辺を目前にしてレースを諦め、タイコの橇を外した。そのまま手綱を持って馬運車まで連れていった。観客席からは拍手が送られたが、ヤスは一度も顔を上げようとしなかった。タイコも鼻先を下げたまま、大人しくヤスに従っていた。

タイコの調教がないこと以外、大会前とあまり変わりない。ヤスが部屋に引きこもっている時間が少し長くなったくらいだ。夕方のカイツケは、ヤスとぼくの二人でしていた。爺ちゃんは居間で焼酎を飲んでいる。

バケツ代わりの十八リットルオイル缶に水を汲み、タイコの厩まで運ぶ。馴れたのか、手の皮が厚くなったのか、取っ手が食いこんでも最初のころみたいに痛くなかった。

缶をヤスの足下に置いた。

「はい、水」

「ご苦労さん」

ヤスは缶を持ちあげ、タイコの飼い葉桶に水をざっと入れた。すでに飼い葉は入っていてヤスは手を突っこんでかき混ぜた。それから大きなざるに入れてあった人参を飼い葉桶に入れた。三、四十本はありそうだ。

「一つ、訊いてもいいかな」

「何だ?」

人参を桶の隅に寄せながらヤスが訊きかえす。

「タイコのエサだけど、前よりも量が多くない？」

ヤスが顔を上げ、タイコを見る。タイコがのっそりと前へ出てきて、飼い葉桶に鼻を突っこんだ。まず人参から食べはじめる。

ヤスはタイコの顔を撫でた。

「もう種付けもないからな。タネ馬って体重がありすぎると、母馬(ハダ)に負担かけるのさ。爺ちゃんはホンコウにこだわるから……」

ホンコウが人工授精でないことは、前に聞いていた。

「それに売るときには、キロなんぼになるから少しでも体重が増えていた方が金になるんだ」

「キロなんぼって……」

咽がすぼまって、声が出せなかった。

ヤスがぼくを見た。

「タイコも十四だからそろそろ種も付かなくなってくる。それに新しい馬を買うことに決めたんだわ。百万もしたんさ。なかなかいい血筋でな。明日、その馬が来る」

「タイコは？」

「新しいタネ馬を運んできたトレーラーで送りだすよ。次に市場が開かれるまでは、マンガ屋んところで預かってもらうことになってるんだ」

マンガ屋とは、中林調教師のことだ。

「タイコをずっと置いておくことはできないのかい」

「置いといて、どうするよ。馬は……」

「経済動物だっていうんだろ。そんなことはわかってるよ」

思った以上に大きな声になってしまった。タイコがびっくりして飼い葉桶から顔を上げる。

「馬鹿。急に大声なんか出したら馬がびっくりするべや」

たしなめるヤスの声に力はこもっていなかった。唇を嚙め、ヤスがつづけた。

「死ぬまで置いといてもな、産業廃棄物にされるだけなんだ。始末するのに金取られるんだ。馬は爺ちゃんとおれの趣味みたいなもんだから、これ以上、金かけられないのさ」

理屈に合わない。

怒りとも悲しみともつかない気持ちが膨れあがってきた。

言葉にはならなかった。

どうすればいいのか、わからなかった。

駆けだした。

命ひとつ（その11）

ある晴れた、昼下がり
市場へつづく道
荷馬車がごとごと
仔牛を運んでいた

小学生のころ、音楽の時間に歌った『ドナドナ』が、もろ自分に迫ってくるなんて想像してみたこともなかった。
初めて聴いたのがいつなのかはっきりとはわからない。だけど、メロディと歌詞が合わさって、訳もわからず、悲しくてやりきれない気持ちになったのは憶えている。

何も知らない仔牛さえ
売られていくのがわかるのだろか

十四歳になったタイコは種牡馬としても歳をとりすぎたので、死ぬまで爺ちゃんの家に置いておいても死んでしまったら産業廃棄物にされて処理するのにお金がかかるので、それでなくてもばん馬は儲からなくて爺ちゃんとヤスが趣味でつづけているだけなので、来年の春には仔馬が生まれてくるので……、いくつ理由を並べてみてもタイコの命が途中で絶たれてしまうのは納得できない。

馬は経済動物で、ペットじゃないからと、爺ちゃんもヤスもダブちゃんもいった。理由はわかるけど、どうしたって納得できなかった。

ぼくは夏休みの十日間だけ北海道に来て、生まれて初めてばん馬を見て、タイコと巡り会った。タイコといっしょにいたのはほんのわずかの間でしかなく、きっとぼくなんかよりヤスの方がずっとつらいだろう。

明日、タイコは爺ちゃんの家から引き取られていく。肉用馬として市場に出されるのだ。それなのに昨日と変わりなく飼い葉桶に鼻を突っこんでいるのを見ているうちにどうにもならなくて、逃げだしてきた。取りあえず走りだしたが、どこへも行くあてがなく、倉庫の前に置いてあったマウンテンバイク（MTB）を持ちだして、爺ちゃんの家を出た。

そのときから頭の中では聞こえていた。

荷馬車がごとごと……。

「ええい、うるさい」

怒鳴った。

自分の声が空っぽの胸に響いた。

理屈ではわかっていた。今までぼくが知らなかった、知ろうともしなかっただけのことで、豚も牛も鶏も農家の人が何年もかけて育てているという点に変わりはない。北海道に来てから大好きになったジンギスカンにしても羊の肉だし、ぼくはこれからも豚や牛や鶏や、北海道に来ればジンギスカンを食べつづけるだろう。肉を食べるのは平気なくせにタイコが市場に出されるのは納得できないというのはおかしい。

おかしいとわかっていても……。

「ええい、うっとうしい」

また、怒鳴った。

坂道にかかっていた。いつかヤスと二人で来た、タケ社長の会社『ドリームボックス』へ行く途中にある坂道で、ところどころ傾斜が変わって波打つようになっているけれど、四キロか五キロか、とにかく馬鹿みたいにまっすぐつづいている。そのときはママチャリに乗っていたから登りきることができなくて、半分もいかないのに自転車から降り、押して歩く羽目になった。だけど、帰りはヤスがＭＴＢとママチャリを交換してくれたので一気に駆けおりることができた。風を切りながら北海道って最高と叫んだことも遠い遠い昔の出来事のような気がするし、楽しいと感じた自分が許せなく、憎らしいような気持ちもあった。

坂を三分の一ほど登ったところで、ペダルを踏みつづけるのがきつくなってきて、サドルから尻を浮かせて立ち漕ぎをするようになった。ペダルが頂点まで来たとき、片足立ちみたいにして全体重を載せるようにしたけどスピードは少しずつ落ちていった。

坂の先には、夕焼けでオレンジ色に染まった雲が広がっている。空気は少しひんやりしてきたけど、ぼくは汗まみれで息を切らしていて、足がだるかった。ＭＴＢに変速機が付いていることは知っているし、操作の仕方もわかる。だけど使いたくなかった。使うつもりはなかった。麦わら帽子を被っていてさえ頭の天辺がじりじり焦がされるほど強い陽射しの中、タイコは六百キロ以上の橇を曳いて、鵜里宇草ばん馬会場の、ぼくが登ったときにはひざが胸につきそうなくらいきつい第二障害を休みもしないで登っていった。

タイコは登った。ビッグジョーが第二障害の手前で脚を止めて息を入れても、タイコは休まず坂を登った。

止まれば二度と動けなくなると思っていたのか。

ビッグジョーに負けたくなかったのか。

今までのレースと同じように目の前に第二障害があったから挑んだのか。

たった三頭しか出走しない、賞金もない草ばん馬でも、レースはレースだからか。

ダブちゃんは草ばん馬が本物のばん馬だといっていた。

タイコは能力検定に合格して、公営ばんえい競馬のレース馬の資格を取って、十歳で定年引退するまで戦いつづけて、それなりに成績を残したから爺ちゃんが種牡馬として買って、ヤスといっしょに草ばん馬に出て二回優勝したけど、最後のレースではビッグジョーにもダイチにも抜かれて、置いていかれて、そして第二障害を登りきることもできなかった。

頭の中には、まだドナドナ。でも、息が切れて怒鳴ることもできない。足が震えて、MTBはふらふら、歩くよりも遅くなっている。

タイコは諦めなかった。第二障害の天辺まであと少しのところまで来て、震える前脚を持ちあげ、下ろした。一センチも前へ進めなかった。だけど、もう一方の脚を上げた。

そのとき、ヤスが手綱を引いて、タイコはそのままそっと脚を置いた。

長い長い登り坂のようやく三分の二まで来ただけなのに、MTBは止まってしまった。

「おおおおおっ」

雄叫びにはほど遠い、かすれた情けない声が漏れた。ハンドルを動かして何とかバランスを取ろうとしたけれど、どうにもならなくなって道路に足をついた。ひざに力が入らなくて、へなへな折れ、そのまま崩れてしまった。MTBは横倒しになり、ぼくは道路に仰向け、大の字に寝ころんだ。

はあはあ、ぜいぜい……、息が荒い。動けなかった。

少し紫がかった空が高い。初めて朝の調教をしたとき、空と、見渡すかぎり広がった刈り取りの終わったばかりの麦畑が二枚の大きな円盤のように見えて、自分がその心棒になった気がしたぼくは両手をいっぱいに伸ばし、その場でぐるぐる回転した。爺ちゃんは、やめれといったけど、やめられなくて、ずっと回っているうちに気持ち悪くなって尻餅をついてしまった。

麦畑はタイコの練習場だった。毎朝、夜が明けるころ、コンクリート塊を三本載せた橇をタイコにつないで調教をした。だけど鵜里宇のレースが終わってから朝の調教はなくなった。柵の内側にいるタイコはヤスが通りかかるたび目で追った。

タイコの目、大きくてまん丸で、透明な茶色の目に見られていると、巨大な手に包まれているような不思議な感じがした。その目が右から左へ、左から右へ、ずっとヤスを追っていた。

突然、アスファルトの路面が震えるほどの大きな音がした。それでもぼくは起きあがれず目だけ動かした。頭の上にダンプカーが迫っていた。

躰が硬直して動けない。

ダンプはライトをまたたかせ、ブレーキを軋ませながらハンドルを切った。頭のすぐわきを大きなタイヤが通りぬけ、耳がじんとする。

躰が浮きそうな震動が怖かった。

坂を下りていくダンプを見下ろして、ぼくはようやく車道の真ん中に寝そべっているのを思いだした。

のろのろと躰を起こす。

ダンプが道なりに左に行って見えなくなると、辺りはしんと静まりかえった。しばらくの間、耳を澄ませていたが、何も聞こえなかった。

いつまでも車道に座りこんでいるわけにはいかない。立ちあがって、ＭＴＢを起こし、取りあえず歩道に上がった。

坂の上の方に目をやる。登りきってしばらく行くと、右手に昔のボウリング場がある。とっくに廃業していて、そこがタケ社長の会社だ。でも、坂を登りきってからまだ数キロ走らなくてはならない。

坂の下に目をやった。

今の位置から駆けおりれば、かなりのスピードが出るだろう。爺ちゃんの家まで十分か、せいぜい十五分くらいのものだ。伯母は台所で夕食の支度をしていて、伯父がそろそろ帰ってくる。ヤスは夕方の飼いつけをとっくに終わらせてテレビの前にいて、爺ちゃんは焼酎を飲んでいる。タイコやほかの馬たちも厩に入れられている。

昨日と、同じように。

息が整って、亢奮が冷めてみると、自分がここにいてMTBを支えて突っ立っているのが不思議に思えた。

どうしてぼくはこんなところにいるのだろう?

夏休みの十日間だけ北海道の爺ちゃんの家で過ごすことになった。JR帯広駅を出て、爺ちゃんの顔を見たとき、日焼けした顔と白い髭でキャプテン・エイハブみたいに見えた。せっかく北海道まで来たというのにやたら暑くて詐欺だと思った。

もうすぐぼくは東京に帰り、いつもの生活に戻る。夏休みの後半に予定されている進学塾の夏季強化講座に毎日通うようになれば、今こうして坂の途中に立って、目の前に広がる畑を眺めていることも、タイコのことも忘れてしまうだろう。

「帰るか」

MTBにまたがって、坂を下りようとしたとき、左わきに舗装されていない道路があるのに気がついた。向かい側、道路を挟んで右側にも同じように土の道がある。ふいに思いだした。坂の途中に横へ逸れる道があって、山に入れるとヤスがいっていた。適度にアップダウンがあって、MTBなら結構楽しめる、とも。まだ、充分に明るく、ちょっとくらいなら走れそうな気がした。

しかし、ヤスは坂の右といったか左といったか。

「まあ、ちょっと見てみるだけだから」

わざと声に出し、それからライトのスイッチを入れると、歩道を蹴ってＭＴＢを押しだした。下りなのですっと走りだす。

坂のどちら側に行けばいいのかまるでわからなかったけれど、取りあえず目の前、左側の道に入った。

車が一台通れるほどの幅しかなかったけど、ＭＴＢだし、砂利も敷いてあって整備されている。

道はすぐに下りになった。サドルから尻を浮かせ、ひじとひざでショックを吸収しながら駆けおりた。

耳元を風が流れる。

下りばかりでなく、登りになるところもあったが、スピードがあるので立ち漕ぎをすれば難なく登れた。下がって上がって、上がって、また、下がる。すぐ夢中になった。ＭＴＢががたがた揺れるのが楽しい。

道は山の斜面を削って造られていて、進むほどに幅も狭くなっていた。だけど、自動車のタイヤが通った跡がついているので、ＭＴＢなら楽勝だ。

しばらく走っていると、いきなり黄色の看板が通せんぼをしている。

熊出没！　注意！

あわてて急ブレーキをかけた。つんのめり、タイヤが回転を止めてずるずる滑る。

右に倒れそうになって、とっさに足を出した。

「ぎゃっ」

足下に目をやったとき、心臓が三分の一に縮んだ。

スニーカーの下には何もない。

崖？

ぼくはＭＴＢに乗ったまま、空中に投げだされていた。

「痛ーっ」

草の間に仰向けに寝転がってうめいた。見えるのは先の尖った草に縁取られた空だけだったが、躰をすっぽり覆ってしまうほど伸びた草のおかげで大したケガをしないで済んだのかも知れない。

右肩、背中、右腕、右太腿、右の足首が痛い。急ブレーキをかけたおかげでつんのめり、バランスを崩して右に倒れた。それで躰の右側に痛みが片寄っているのだろう。

静かに息を吸い、ゆっくり吐くのをくり返した。そのうち、太腿、背中、腕の痛みが少し和らいでくる。心臓の鼓動にリズムを合わせて押しよせてくる波が小さくなっていく感じがした。

「まいっちゃったなぁ」

また、わざと声に出す。MTBに乗っていて、多少きつめに転んだだけに過ぎないと自分にいい聞かせるつもりもあったのだが、声は細く、震えていて、情けなかった。かえって不安が増した。

右足首の痛みだけがちっとも鎮まらず、かえって躰中に分散していた痛みが集まってきて、じんじん脈打っている感じがする。熱を帯びているし、スニーカーに締めつけられている感触が強まっている。腫れてきているのだろうか。

「気のせい、気のせい」

自分を励ますつもりでまた声を出したが、痛みはちっともおさまらない。

熊出没注意という看板を見て急ブレーキをかけた。だからいつまでも寝そべっているわけにはいかない。まず、慎重に上半身を起こしてみることにした。

右腕を動かすと最初にずきんと来て、心臓がつまずいたけれど、それ以上に痛みが強くなることはなかった。ゆっくり躰を起こす。すぐ左にMTBが倒れていた。ざっと見たところ壊れてないようだし、チェーンも外れてなかった。

よけいな寄り道などしないでまっすぐ帰ればよかった。遅い。ふいに泣きたくなって、あわてて歯を食いしばる。泣いても何の役にも立たないし、涙があふれるとめどなく不安が広がりそうで怖かった。

急に躰を動かして痛みがぶり返すといけないので、ゆっくりゆっくり躰と首をひねり、崖の上を見た。

拍子抜けする。ほんの三メートルほど上に道の端が見えた。下から見ると勾配もそれほどきつくない。

「大したことないじゃん」

肩の力が抜け、前に向きなおろうとしたとき、右足がかすかに動いた。激痛が走って、思わず目をつぶる。目蓋の裏側に紫やピンク、黄緑の模様が飛び交う。

痛みが少しおさまってから目を開け、右足を見た。スニーカーの、紐を交差させて締めつけている部分がふくれあがっている。紐を解いて、緩めた方がいいのかも知れない。だけど、今さっきのひどい痛みが怖くて手を伸ばせなかった。

代わりにカーゴパンツの左太腿にあるポケットから携帯電話を取りだした。開くと、さっと待ち受け画面が浮かびあがる。大きく息を吐いた。左ポケットに入れておいたので助かったのだろう。

画面を見て、咽がぐっと鳴る。タイコの写真だ。

鵜里宇の草ばん馬会場で馬運車のそばにつながれているタイコの前半身が写っている。

レース前のタイコは強い陽射しを浴びて、大きな目でぼくを見ていた。北海道に来て初めて撮った写真で、撮影したときにはもっとたくさん撮っておこうと思ったのにまだ一枚しか撮っていない。いや、思いだした。ヤスが一枚撮ってくれた……、などとのんびり眺めている場合ではない。

画面の左上にアンテナのシンボルマークが表示されていたが、電波の状態を表すバーは一本も立っていなかった。

「そんな……」

携帯電話を持って、右に左に動かす。一番短いバーがちらちらっとしたところで手を止めた。だけど、すぐにバーは消え、アンテナまで消えて、圏外という赤い文字に変わってしまった。それからはどんなに動かしても圏外の文字はびくともしなかった。

今度こそ心底泣きたくなった。唇が震え、漏れそうになる嗚咽(おえつ)を嚥みこんで、電話帳を開く。爺ちゃんの番号を選んで通話ボタンを押すと耳にあてた。

「頼む……、お願い……」

短いブザーのような電子音が何度かつづいて、静かになる。目をつぶって、空を仰いだ。

「神様」

だが、聞こえてきたのはお話し中を知らせる発信音だった。爺ちゃんが電話を使っているのではなく、つながらないまま、発信をつづけているうちにぼくの携帯がお話し中になってしまったのだろう。

もう一度、かけ直す。電子音、沈黙とつづいて、またしてもお話し中。もう一度、発信ボタンを押す。十数回くり返したが、まるでつながらない。

今度はミユキ姉ちゃんにメールを打つことにした。自分のいる場所が正確にわからなかったので、『タケ社長の会社に行く途中の長い坂のわきの道を入ったところにいます。ヤスに聞いてもらえば、わかる』と打った。

相変わらず消えない圏外の文字を睨みながら送信ボタンを押す。接続中の文字が表示される。じっと見つめた。やがて送信できませんでしたとメッセージが出た。

「ああ、もう」

でも、諦めるわけにはいかない。熊出没注意、熊出没注意と胸のうちでくり返しながら爺ちゃんへの電話、ミユキ姉ちゃんへのメールをくり返した。一度だけ、画面にポストが現れ、封筒が吸いこまれていくアニメーションが映ったけど、途中で切れて、送信できませんでした、になった。

バッテリーの残量メーターが三本から二本になったところで携帯電話を閉じた。

顔を上げて、ぎょっとする。いつの間にか辺りがぐっと暗くなっていた。

ぼくがすべり落ちたところは草が生えているだけで少し開けているけれど、周りは木に囲まれていた。空はまだ明るさを残しているというのに木々の間は真っ暗闇だ。

取りあえず道まで上がろうと決めた。たとえ三メートルでも高くなれば、携帯電話の電波状態はよくなるかも知れない。

まず左ひざを地面についた。支えにして躰をひっくり返そうと考えたからだ。次に右足をそっと持ちあげる。ちくりとした痛みはあったけど、我慢できないほどではない。

躰を反転させれば、両手と左ひざを使って這っていくことができそうだ。

「たった三メートルじゃないか」

何とか躰を反転させて、右手を前に伸ばしたとき、左ひざがいきなり滑って右の爪先を地面に打ちつけてしまった。痛みに躰が縮んだとたん、斜面をすべり落ちる。

「助けて」

背後の暗い森がアリジゴクみたいにぼくを引きよせようとしている。

夢でも怖い。

そして夢じゃない。

木立はすっかり暗くなり、木を一本一本見分けることはできなかった。すべり落ちたのは、さらに二メートルほどに過ぎなかった。草の間にＭＴＢの後輪がちょっとだけ見えているのでわかる。

最悪なのは、右足を地面に打ちつけ、激痛が走った瞬間に携帯電話を落としてしまったことだ。闇はますます深くなって、草の間を見透かすこともできない。

熊出没注意、熊出没注意……、と頭の中に同じ言葉が何度も浮かんでくる。それだけじゃなく、狭い道をふさぐように立っていた黄色の看板まで思いだした。

右足首の痛みはますますひどく、ひたいにじっとり脂汗が浮かんでいる。それでいてTシャツにカーゴパンツという恰好では肌寒くなってきた。

今まで詐欺みたいに暑かったのに、ここへ来て急に北海道っぽくなるのかよ、と思った。

「ううう」

うなった。声は震えていた。

そのとき、聞こえた。草をかき分けるかさかさという音と息づかい……。

息を止め、耳を澄ます。

まさか？

何も聞こえなかったので、ほっとしかけたとき、頭の上の方から物音が降ってきた。同時に生臭さが鼻をつく。

もう駄目だ。

叫んだ。

ＭＴＢごと転げ落ちた崖の端ぎりぎりにまで星が散らばっていた。

それこそ無数に。

星と星の間には、さらに小さな星があって、じっと目を凝らしていると、小さな星々の間にも星が見えてきて、どんどん吸いこまれていきそうな奥行きが感じられると、あらためて地球が宇宙にぽつんと浮かんでるんだなぁと思った。

空と麦畑の間で両手を広げてぐるぐる回転したとき、二枚の巨大な円盤に挟まれているように感じて、昔の人が地球は平べったいと信じていたとしてもしようがないなんて偉そうに思ったけど訂正する。

星空をじっと眺めていれば、どこまでつづくんだろう、どこまで広いんだろうと自然と思える。

十四年間生きてきて、今までじっと夜空を見たことなどなかった。テレビと携帯電話とパソコンがなく、電車も塾もなくて、ようやく空にどれくらいたくさんの星があるかに気がついた。暗くなれば、星が見えるのは当たり前だから、あらためて見ることなんかしなかった。

しかし、こんなにたくさんあるなんて……。

小学生のころ、二度ほど湖のそばでキャンプをしたことがある。周りにはぽつん、ぽつんと街灯があるだけで、その気になれば、今と同じくらい星を見られたはずなのに。何をしていたのか。おそらく携帯用ゲーム機をいじっていて、早くうちに帰りたいって、そればかり考えていたんじゃないか。

今みたいに地面に寝そべったまま動けなくなって、ようやく星が見られた。崖は北側を向いているようだ。北斗七星が何となくわかって、ひしゃくの形をした先っぽにある二つの星の距離を七倍にしてみて、たぶんこれが北極星だと思える星もあった。ほかの星座はまるでわからなかった。白い答案用紙に印刷された黒い点の星座は本物とは全然違って見えるし、当たり前の話だけど黒点を結ぶ線も空にはない。白鳥も大熊も小熊も勇者も見えなかった。

だけど、今ぼくが見ている星の光が百万年前に出発して、秒速三十万キロで突き進み、ようやく届いているのかも知れないというのはわかっていた。

百万年、と胸のうちでつぶやいた。

百万年前にも、ここに寝そべってさらに百万年前の星の光を見ていた十四歳の子供がいたのだろうか。

百万年と百万年で二百万年、それを見ている十四年。二百万年からすれば、十四年なんかほんの一瞬だけど、二百万年を想像できる十四年だ。

もし、一人で星を眺めていたら今のようにのんびり考えごとをする余裕はなかったろう。

腕の中には黒犬のゴロがいて、いびきをかいている。人間のいびきそっくりなのがおかしい。

ゴロの背に躰をくっつけていると温かい。もじゃもじゃの縮れた毛はゴミだらけだし、臭かったけれど、温かいのがありがたくて、まるで気にならなかった。草をかきわけ、わっと飛びかかられたときには悲鳴を上げてしまった。熊だと思ったからだ。躰がしびれて、動けないでいると顔をなめられ、それでようやくゴロだとわかった。

ゴロはどこへも行こうとしないで、寝そべっているぼくに尻を押しつけてきた。いつの間にかぼくの左腕に頭をのせ、躰を横倒しにして脚をすっかり伸ばしている。夜が更けて気温が下がってきたけど、我慢できているのはゴロの体温のおかげだ。さすがに北海道、昼間は詐欺的に暑くても暗くなると結構冷える。ゴロの体温はほどよく温かくて、ぼくはすっかりリラックスすることができた。

また、星を見上げ、二百万年と十四年という言葉が浮かんできたとき、タイコとぼくは同じ年に生まれたことを思いだした。

何のために生まれてきたんだろう。それは訊いてはいけないことなのか。

経済動物、働く動物、レースをする馬。

肉にするためだけなら馬なんか飼わんと爺ちゃんはいった。タイコは公営ばんえい馬のレース馬で賞金を稼いできた。ダブちゃんは帯広競馬場の厩舎村を見て、ユートピアだといった。泥まみれ、藁まみれになって、厩務員の人たちは馬の世話をしていた。レースに出る馬はきれいにたてがみを編み、リボンをつけてもらって、馬具はぴかぴかに磨きあげられていた。

ばん馬たちは人が世話をしなければ、生きていけない。競馬場で馬券を買い、草ばん馬の会場まで応援に出かけるような人たちがいなければ、ばん馬そのものが存在せず、そうするとタイコやビッグジョーやダイチャや、生まれてからたった二年で死んでしまったけどキングボマーといった馬たちも生まれてくることはできなかった。

人の都合で左右される命なら生まれてこなかった方がよかったのか。

逆に馬たちがいなければ、ダブちゃんのいうユートピアはなかったし、爺ちゃんや楓子さんや、大将と呼ばれる矢崎元調教師や中林先生も今みたいには暮らせなかっただろうし、史上最多勝ジョッキーだったユキちゃんこと西川調教師の伝説もなかった。とにかくぼくが北海道に来て目にしてきた光景のすべてはなかったことになる。

星が無数にある。

百万年かかって、ようやく届く光もある。

飽きずに空を見上げていた。

いきなりゴロが跳ね起き、激しく吠えたてて、目が覚めた。

熊？

目を開けると、すっかり明るい。頭の上にのっそりと爺ちゃんが立ち、ぼくの顔をのぞきこんでいた。

「ケガ、しとるのか」

「右の足首が痛くて、動かせない」

「そうか」爺ちゃんがうなずく。「そのまま、じっとしとれ。今、救急車が来る」

「救急車？」

「ああ。もうちょっとしたら警察がヘリコプターを飛ばすところだった。惜しかったな」

爺ちゃんは何年か前、納屋からぼやを出し、消防車が三台来た。三台といえば、町にある消防車全部だとおかしな自慢をしていた。

崖の上の方に向かって、爺ちゃんが声を張りあげる。

「ここだ。ここにおったぞ」

ぼくが落ちた道のところに伯父、伯母、ヤス、それにミユキ姉ちゃんとママ、タケ社長、そのほかにも見たことのない人がぞろぞろ現れた。

ヤスとミユキ姉ちゃんが斜面を降りてくる。なぜかヤスは途中で止まり、ミユキ姉ちゃんだけがぼくのそばに来て、しゃがみこんだ。目の下にくまができている。じっとぼくを見て、いった。

「馬鹿」

ようやくそばにやって来たヤスがぼくの携帯電話を差しだした。

しばらくすると、オレンジ色のつなぎを着て、白いヘルメットを被った救急隊員が担架を運んできた。そのうちの一人がぼくの躰をあちこち触った。

「痛いのは？」

「右の、足首です」

スニーカーと靴下を脱がされ、持ちあげられたときには食いしばった歯の間から声が漏れた。ヤスやミユキ姉ちゃんがそばにいるので、昨夜（ゆうべ）のように泣き叫ぶわけにはいかない。

ぼくの足をしげしげと眺め、少し動かしたりした隊員がぼくを見た。

「ひどい捻挫だけど、骨は折れてないみたいだね」

ぼくは担架に移され、何人もの手で崖の上まで運ばれた。それから未舗装の道路を延々と歩いて、長い坂の途中にあった救急車に乗せられた。ミユキ姉ちゃんが乗りこんで、付き添ってくれる。

爺ちゃんは救急車の後ろに立って、ぼくを見ていた。首を起こそうとすると、爺ちゃんは首を振り、あごをしゃくった。寝てろ、というのだろう。

救急車の扉が閉じられ、やがてサイレンが鳴りだした。

八ヵ月後、JR佐賀駅――。

ホームに滑りこんだ電車が停止し、ドアが開くと乗客がばらばら降りた。ぼくと同じ中学生が多い。三月下旬なので一、二年生ばかりだ。

　去年の夏、姓が変わった。それでも秋に佐賀へ転校してくるまでが木村で、新しい学校に来てから持田になったのでクラスではすんなり受けいれられた。祖父が理事長をしている病院が地元にあるせいかも知れない。

　母は祖父の病院の副院長になり、毎日忙しくしている。それでも病院と自宅が隣り合わせで通勤時間が限りなくゼロに近かったから、東京にいるころより母と過ごす時間は増えたくらいだ。

　春休みになって自宅がある県北の海沿いの町から、電車で一時間ほどかけて佐賀市の進学塾に通うようになった。今は春季講座だが、新学期からは学校が終わったあと、毎日同じ塾に通うことになっている。

　今のところ目指しているのが鹿児島の有名私立高校であり、いずれは国立大学医学部に進まなくてはいけない。だから電車通学が大変だと思っている人は周囲にはいなかったし、ぼく自身、東京にいたころと似たような生活に戻れるのでむしろほっとしていた。

　だけど鹿児島の有名私立高校も国立大学もダメなような気がする。自信がないのではなく、ただ、何となくダメな気がする。

　駅の南口を出て、左に駐車場を見ながら歩く。ホームに降りた中学生は駅の南北に散らばる進学塾に向かっていた。学校にはいつも遅刻ぎりぎりで飛びこむくせに塾には授業が始まる一時間前には到着していた。国立大学理科系コースのせいか、誰もが早めに来て、黒板に近い前の方の席から埋めていく。授業が始まる前にもお喋りをしている生徒は一人もおらず、参考書やノートをめくる音だけが聞こえる。少しばかり不気味。でも、三日で慣れてしまった。

塾のあるビルの前まで来たとき、カーゴパンツのポケットで携帯電話が鳴りだした。ビルを通りすぎながら携帯を取りだし、開いた。

画面に〈爺ちゃん〉と表示されている。子供っぽい感じだけど、祖父という登録は母方の祖父である理事長――祖母もふくめ、皆がそう呼んでいる――で使っているし、爺ちゃんはどこまでも爺ちゃんとしか思えない。

去年の夏、十日間を過ごした北海道にいる爺ちゃんからの電話だ。珍しい。東京に戻ってからミユキ姉ちゃんとは何度かメールをやり取りしたけど、誰とも電話で話したことはなかった。父と母が離婚したので遠慮があるのだろう。

携帯を耳にあてた。

「もしもし？」

「友親君ですか」

爺ちゃんの声ではなかった。

「はい」

「おれ……、ヤスヒロですけど」

「ヤス？」

「うん」

「友親君なんて、やめてくれよ。尻（ケツ）がこちょばくなる」

ヤスに初めて会ったときにいわれたことをそっくりお返ししてやった。

「いや、アレだから」

離婚後、ぼくよりも周りの方が気を遣っている。くすぐったくて、かえって居心地が悪い。

「そんなこと、全然気にしなくて……」そこまでいいかけて、はっとした。「何かあった？」

「うん」

ヤスが電話口で黙りこむ。低く流れるノイズを聞きながら晴れた空を見上げる。

心臓の鼓動がやけに大きく感じられた。

「一昨日（おっとい）な、爺ちゃんの葬式だったんだ。叔父さん……、トモの父ちゃんは四日前に来たんだけど、トモは来なかったし、叔父さんもトモのことは何もいわなかったから。それに母ちゃんがトモのうちはアレだからって」

空を見上げたまま、携帯電話を握りしめて立ちどまった。

去年の夏、北海道……。

救急車で帯広の大きな病院に運ばれた。偶然にも競馬場のすぐ近くにあった。といっても競馬場が見えたわけじゃなく、付き添ってくれたミユキ姉ちゃんが教えてくれたんだけど……。

右の足首を捻挫している以外はあちこちを擦りむいている程度だと思っていたのに、脳波の検査やレントゲンやらで思ったより時間がかかった。右足首を板と包帯でがっちり固定され、松葉杖を借りて病院を出たときにはとっくに昼を過ぎており、ママの運転する車でミユキ姉ちゃんといっしょに爺ちゃんの家へ戻ったときには午後三時を過ぎていた。

病院では一晩入院して様子を見るかとも訊かれたけど、翌々日には東京に帰らなくちゃならないので断った。担当してくれた若い男性医師はレントゲン写真を見ながら大丈夫だろうといった。東京へ行く日の午前中にもう一度診察を受けること、治療は母が勤務する病院でつづけることになった。

母に連絡するのは気が重かった。でも、羽田空港まで迎えに来てもらわなくてはならない。取りあえず明日連絡しようと決めた。

爺ちゃんの家に到着すると、玄関先に見慣れない大型トレーラーが停められていた。コンテナの上部に隙間があって、農場の名前が書かれてあったから馬運車であることはすぐにわかった。コンテナの後部扉が下ろされ、スロープのようになっている。

そこへヤスがタイコの手綱を持って引いてきた。

入院を断らなければよかった。

松葉杖を持って車から降りても、ヤスはぼくを見ようとしなかった。タイコを引いて、馬運車に乗りこんでいく。

タイコは大人しくヤスに従った。

馬運車のそばには、中林、西川、二人の調教師とほかにもう一人男の人が立っている。

「トモ」

声にふり返ると、ミユキ姉ちゃんが困ったような顔をしてぼくを見ていた。

「うちに入った方がいいよ。車、動かさなくちゃならないし」

「そうだね」

松葉杖をついて歩きだそうとしたとき、玄関のそばに寝そべっているゴロと目が合った。命の恩犬。ぼくが笑いかけてもゴロは沈んだ顔をして地面に伏せたままだった。ただ尻尾だけが別の生き物みたいに振られて、少しほっとした。

開け放したドアから玄関に入る。

「ただいま」

「おう」

居間で爺ちゃんが答える。

松葉杖はそろえて下駄箱に立てかけ、壁づたいに片足跳びで居間の入口まで行った。

大型テレビが点けっぱなしになっていて、音が大きい。画面では丸まんまのトマトにかぶりついた男がわざとらしく目を見開く。

爺ちゃんがぼくを見た。

「どうだった?」

「右足の捻挫だけ。あとは大したことない」

「そうか」

ぼくはテレビに目を向けた。

「音、大きすぎない?」

「そうだな」

爺ちゃんはリモコンを手にすると、テレビの電源を切った。

直後、外で馬がいななくのが聞こえた。

「ごめんなさい」

「何を謝ってるんだ」

爺ちゃんはタバコをくわえ、火を点ける。

「いろいろ心配かけて」

帯広からの帰り道、ミユキ姉ちゃんとママから昨夜の大騒ぎについて聞いた。爺ちゃんに伯父さん、伯母さん、ヤス、それに帯広からミユキ姉ちゃんやママが駆けつけ、さらにはタケ社長まで加わってあちこち探しまわったという。倉庫の前に放りだしてあったマウンテンバイクが見あたらないことはすぐにわかったらしい。

いくら電話しても通じなかったんだよ、とミユキ姉ちゃんにはさんざんに叱られた。圏外だから仕方ないと言い返したら、もっと叱られた。

ゴロが長い坂のところまで走ったのと、なぜか明け方近くになってぼくのメールがミユキ姉ちゃんの携帯に届いたという。どうなっているのか。でも、そのおかげでぼくは発見されたのだが。

爺ちゃんは煙を吐き、目を細めた。

「無事に帰ってきたんだ。それでええさ」

テーブルのそばに焼酎の一升瓶が三本立っていた。どれも空になっている。

「全部飲んじゃったの？」

ぼくが訊くと、爺ちゃんは空き瓶を見た。口を開け、タバコを持った手でほおをかく。

「一本目は半分しか入ってなかった。ふだんから飲み過ぎなんだべな。全然、酔わんかった」

タバコを灰皿で押しつぶし、たっぷりと煙を吐いた爺ちゃんは立ちあがった。のろのろとした動きがひどく年寄りくさく見えた。

窓のそばまで行くと、外に目をやった。人の話し声が聞こえ、やがてトレーラーのエンジンがかかった。

爺ちゃんは外を見たまま、ぽつりとつぶやいた。

「命は、ひとつだからな」

命はひとつ……、腹立たしいくらい当たり前だ。誰にでも命はひとつしかなく、失われてしまえば、二度と戻らない。

だから母は厄介だといった。救急救命センターに勤務していたとき、母が何とか救おうとした女の人の命は、伸ばした指の先からこぼれ落ちていった。

北海道に来て最初の日に見たばんえい競馬のレースで二歳の馬が死んだときも厩務員の手の先をすり抜けて倒れた。心臓マッサージとして腹を思いきり蹴っても帰ってこなかった。

タイコを送りだしたあの日、窓の外をながめながら爺ちゃんのいったことは当たり前だ。なのに、何度も考えているのはなぜなんだろう。

「爺ちゃんは病気だった？」

「肝臓癌だって。おれも知らんかった。去年の末くらいからかな、ときどき案配悪そうにしてて、背中が痛いっていうようになった。父ちゃんや母ちゃんがいくら病院に行けっていっても、歳だし、焼酎飲みすぎてるからだって何もいうこと聞かんかったのさ。おれもいったんだ。一度病院で診てもらったらいいべやって。したら病院行ったら焼酎飲めんようになるって。一日馬ちょして、飼いつけ終わって、焼酎飲んで、やれやれってやれなくなったら終わりだって。そういえば、経済悪いともいってな」

「どういうこと？」

「ナンボ飲んでも酔わんのだと」

ひゅっと音を立てて、胸の底が縮まった。あの日、焼酎を二升と半分飲んで、全然酔っぱらわないといっていた。もう病気になっていたのだろうか。

ヤスがつづけた。

「正月明けたら顔色が悪くなって、痩せてきたのさ。馬の世話は全部ヤスにまかせるっていって。爺ちゃんは春になって温かくなったらまたやるからって。したけど、ひどく具合悪そうだったから父ちゃんが無理やり帯広の病院に連れていったのさ。憶えてるべ。トモが山で怪我したときに行った、あの病院だ。したら即入院よ。医者に手遅れだっていわれた。内臓のあちこちにテンイしてて、どうにも助けられないっていわれたんだって。母ちゃんは泣いたな。医者が相当痛かったはずだっていったんだと。爺ちゃん、何もいってくれんで水臭いって」

爺ちゃんは突然木村の家に現れた風来坊で、本当の親子じゃなかったから遠慮したのか。

いや、違う。

爺ちゃんは爺ちゃんだったから泣き言をいわなかった。十五歳で炭坑の町の若い衆をたばねていた喧嘩の強い男は痛いといって泣かなかった。痛みは自分一人で抱えこんで、黙っているのが爺ちゃん流だったのだろう。

「見舞いに行ったらさ、ベッドの上で競馬新聞広げて、今日は重賞だべなんていってるのよ。それからあの馬、この馬って名前がぽんぽん出てきて、調子はどうだべとか勝てるべかって。それから競馬新聞なんて誰が持ってきたんだかな。競馬場までは歩いても十分くらいなんだ。したけど、入院したころには背中や腰が痛くて歩けなかったみたいだ。二月には寝たきりになって……」

それから一ヵ月ほどで爺ちゃんは死んだ、という。最後の一週間は一度も目を覚まさなかった。

「そういえば、葬式にタケが来てな。トモはどうしてるかなっていってた」

「タケ社長、元気？」

「何も変わらん。冬の間はトラクターなんかのメンテナンスが入るから結構忙しいんだけど、不景気で全然儲からんってぼやいてた。ボウリングのレーン、憶えてるか」

「全手動のか」

二人して笑った。タケ社長の会社ドリームボックスは廃業したボウリング場だが、一レーンだけゲームができるようにしてあった。でも、ボールを戻したりピンを並べなおす機械はなくて、全部自分の手でしなくてはならなかった。

「この間、二百八十点出したっていってたけど、嘘だべな」

また、二人で笑った。

「タケ社長にもお世話になった。最後は空港まで送ってもらったし」

「何も気にすることない。あいつ、暇だから。それに偉そうに喋れる相手って、おれらくらいしかいないんだから。付きあってやったようなもんよ」

黒いクラウンワゴンの、ビニール臭いベンチシートでタケ社長はまくし立てていた。

「儂(わし)ぁのぉ、ばんえい競馬を主催しとる役場の連中も委託されて運営しとる会社の連中も馬券買うとる人間を馬鹿にしとるっていうか、一段低く見てるように思うんじゃ。日本中央競馬会(JRA)にしてもな。誰のおかげで税収が増えたり、おのれらみたいんが飯食えとるかっちゅうことを考えもせんし、感謝もしとらん」

「馬鹿にされても仕方ないべや。競馬場に来てるのは汚い恰好して、そこら中に痰吐いてるようなオヤジばっかだも」

ベンチシートの真ん中に座ったヤスがいう。ヤスが無理をして、いつもと変わらないように振る舞っているのは、見ていて少しつらい。タイコを送りだしてからぼんやりしていることが多かったからだ。

ぼくは助手席の窓から手を出して、北海道のさらりと乾いた空気を手のひらで切っていた。

北海道に来るときは羽田から千歳空港まで飛行機に乗り、千歳から帯広までは特急列車だった。昨夜、母にケガについてメールを打つと、折り返し返事が来た。帯広から羽田に向かう飛行機に乗ること、カウンターで名前をいえば、チケットを受けとれるようにしておくこと、羽田まで迎えに行くことが書いてあった。母のメールはいつも無愛想なので怒っているかどうかはわからなかった。いや、きっと怒っている。

ハンドルを握るタケ社長がヤスにいった。

「人を見た目で判断しちゃいかんといわれなかったか」

「見た目は大事だべ」

「そうかのぅ。きれいな服着て、毎晩高いもん食うて、会費払ってジム通いでダイエットなんかしてる奴、幸せそうな顔しとるか。儂にゃ、そう見えん」

タケ社長は首をかしげた。

「博打っちゅうんは、自分の持っとる運を賭けることなんや。ええ服着て、立派な家に住むっちゅうんはそれだけで運を浪費しとるんよ。その上、博打にも勝ちたいってのは贅沢やし、欲張りや。だからふだんの生活ではできるだけ運を使わんようにして、博打に持っていく」

「馬券をあてようとするのは金が欲しいからだろ」

「わかってへんのぉ。博打で蔵建てた奴はいないってよくいうじゃろが。ありゃ、博打にのめり込むなって意味と違うで。金儲けのためにやるのと違うっちゅうこっちゃ」

ヤスが口元を尖らせる。

「じゃあ、何のためにやるんだよ」

「生きてるって実感するためやないか。嬉しかったり、悔しかったり、喜んだり、悲しんだり、感情全開やろが。何やるんも儲かるか損するかしか考えられん奴は顔が歪んどる」

「また、出た」

確かにタケ社長が顔が歪んでいるといったのは二度目だ。

「そうだったかの……。まあ、とにかく博打をやってる奴には生きてる実感がある。博打にかぎらんけどな。どっちにしても馬券買うてて人に馬鹿にされるいわれはないし、まして役場の人間にしたら、ようけ税金払うてくれるありがたい方々や。最敬礼で迎えな、バチあたるで。競馬場に来とる役場の連中の方がどよんとした目ぇしとらんか。いやいや仕事やらされてるってのが見え見えや。生きてるって実感なんかないやろ。な、人は見かけじゃ幸せか不幸せかわからんじゃろ」

ばんえい競馬の厩舎に来ていた市役所の振興対策室長だかは、ぱりっとしたスーツを着て、ぴかぴかの靴を履いていた。すぐ後ろを通った馬に驚いて跳びあがり、足を滑らせて馬糞の山に顔から突っこんだ。周りで働いていた厩務員は藁まみれ、泥まみれになっていた。

ダブちゃんはユートピアだという。本当に幸せかどうかは、見た目じゃわからない。目の前に帯広空港が近づいてきた。

タケ社長の話でひとしきり笑ったあと、ぼくは訊いた。

「ゴロは?」

「ゴロも去年の暮れに死んだ。あれは年寄りだったから仕方ないよ」

星空の下で腕の中に感じた温もりが蘇ってくる。命は温かいと思った。あの温もりがもうどこにもないと思うと、自分の命の一部分が削りとられたような気がした。

「秋ぐらいからあまりエサも食わなくなってな。じっとしてることが多かった。したから寒くなってきてから家の中に入れてたんだ。最後は爺ちゃんの布団に入って、いっしょに寝てた」

やっぱり爺ちゃんはキャプテン・エイハブだ。エイハブが白鯨と闘いつづけたように爺ちゃんもずっと何かと闘いつづけていたような気がする。何と闘いつづけていたのか。命ひとつという言葉にヒントがあるんじゃないか。これから何度も考えていかなくちゃならないだろう。

ヤスが電話口で大あくびをした。

「ごめんごめん。昨夜(ゆんべ)は徹夜だったんさ」

「何かあったの？」

とねっ仔が生まれそうだったからな」

とねっ仔が馬の子供であることはぼくもわかっていた。

「去年までは爺ちゃんが一人でやってたんだけど、さすがにおれには無理でさ。父ちゃんも母ちゃんも肌馬に付きっきりで、昨日は楓子も手伝いに来てくれて。今朝方、皆で引っぱり出したんよ」

ヤスがまた大あくびをする。

夏の朝、まだもやが残っている麦畑をタイコは橇を曳いて歩いていた。橇にはヤスが乗っていて、爺ちゃんはぼくのそばに立っていた。ゴロが走りまわっていた。

間違いなく、そこは、ぼくのユートピアだった。

エピローグ　十の六百五十乗分の一

「へえ、持田君の実家って病院経営してるんだ」知弥子は身を乗りだした。「大きいの？」

となりで局長が尻を滑らせ、沈みこむ。知弥子は顔を向けた。

「どうしたんですか」

「いや、何でもない」

局長が躰を起こし、知弥子は持田にふたたび視線を戻した。

「入院施設とかはあるの？」

「はい」

「何床くらい？　診療科目は？」

「一般病床は八十くらいですかね。そのほか高齢者向けの療養型とか、リハビリ専門とかがあります」

「全部で？」

「二百行くか、行かないかくらいじゃないですか」

「すごい」

「田舎ですから。設備が整っている病院が少なくて」

「いやいや地域のニーズを一手に引きうけてるってことでしょ。すごいことだし、尊敬に値すると思う。で、今はお母さんが院長？」

「母は理事長です。院長はほかから来た人がいます」

「いずれは持田君が継ぐんでしょ？」

ところが、持田は眉根を寄せ、唸って首をひねった。局長が口を挟んでくる。

「持田が東北大卒ってのは知ってるだろうよ」

「ええ、それが……」はっとして知弥子は持田に目を向けた。「ひょっとして？」

持田がうなずいた。

「東日本大震災のとき、ぼくは高一でした。佐賀の高校なんですけど、一応県内一の進学校だったんです。ぼくも中学のときまでは学年でトップとか、そんな感じだったんですけど、高校に入るとずっと頭のいい奴ばっかりで、成績は半分より後ろになっちゃいました。母はぼくが医学部に進むものと決めてましたけど、ぼくは無理だと思ってました。高校では医学部だけじゃなくて、全部の学部をひっくるめて国立大に進学できるのはトップ二割くらいでしたから」

「でも、震災があって、それで仙台に行こうと思ったのね？」

「行きたいと思いました。何かをしたいと思ったのは生まれて初めてだったんじゃないかな」

持田は目の前で両手の指をからめ、揉むような仕草をする。指の動きをじっと見つめた。

「中二の夏にタイコのことがあって、どうして命は失われていくんだろうって考えたことも影響したんじゃないかと思います」

局長が口を挟んでくる。

「受験で仙台に行ったのは、震災のすぐあとじゃなかったっけ？」

「ちょうど翌年ですね。二〇一二年の三月でしたから」

「まだまだ復興なんて時期じゃなかったよな」

「受験のとき、父が仙台まで来てくれたんです。それまで知らなかったんですけど、父は震災があった年から三ヵ月ずつ救急医療チームの一員として宮城や岩手の病院に派遣されてたんです。ぼくが受験するときにメールが来て、どこを受けるのか、試験はいつかって訊いてきました。両親が離婚してからも時々はメールのやり取りや電話はしてたんですけど、ずっと会っていませんでした」

「やっぱり抵抗があった？」

知弥子の問いに持田はちらりと首をかしげたが、すぐに答えた。

「父と会うことに抵抗はありませんでした。離婚して、名字が変わっても父であることには違いないですから。ただ母に遠慮したというか、気を遣うところもあって。それにメールや電話をしてれば、直接会う必要もないと思ってました」

「でも、お父さんが被災地に行っていることは知らなかった」

「ええ……、そうですね」

　ふたたび局長がいう。

「親父さんは持田に被災地を見せたかったのかな」

「何もいいませんでしたけど、たぶんそうだったんじゃないかと思います」

「どんな感じだった？」思わず訊いてしまって知弥子はもじもじした。「その……、何ていえばいいか、翌年の……」

「父はとくに被害の大きかった場所を回ったんだと思います。家が半分に千切れちゃったり、基礎の部分しか残っていなかったり、田んぼも一面砂に埋まってて、海からずっと浜がつづいているようでしたし、道路の両側には瓦礫というか、家の残骸がずっと積んであって」

「すごいね」

「ぼくも同じことをいっちゃいました。何にも考えていなくて、びっくりしちゃったんですね、それですごいって。そのとき父にいわれました」

「何て？」

「今日、おれたちは車で来ただろって。父が最初に入ったのは、震災が起こって一週間くらいだったそうです。自衛隊のヘリコプターで病院まで運ばれて、そこを拠点に治療してたんですけど、ときには移動が必要なこともあって、そのときは歩くしかなかったって」

「自衛隊が入ってたんでしょ。何ていうのか知らないけど、四輪駆動車とか特別な車とかがあったんじゃないの？」

持田が顔を上げた。

「最初に入った頃は車は入れなかったっていってました。片付けをするにも重機は入れられなくて、全部人の手で一つひとつ除けたって。小さな板きれの下に遺体があるかも知れないんで、がばっとやっちゃうとわからなくなっちゃうそうです。たとえ指の先端だけでも家族にとってみれば、自分の親だったり、子供だったりするわけですから。父も持ちあげたコンクリート片の下に赤ちゃんの遺体があったときは叫びそうになったといってました。何とか思いとどまったというか、声が出せなかったのは、生まれたばかりのぼくを思いだしたからだっていってました。ぼくは高校生になって佐賀で暮らしているけど、この子の親は、自分の子供を赤ん坊のときに亡くしたって思ったら、可哀想だし、何となく申し訳ないって気持ちになって、自分が泣いてる場合じゃないと思ったといってました」

「そのあなたが大学受験のために仙台に来てるというのは嬉しかったでしょうね」

「何もいいませんでしたけど、たぶんそうじゃないかと思います」

「それで一念発起したわけか。いずれにしても東北大ならすごいじゃない」

「一浪しましたけど」

「一浪くらい普通よ」

私は二浪だったと知弥子は胸の内でつぶやく。

ふたたび局長が口を挟んでくる。

「それで知弥子はどう思うよ。経済動物って」

「えええ？」

局長を見返す。馬を経済動物と見なすことに抵抗を感じ、思い悩んでいるのは持田のはずだ。ところが、持田も心持ち身を乗りだし、知弥子をまっすぐに見つめている。

背中にじわりと汗が浮かんだ。うつむいて、何とか声を圧しだす。

「馬を飼うって、お金がかかったり、いろいろ大変なんですよね。ペットとは違う」

局長が立ちあがり、自分に割りあてられた机の抽斗を開け、一冊の本を取りだして戻ってくるとテーブルの上に置いた。表紙全体がセピア色に染まっている。

知弥子は本から局長に視線を移した。

「ずいぶん古そうな本ですね」

「ああ。たしか奥付には初版が昭和四十一年か、四十二年かになっていたと思う。おれだって、まだ小学生だ。この本は古本屋のワゴンセールで買った。それももう三十年か、それ以上前だ」

「へえ」

三十年前といえば、わたしが生まれた頃だと知弥子は思った。

局長がつづけた。

「持田から馬の話を聞いたとき、この本のことを思いだしてね。ずいぶん昔に読んだきり忘れていたから自宅の書棚に差してあるのを見つけたときは自分でもびっくりするやら呆れるやらだった」

局長が手を伸ばし、本を取りあげるとぱらぱらとページを繰った。何度も開いて、癖がついているのか、目的のページはすぐに見つかったようだ。目を細め、本を少し遠ざけるようにして眺めている。

「この本によれば、もっとも単純な細菌の細胞でも約二千種類の異なったタンパク質を含むとある。次にタンパク質の分子の数を考えるんだが、同じ種類の分子が重複しているから最低でも数千万個になるが、ここでは重複を無視して分子の数も二千個とする。次にタンパク質一分子に含まれるアミノ酸の数を平均五百と仮定する」

「仮定、ですね」

「そう、あくまで仮定だ。今から半世紀も前に書かれた本だということを忘れないように。この本ではアミノ酸の全配列順序が確定されたタンパク質は比較的簡単な構造のものが多いとされている」

「例は違いますけど、ゲノム解析なんて夢のまた夢ということですか」

「発想はあったかも知れない。実現は、たしかにカジコのいう通り夢のまた夢だったろうな。つづけるけど、いいか」

「はい」

「平均的なタンパク質を構成する二十種類のアミノ酸の組み合わせで、何通りの配列順序が考えられるか」

　知弥子は欠伸をした。

「すみません。ちょっと疲れてるだけです。何通りあるんですか」

「ま、いいや。もう少し辛抱して付き合え」

「はい」

「ある特定の数……、n個として、このアミノ酸の順列は二十のn乗になる。たとえば二個のアミノ酸だけを考えても四百通りの順列、つまり四百種類の分子が出現すると考えられる。先に仮定したタンパク質一分子あたり五百個のアミノ酸で考えれば、二十の五百乗……、十の六百五十乗になる」

「途方もない数字なんでしょうね」

　知弥子の混ぜ返しに局長は目をすぼめ、本を睨んだ。

「一のあとにゼロが六百五十個並ぶ」

「想像もつきません」

「前提が仮定だし、あくまでも何通りの組み合わせが考えられるかという可能性の話に過ぎない。この本が出た当時の話だろうが、全宇宙のすべての原子を集めて、足しても、その数は十の七十九乗とされていたそうだ。宇宙の始まりから現在までの時間は十の十八乗秒、宇宙のすべての原子が一秒間に千回作動するカウンターになって、宇宙開闢(かいびゃく)以来ずっと千分の一秒に一回ずつ数をかぞえていたとしても十の百乗というところで、とても六百五十乗にはならない」

もう一度欠伸をしかける前に局長が本を閉じた。

「アミノ酸の配列ベースで考えると、命というのは、この宇宙の始まりからただの一度もまったく同じということはない」

「仮定の話ですよね」

「そう。この話を一つの仮説と見るか、一期一会(いちごいちえ)の意味と解釈するか。一期は人の一生という意味だけど、この話の場合は、宇宙が始まったとされる百四十六億年前から現在にいたるまでの時間を一期とするんだから話としては相当でかい」

「つまりどんな命もアミノ酸の順列から見ると十の六百五十乗分の一ということですか」

「腕にとまった蚊をカジコが叩きつぶしたとすると、その出会いは十の六百五十乗分の一かける十の六百五十乗分の一の確率ということになる」

「いやなたとえをしないでくださいよ。だから局長は命が大切だとおっしゃりたいわけですか」

「そうじゃない」

局長は本をテーブルの上に放りだし、両手で顔を強く擦った。手を下ろし、知弥子を見る。目がくぼんでいた。局長も相当お疲れの様子だ。

「大切とか、意味とか、価値とか……、誰にも判定なんかできないと思う。あらゆる命がこの宇宙の始まりからただ一度だけの奇跡なんだ。だけど、おれたちは幸か不幸か救命センターに勤務している医者だ。目の前に助けられる命があれば、全力を尽くす」

「その結果が植物状態であっても」

「そう、植物状態であっても。おれが前に担当した患者なんだが、やっぱり予後が思わしくなくて意識が戻らなかった。もう十年になるかな。当初は患者の奥さんに責められたよ。こんな状態になるとわかっていたら手術なんかさせないで、そのまま逝かせてやればよかったって。おれたちがいくら手を尽くしても持っていかれる患者は持っていかれる。だけど引きずり戻す手立てがあるのならすべてやりきる。それだけだ」

「どうなったんですか、その奥さん？」

「三ヵ月後に転院したから詳しくはわからないけど、転院先のドクターと飲んだときに教えてもらった。奥さんは毎日病院に来て、旦那に話をしてるそうだ。意識はないままだけどね。三年くらい経った頃、そのドクターはいわれたそうだ。父ちゃんの顔に触ると温かい。遺影じゃ、触ることもなかったろうって」

「だからよかった、と？」

「それはわからん」

低い震動音が聞こえ、持田に目をやった。いつの間にか眠ってしまっていたらしい。

弾かれたように顔を上げた持田が首から提げた医療用ＰＨＳ（ピッチ）を胸ポケットから引っぱり出して、耳にあてた。

「はい、持田です……、はい……、はい、わかりました。すぐ行きます」

「どうした？」

局長が訊き、持田が立ちあがりながら答えた。

「さっきの患者ですが、手術が終わったそうです。集中治療室へ移動するんで手伝いに来いって」

「ご苦労さん。行ってらっしゃい」

「それじゃ、失礼します」

慌ただしく医局を出て行く持田を目で追いながら知弥子はつぶやいた。

「彼、寝てましたね」

「ぐっすりとね。十の六百五十乗分の一って話が始まった頃からだが、この話も二度目だ。最初のときはわりと真剣に聞いてたよ」局長がそういいながら伸びをする。「そろそろおれも引きあげるとするか」

局長も起ちあがった。知弥子は座ったまま、局長を見上げて訊いた。

「価値や意味は誰にも判定できないっていわれましたよね」

「ああ」

「この間の……」

知弥子は言いよどんだ。局長はすぐに察したようだ。

「搬送依頼が重なった夜のことか」

「そうです」

局長といってものほほんと椅子に座っていられるほど人的余裕はない。局長も当直主任のローテーションに入っている。

その日の夕方、特別養護老人ホームからの電話で九十八歳になる女性入居者が呼吸をしていないという通報があり、受けることになった。これで集中治療室が満床になり、それ以上の患者の受け入れができなくなった直後、ふたたび消防庁の救急指令センターから連絡が入り、今度は三歳の幼児がマンションの五階から落ちたという連絡が入った。

電話を受けた当直医が断ろうとしたとき、局長が受話器を取りあげ、指令センターと直接話をして、先に受けた高齢者をよそへ回し、幼児を引きうけることにしたのである。

「おれは当たり前のことをしたと思っている」

「救命医として、ということですか」

「人として、だよ」局長が穏やかに笑みを浮かべ、軽く手を上げた。「悩みはつきない。要は較数だ。いくら較数を積んでも毎回これでよかったのかと悩みは尽きないけどね。一生このくり返しだろう。因果な商売だ」

「悩みは尽きない、ですか」

「結論なんて出ない。毎回、一件ずつぶち当たって、悩んで、判断を下していく。秒単位でな。悩め、そして考えろ、カジコ」

「呼ばれるとしたら、梶か、知弥子です」

「わかったよ。失礼しました。それじゃ、梶ドクター、おやすみ」

局長が医局から出ていき、知弥子はソファの背に躰をあずけると天井を見上げた。ふと気がついて躰を起こし、医局の出入口をふり返る。

持田が自分の机の抽斗を開けて、中を見ていたのを思いだした。ときどき、とくに重篤な患者が搬送されてきて亡くなった直後に同じことをしているのを見ている。

ソファから立った知弥子は持田の机に近づいた。何となく忍び足になっているのが自分でもおかしい。もう一度出入口をふり返ってたしかめたあと、抽斗を引っぱり出してみた。

「やっぱり」

抽斗には一枚の写真が置かれていた。

馬の顔の大きさに目を瞠る。馬の前に立っているのは中学生の持田だ。背丈はずいぶん伸びていたが、顔つきはそれほど変わっていない。

馬は優しい目をしてるだろうと持田は祖父にいわれたという。そういった祖父も、馬も、もうこの世にはいない。

知弥子は小さな声でいった。

「初めまして、タイコ」

【参考文献】

『生命の探求　現代生物学入門』柴谷篤弘（中公新書）
『こちら救命センター　病棟こぼれ話』浜辺祐一（集英社文庫）
『救命センターからの手紙　ドクター・ファイルから』浜辺祐一（集英社文庫）
『救命センター当直日誌』浜辺祐一（集英社文庫）
『救命センター部長ファイル』浜辺祐一（集英社文庫）
『救命センター「カルテの真実」』浜辺祐一（集英社文庫）

あとがき

本作『14歳、夏。』は、問題小説（当時、現『読楽』）二〇〇八年六月号から二〇一〇年二月号まで隔月で連載した『家族ばんばん』を大幅に改稿したものです。連載終了時にも一冊にまとめようとしたのですが、経済動物の命というテーマをもっと掘りさげようと呻吟しているうちに一年あまりが経ってしまい、二〇一一年三月十一日、東日本大震災が発生、刊行が見合わされただけでなく、命についてより深く考えさせられることになりました。

どれほど愛おしく思っても命は無惨に奪われていく。命の価値とは、意味とは……、問いはぎりぎりと迫ってきたのでした。

二〇一二年三月十一日、私は宮城県東松島市に入りました。震災後一年、地震、津波の爪痕は、あちこちに生々しく残っており、半分むしり取られたり、流されて土台だけになった家々を前に呆然と立ち尽くすこともしばしばでした。

そうした中、現地の人にいわれたのでした。

「車で来られたでしょ？　一年で車が入れるまでになったんですよ」

　本作で高校生になった友親が父親にいわれたのは、私自身に向けられた言葉だったのです。決して重い調子ではなく、また私を責めるような響きはなく、むしろあっけらかんと事実を語っているという印象でした。

　被災から一年、手作業で瓦礫を片付け、家族を探し、タイヤがパンクせずに走れるようになったのでした。震災から半年くらいの間は、路面が露出しても泥や砂の中に細かな破片、釘が残っていて、行き交う車輛は修理が追いつかないほどパンクしたと聞きました。

　さらに六年が経った二〇一八年十二月、わが家の愛犬二匹が相次いで死にました。先に息を引き取ったのは十五歳と半年のメスの柴犬で、その二週間後、十七歳四ヵ月でオスの北海道犬が逝きました。先にわが家に来たのは北海道犬でしたが、晩年は老衰で動くこともままならない躰ながら日々柴犬を心配していたのです。そして柴犬が逝ったあと、安心したのかまったく立てなくなりました。

　二匹の犬と、天寿を全うするまで文字通り一つ屋根の下、寝食をともにした私には、ふたたび命とは何か、生きるとはどういうことかという問いが突きつけられたのでした。

　私が生まれ、育ち、今も暮らす（一時は東京で暮らしておりましたが）北海道帯広市は世界で唯一ばんえい競馬が行われている土地です。作中でも触れていますが、ばんえい競馬は四百五十キロもある鉄製の橇に重石を載せ、引っぱるレースです。漢字で書けば、輓曳、どちらも引っぱるという意味になります。

明治に入って北海道に入植してきた農民は大地を埋めつくす原始の巨木を伐り倒し、人の何倍もある巨大な根を掘り起こし、畑としていきました。とても人力だけでは追いつかず馬の助けを借りたのです。それも日本古来の比較的小型な在来種では足らず、フランスやベルギーから大型馬を輸入し、繁殖させたのでした。

明治、大正、昭和と世界各地の戦地にも大型馬は送られました。旧日本軍は夜戦が上手だといわれたそうですが、大砲を曳きながら山間を進むとき、トラックや戦車と違って馬は静かに歩くことができたからです。

戦後復興でも馬は畑を耕し、新たに荒れ地を開拓するのに大活躍をします。秋には収穫に感謝するお祭りが行われ、中でも目玉はそれぞれ農家自慢の馬を持ち寄り、力比べをさせるイベントでした。綱引きあり、橇を曳く競争あり……、これが草ばん馬、今のばんえい競馬へと発展していきます。

犬と暮らしてみて、名前を呼べば、ちゃんと振り向き、手を広げれば、私のところへタッタッタとやって来るのを経験しました。これが馬であれば、ペットなどではなく、掛け値なしの仕事上の相棒になります。しかしながら相棒だけにカネを稼がなくてはならないという厳しい現実がつきまとい、ゆえに経済動物という言葉も生まれます。農業の機械化が進んで農作業から馬が消えたあともばんえい競馬という形で残ることができました。レース中、ジョッキーが鞭を振るうのは、一つでも勝たせたいから、勝つことが唯一生きのびる方法だからです。

しかし、最期は経済動物の運命が待っています。

新型コロナウィルスによるパンデミックが勃発し、医療体制の逼迫、医療従事者の負担、疲弊がいわれています。命を救う現場で、懸命に働いていらっしゃる方々の姿には胸を打たれますし、感謝しかありません。

ふたたびあの問いが迫ってきました。命とは何か、生きるとはどういうことか。東日本大震災、人生の四分の一をともに過ごした愛犬たちの死、コロナ禍と、私が考えつづけてきたことを一つの作品としました。

私は小説家です。すべては小説に託すしかありません。

あとは、『14歳、夏。』を読んでくださったあなたが、ちょっと立ちどまり、考え、答えを出されるしかないのでは、と思っています。

二〇二一年五月

鳴海 章

本作品は、「問題小説」二〇〇八年六月号〜二〇一〇年二月号に隔月で連載された「家族ばんばん」を大幅改稿した徳間文庫オリジナルです。なお、本作はフィクションであり、実在の人物・馬名・団体等とは一切関係ありません。

徳間文庫

14歳（さい）、夏（なつ）。

2021年8月15日　初刷

著者　鳴海章（なるみしょう）

発行者　小宮英行

発行所　株式会社徳間書店

東京都品川区上大崎三－一－一
目黒セントラルスクエア　〒141－8202

電話　編集〇三（五四〇三）四三四九
　　　販売〇四九（二九三）五五二一

振替　〇〇一四〇－〇－四四三九二

印刷
製本　大日本印刷株式会社

ISBN978-4-19-894667-8　（乱丁、落丁本はお取りかえいたします）